Jürgen Warmbold

KALTE SCHREIE

Über den Autor:
Der in Braunschweig geborene Autor Jürgen Warmbold hat viele Jahre im kommunikativen Bereich des Marketing gearbeitet und dort als Werbe- und Marketingleiter verantwortliche Positionen in den Bereichen Presse- und Öffentlichkeitsarbeit, Werbung und Verkaufsförderung bekleidet. Seit 1992 ist Warmbold als freiberuflicher Fachjournalist in technischen Themenbereichen tätig. Mit *Kalte Schreie*, *Erfrorene Seelen*, *Falsche Schatten* und *Dumpfe Angst* hat der Autor, der im Bremer Umland lebt, vier Kriminalromane veröffentlicht. Darüber hinaus sind in Anthologien Kurzgeschichten von ihm erschienen. Die Short Story *Mord im Tussitoaster* ist auch als E-Book erhältlich.

Jürgen Warmbold

Kalte Schreie

Kriminalroman

Die Deutsche Nationalbibliothek verzeichnet diese Publikation in der Deutschen Nationalbibliografie; detaillierte bibliografische Daten sind im Internet über dnb.d-nb.de abrufbar.

Überarbeitete Neuauflage Dezember 2016
Erstveröffentlichung August 2011
Copyright © 2011 by Jürgen Warmbold
http://warmbold-krimi.de
Titelfoto: Jürgen Warmbold
Herstellung und Verlag: BoD - Books on Demand, Norderstedt
Printed in Germany
Nachdruck, auch auszugsweise, nur mit Genehmigung des Autors
ISBN 9783743128033

Prolog

Schemenhaft löst sich eine Gestalt aus dem gleißenden Gegenlicht und schwebt ihm entgegen. Er will schreien, aber seine Angst schnürt ihm die Kehle zu. Die Gestalt beginnt zu zerfließen. Ihr nahezu transparenter Körper windet sich in der flirrenden Hitze, bevor er sich auflöst. Das Spiel startet von vorn. Obwohl die Gestalt näher kommt, erkennt er sie nicht. Er meint allerdings, ein wutverzerrtes Gesicht zu sehen. Eine Fratze, die seinen Namen ruft. Begleitet von Schritten, die in einem unwirklichen Rhythmus auf den Boden trommeln. Endlich begreift er, wer ihn bedroht. Er fährt hoch, ist hellwach. Instinktiv versucht er, den Traum festzuhalten, aber seine Gedanken tasten bereits ins Leere. Nur die wutverzerrte Fratze hat sich in sein Hirn gebrannt. Für immer.

EINS

Sven Bothur ahnt nicht, dass er in der kommenden Nacht sterben wird. Sonst hätte er anderes im Sinn, als ein Schäferstündchen. Er möchte Britta Freese, das Objekt seiner Begierde, an sich ziehen, aber sie schiebt ihn sanft zurück. »Ich muss rein, sonst gibt's Ärger. Außerdem bist du um Mitternacht mit Mark verabredet. Willst du ihn etwa versetzen?«

Sven schaut mürrisch drein. Er steht auf der Waschbetontreppe vor der Haustür des Reihenhauses, in dem Britta mit ihren Eltern wohnt. In seinem dunklen Outfit wirkt er wie ein Schauspieler aus einem billigen Film, der nach der Aufführung vergessen hat, aus seiner Rolle zu schlüpfen. Das Licht der Außenlampe hebt sein schmales, von langen schwarzen Locken umrahmtes Gesicht hervor.

Drückend schwüle Luft raubt Sven den Atem. Zusammen mit seiner wachsenden Anspannung macht sie ihn aggressiv. »So kann das nicht weitergehen. Deine Eltern terrorisieren uns.«

Britta wischt sich die purpurrote Haarsträhne aus der Stirn, die wie ein Fanal in ihren schwarzen, halblangen Haaren leuchtet. »Wegen der Geschichte auf dem Riensberger Friedhof hast du bei meinen Eltern den letzten Rest Ansehen verspielt.«

»Du wärst doch auch gern dabei gewesen, aber deine Alten haben ja um ihr liebes Kleines gefürchtet.«

»Wir haben das doch zigmal beredet. Meine Eltern wollen nicht, dass du mich tiefer in die Grufti-Szene reinziehst. Außerdem kann ich mir was Besseres vorstellen, als nachts auf einem Friedhof zu hocken.«

Sven schweigt. Aus dem Nachbarhaus dringen Musikfetzen zu ihnen herüber. Eine Opernarie, die er schon mal gehört hat, die er aber nicht erkennt. Was soll's, er steht sowieso nur auf Dark Wave.

»Geh lieber«, sagt Britta. »Wenn meine Eltern dich sehen, ist der Teufel los.«

»Dass ich nicht lache, deine Mutter ist doch immer los.«

Britta Freese verdreht die Augen. Sie greift seine Hand und zieht ihn auf den Bürgersteig. Dann läuft sie die Treppe hinauf und verschwindet im Haus. Sven wendet sich enttäuscht ab.

Auf der gegenüberliegenden Straßenseite tritt eine Gestalt aus dem Halbdunkel einer Mauer und verschmilzt mit dem Schatten eines Lieferwagens. Sven nimmt sie nicht wahr. Ein paar Meter von Brittas Elternhaus entfernt meint er aber Schritte zu hören. Er dreht sich um. Die Horner Straße liegt ruhig hinter ihm. Leidet er neuerdings unter Paranoia? Er entspannt sich erst, als er in den lauten Teil des Bremer Viertels eintaucht.

Sven geht an Kneipen und Trendlokalen vorbei, die sich in bunter Folge mit Läden und Designer-Boutiquen abwechseln. Menschen zahlloser Nationalitäten kreuzen seinen Weg. In allen Arten und Abarten. Bürgerliche, Gepiercte, Tätowierte, Penner und Fixer ziehen seine Blicke an. Auch Mischformen begegnen ihm. Nun, Gottes Garten ist groß.

An der Sielwallkreuzung, die in den Achtzigerjahren des letzten Jahrhunderts traurige Berühmtheit als Zentrum der Bremer Drogenszene erlangt hat, muss Sven an der Ampel warten. Er blickt zurück. Es scheint zwecklos zu sein, unter den vielen Leuten nach einem Verfolger Ausschau zu halten.

Das Gefühl, von einem unsichtbaren Schatten begleitet zu werden, ist nur einer der Gründe für seine Unruhe. Noch mehr schlägt ihm das geplante Treffen mit Mark Günther im Café Engel auf den Magen. Sven lässt seinen Blick nervös über die Terrasse der ehemaligen Apotheke am Ostertorsteinweg schweifen. Es ist bald zwölf. Mark, sonst die Pünktlichkeit in Person, ist nirgendwo zu sehen.

Angeheiterte Jugendliche, die sich auf dem kleinen Platz vor dem Lokal neben einer Steinskulptur amüsieren, lenken Sven kurz ab. Ihre Versuche, die neuesten englischen Hits nachzusingen, enden regelmäßig in unverständlichem Gestammel. Hin und wieder springt einer von ihnen auf, um die Bewegungen eines Passanten nachzuäffen.

Wo bleibt Mark nur? Er hat am Telefon sauer reagiert, als Sven seine Teilnahme an der geplanten Erpressung abgesagt hat. Mit seinem Anteil hätte Sven Britta beeindrucken und sie vielleicht aus ihrem elterlichen Mief herauslocken können. Doch je länger er darüber nachgedacht hat, je heikler ist ihm die Geschichte erschienen. Heute Abend will Mark noch mal mit ihm über das Thema reden. Ein Streit ist programmiert.

Warum kommt Mark nicht? Ist er alleine vorgeprescht, ist ihm dabei was zugestoßen? Oder muss sich Sven jetzt vor Mark in Acht nehmen, weil er zu viel über die beabsichtigte Erpressung weiß? Ist Mark etwa der Schatten, von dem er sich verfolgt fühlt? Er wählt die Handynummer seines Freundes, aber der meldet sich nicht. Sven blickt sich um, versucht, Mark noch einmal in der Menschenmenge zu entdecken. Vergebens. Seine Unruhe wächst, kriecht bis in die letzten Winkel seines Körpers, wie ein böses Gerücht, dass sich nicht stoppen lässt. Sven beschließt, sich diesem Stress zu entziehen und nach Hause zu gehen. Auch auf die Gefahr hin, dass Mark ihm vorausgegangen ist und irgendwo auf ihn wartet.

Als Sven am Wilhelm-Wagenfeld-Haus vorbeikommt, fällt ihm die Geschichte von Gesche Gottfried ein. Die Serienmörderin, die als Engel von Bremen fünfzehn Menschen mit Arsen vergiftet hat, hat drei Jahre in diesem Gebäude gesessen, das damals als Untersuchungsgefängnis gedient hat. Von hier aus ist sie 1831 zum Schafott geführt worden. Zur letzten öffentlichen Hinrichtung in der Hansestadt.

Sven schaudert. In dem Moment erlischt die Straßenbeleuchtung. Er dreht sich um. Auch die Schaufenster am Ostertorsteinweg und das Theatercafé liegen jetzt im Dunkeln. Ein Stromausfall hat ihm noch gefehlt.

Als er am ehemaligen Polizeipräsidium vorbeigeht, wird das Gefühl, nicht allein zu sein, übermächtig. Er blickt zurück, entdeckt aber niemand. Starr vor Angst bleibt er stehen. Nur sein Herz bewegt sich. Immer schneller schlägt es in seiner Brust. Der schwarze Mann, der sich im Finstern fürchtet, das darf kein Mensch erfahren. Sven lehnt an der dicken Außenwand des Gebäudes, als könnten ihn die Steine beschützen. Gedämpfte Schritte reißen ihn aus seinen Gedanken. Im fahlen Mondlicht taucht ein großer Schädel auf. Ein Drahtseil legt sich um Svens Hals. Er versucht, seine Hände dazwischen zu schieben, schafft es aber nicht. Verzweifelt rudert er mit den Armen und trifft den Kopf seines Gegners. Kunststoff, ein Helm? Die Schlinge zieht sich zu, schneidet in Svens Fleisch.

ZWEI

Clemens Kaltenbach, Polizeireporter beim Bremer Tageskurier, sieht sein Gegenüber prüfend an. Er weiß, dass der Typ mit der hohen Stirn und den ersten Anzeichen einer Tonsur, der missmutig seine Quatro Stagioni kaut, von Sorgen erdrückt wird. Kein Geld, Angst um den Job und Beziehungsprobleme machen ihm zu schaffen. Neununddreißig Jahre hat er schon auf dem Buckel, von einem geregelten Leben ist er dennoch weit entfernt, von einem sorgenfreien erst recht. Aber hat der Typ nicht selbst Schuld, dass er so tief in der Tinte steckt? Kaltenbach taxiert den Mann, lässt seine Augen über dessen dunkle, fast schwarze Haare schweifen, unter denen sich die Ohren halb verstecken, über die Locken, die sich im Nacken kräuseln, und über den unattraktiven Bauchansatz. Er wirft einen letzten Blick in das breite, mäßig rasierte Gesicht, bevor er sich von seinem Spiegelbild abwendet.

Kaltenbach sitzt in einer eleganten Trattoria in der Martinistraße. Ihm gegenüber hängt ein wandhoher Spiegel, eingefasst in einen goldenen Rahmen. Der Appetit auf das Kantinenessen im Verlagsgebäude ist ihm vergangen. In den zehn Jahren, in denen er bisher für die Zeitung gearbeitet hat, hat es nie größeren Ärger mit Kollegen oder Vorgesetzten gegeben. Nun steht er seit Wochen mit Ralf Sondermann, seinem Chefredakteur, auf Kriegsfuß.

Heute Morgen hat es geknallt. Sondermann hat ihm vorgehalten, in einem Artikel Verständnis für eine Frau gezeigt zu haben, die ihren Mann nach jahrelangen schweren Misshandlungen vergiftet hat. Kaltenbach weiß, was Sondermann an dem Bericht missfällt: Der Mann ist sein Parteifreund gewesen. Kaltenbach nimmt auf solche Befindlichkeiten keine Rücksicht, schließlich ist er kein Opportunist.

Nach dem Disput hat Sondermann angeordnet, dass sich Kaltenbach bei seinen Recherchen vorerst auf einen Vermissten konzentrieren soll, trotz der vielen dringenden Themen, die im Moment zu bearbeiten sind. Kaltenbach ist klar, dass Sondermann ihn in der Redaktion isolieren will. Das geht ihm zwar gegen den Strich, aber so lange Sondermann ihn in Ruhe recherchieren und arbeiten lässt, kann er damit leben.

In der Mappe, die sein Chefredakteur ihm vor der Mittagspause in die Hand gedrückt hat, findet er eine Notiz der Polizeipressestelle über einen Mark Günther und ein Foto des Mannes. Der dreiundzwanzigjährige Günther, ein Student der Universität Bremen, ist am Montag vermisst gemeldet worden. Normalerweise erscheint in solch einem Fall nur eine kurze Zeitungsnotiz. Name, Aussehen und Kleidung, das Datum, wann man den Vermissten zuletzt gesehen hat und die Bitte der Polizei um sachdienliche Hinweise. Warum soll er, Kaltenbach, über diesen Mann alles Private ins Licht der Öffentlichkeit zerren? Seinen Charakter, seine Wünsche und seine Ängste offenlegen? Damit sich die Leser am Leid eines anderen berauschen können? Wer hat eigentlich ein Anrecht darauf, derartige Details über das Schicksal von Mark Günther zu erfahren? Gibt es eine Frau, die ihn vermisst? Warten Eltern voller Sorge auf ein Lebenszeichen ihres Sohnes? Kaltenbach hofft, dass Günther bald wieder auftaucht. Dann müsste er nicht in seiner Intimsphäre wühlen. Er schaut auf das Foto. Ein muskulöser junger Mann, der halblange blonde Haare trägt, sieht ihn mit einem Lächeln an, das aufgesetzt wirkt. Hat Mark Günther Probleme? Hat er was zu verbergen?

Kaltenbach winkt dem Kellner und bestellt noch ein Viertel Montepulciano. Heute ist es ihm egal, dass für die Verlagsangestellten während ihrer Dienstzeit, und dazu zählen auch die Pausen, striktes Alkoholverbot gilt.

Er beschließt aber, zu bezahlen, sobald der Ober den Wein bringt. Als er sein Portemonnaie aufklappt, blickt er in das fröhliche, schlanke Gesicht seiner Freundin, das von mittellangen rötlichen Haaren umrahmt wird. Franziskas grüne Augen gucken wie immer interessiert in die Welt. Er mag sie und hat Angst davor, sie zu enttäuschen. Deshalb kämpft er mit sich, als seine Fingerspitzen hinter dem Foto ein weiteres Bild ertasten. Schließlich holt er es hervor. Das Porträt, das er aus einer Gruppenaufnahme herausgeschnitten hat, zeigt eine Frau mit langen, schwarzen Haaren und einem schmalen Gesicht. Kaltenbach weiß, dass er das Bild von Maren nicht bei sich tragen sollte. Dass es zum Eklat käme, wenn Franziska es fände. Und dass in dem Fall seine langjährige, tiefe Freundschaft zu Gunnar Neuhaus, Marens Lebensgefährten, auf dem Spiel stünde. Er findet sich selbst erbärmlich. Was zieht ihn wieder mit solcher Macht zu Maren hin? Warum kann er sich nicht dagegen wehren, obwohl er ihre Fehler kennt? Liegt es auch daran, dass in seiner Beziehung zu Franziska irgendetwas aus dem Ruder gelaufen ist? Hat er sie nicht ausreichend beachtet? Ist er nicht sensibel genug gewesen? In letzter Zeit streiten sie oft, und Kaltenbach kann sich immer weniger vorstellen, zu alter Harmonie zurückzufinden.

Er schreckt auf, als der Kellner den Rotwein mit einem »salute« auf den Tisch stellt, denkt nicht mehr daran, zu bezahlen, nimmt das Glas, prostet seinem Spiegelbild zu und beschließt, die Pause zu überziehen.

Kaltenbach schaut erst wieder auf die Uhr, als er das klimatisierte Kontorhaus am Markt betritt, in dem, abgesehen von der Druckerei, der komplette Verlag untergebracht ist. Eine Dreiviertelstunde überzogen, na ja, das ist nicht mehr zu ändern. Wäre er nicht hinausgegangen, wäre er erstickt. Er fährt mit dem Lift in den ersten Stock.

Auf dem Weg zu seinem Schreibtisch begegnet er Peter Dohrmann, der in der Redaktion Bremen für Politik zuständig und mit Kaltenbachs Exfreundin Brigitte Bunk liiert ist. Dohrmann hat wie immer eine knallrote Fliege umgebunden und ein überhebliches Lächeln aufgesetzt. Sie gehen grußlos aneinander vorbei. An Dohrmann dürfte die Stelle des Redaktionsleiters für den Bereich Bremen fallen, die Kaltenbach ebenfalls anstrebt. Für ihn ist dieser Zug wohl abgefahren. Weil er sich in diesem Punkt sicher ist, sucht Kaltenbach eine neue Aufgabe. Bislang erfolglos. Deshalb will er vorerst versuchen, mit Sondermann klarzukommen und nicht auch noch seinen jetzigen Job aufs Spiel setzen, zumal er mit seinem Geld freigiebig umgegangen ist und keinerlei Rücklagen gebildet hat.

Schon von Weitem hört Kaltenbach sein Telefon klingeln und eilt in sein Büro. Zu spät. Er blickt sich in dem engen Raum um und fragt sich, weshalb er nicht in der Trattoria geblieben ist. Warum sitzt er immer noch auf und zwischen zerkratzten braunen Möbeln, während die meisten Kollegen längst mit zeitgemäßem Interieur ausgestattet sind? Dekoratives Highlight seines Büros ist ein großer Picassokalender vom Vorjahr, der schief hängt.

Sein Telefon klingelt erneut. Es ist Bärbel Bauer, Sondermanns Sekretärin. »Der Chef sucht Sie. Wo waren Sie so lange?«

Kaltenbach übergeht die Frage. »Was will er denn schon wieder?«

»Wissen, ob Sie was in der Vermisstensache unternommen haben.«

»Er hat nicht gesagt, dass es dringend ist.«

»Bremen Netnews hat bereits eine Meldung gebracht. Herr Sondermann schätzt es nicht, wenn wir hinterherhinken. Das ist Ihnen doch bekannt. Sie sollen sich den Text der Konkurrenz ansehen.«

Kaltenbach lädt die Nachricht von Netnews aus dem Internet herunter. Sie enthält nur die Informationen, die in der Pressemitteilung der Polizei stehen.

Er fragt sich erneut, ob Mark Günther Sorgen hat. Weiß er keinen anderen Ausweg als unterzutauchen? Sollte er, Kaltenbach, auch von der Bildfläche verschwinden und sich eine neue Existenz aufbauen? Den beruflichen Ärger könnte er ebenso zurücklassen wie die innere Zerrissenheit, in die ihn seine Empfindungen für Maren Petersen immer tiefer hineintreiben.

Gunnar Neuhaus lässt sich auf den Besucherstuhl vor Kaltenbachs Schreibtisch fallen. Das Knarren, mit dem das greise Möbel protestiert, ignoriert er. Neuhaus ist Fotograf beim Bremer Tageskurier. Kaltenbach arbeitet gern mit ihm zusammen. Nicht nur, weil sie dicke Freunde sind, sondern auch, weil Neuhaus am kreativsten und zuverlässigsten fotografiert.

»Hey Clemens, dein Picasso hängt schief.«

»Hallo Zausel.« Kaltenbach blickt in das spitze, von einem strubbeligen Vollbart eingefasste Gesicht seines Freundes. Abstehende Haare, die sich nie bändigen lassen, unterstreichen den zauseligen Eindruck. Neuhaus ist schlanker als Kaltenbach und mit einem Meter sechsundachtzig drei Zentimeter größer.

»Hast du morgen schon Termine, Gunnar? Ich soll in einem Vermisstenfall recherchieren. Wenn du mitkommst, könnten wir gemütlich einen Cappuccino trinken.«

»Um was geht's denn bei der Story?«

»Um einen Studenten. Möglicherweise hat er nur Ärger zu Hause und taucht bald wieder auf.«

»Hast du mehr Informationen?«

»Nein, ich rufe meinen Kontaktmann bei der Polizei an. Du kannst mithören, dann bist du auf dem aktuellen Stand.« Er greift zum Hörer.

»Lunacek.«

Kaltenbach wird sich nie an den Namen des Pressesprechers der Bremer Polizei gewöhnen. Lunaceks Großvater stammte aus Wien. Er ist nach dem Niedergang des Großdeutschen Reiches in Bremen hängengeblieben, weil er geglaubt hat, dort seine große Liebe gefunden zu haben.

»Kaltenbach, hallo Herr Lunacek. Mein Chefredakteur hat mich auf den Vermisstenfall angesetzt. Gibt es in dieser Sache was Neues?«

»Wir haben nicht viele Informationen. Nur, dass Mark Günther der Gothic-Szene angehört und regelmäßig in einer Grusel-Disko verkehrt. Darklord heißt der Laden.«

»Was ist das für eine Szene?«

»Na diese Düsterszene. Sie nennen sich auch Gruftis.«

»Haben Sie mit seinen Eltern gesprochen?«

»Er ist Vollwaise, seine Vermieter haben ihn am Montag vermisst gemeldet. In der Nacht zu Samstag hat er angeblich zuletzt in seinem Zimmer geschlafen.«

Kaltenbach kratzt sich an seiner hohen Stirn. »Hat die Polizei sonst etwas unternommen?«

»Ehrlich gesagt, hat der Fall noch keine Priorität. Mark Günther hat einige Tage nichts von sich hören lassen. Das passiert schon mal. Seinen Freund Frank Stevens, der eventuell mehr weiß, erreichen wir derzeit nicht. Er soll seit Anfang letzter Woche Urlaub machen. Vielleicht ist Mark Günther ihm ja nachgereist. Moment mal.«

Kaltenbach hört, wie Lunacek mit jemanden spricht, versteht aber nicht, um was es geht.. Dann meldet sich Hauptkommissar Markus Sandman, mit dem Kaltenbach häufig zu tun hat.

»Hallo Herr Kaltenbach, am besten lassen Sie die Finger vom Fall Mark Günther. Ihre Konkurrenz von Bremen Netnews hat eine anonyme Todesdrohung erhalten. Der Absender fordert, Herr Raugang solle seine Recherchen einstellen. Die gotische Frakturschrift der Mail erinnert an die schwarze Szene.«

»Hört sich nach einer heißen Geschichte an«, sagt Neuhaus, nachdem Kaltenbach aufgelegt hat. »Geht es um die Typen, die schwarz gekleidet mit einem Sarg unter dem Arm herumlaufen?«

»Schwarz dürfte stimmen, aber ob mit Sarg, da bin ich mir nicht sicher.«

»Ist auch egal, die haben doch an ihren Depressionen genug zu schleppen.«

»Du solltest toleranter sein, Gunnar.«

Neuhaus winkt ab. »Jetzt wissen wir wenigstens, wo wir am Abend hingehen. Der Darklord befindet sich in Hemelingen in der Nähe vom Aladin.«

Kaltenbach sieht ihn entsetzt an. »Da werden unsere besseren Hälften nicht mitspielen.«

»Maren möchte sich den Laden schon länger ansehen. Und wenn du deinen Charme einsetzt, wirst du auch Franziska überzeugen.«

»Warten wir's ab. Sie hat sowieso keine rechte Lust, heute auszugehen.«

»Hoffentlich nicht wegen Maren. Ist Franziska immer noch eifersüchtig?«

Kaltenbach hebt die Arme. »Na klar. Und das völlig grundlos, wie du weißt.« Er hofft, ehrlich zu klingen.

»Deine Affäre mit Maren war doch lange vor ihrer Zeit.«

»Davon weiß Franziska nicht mal was.«

Neuhaus rauft sich die Haare. »Das ist nicht dein Ernst? Kein Wunder, dass Franziska eifersüchtig ist. Sie merkt, dass du einen besonderen Draht zu Maren hast und kann es sich nicht erklären.«

»Soll ich noch Öl ins Feuer gießen? Franziska hat von Anfang an gegen Maren gestänkert.«

Neuhaus winkt ab. »Ich sag weiter nichts dazu. Die Suppe hast du dir selbst eingebrockt.« Er klopft mit der Hand auf die Schreibtischplatte und steht auf. »Man sieht sich. Was hältst du von elf Uhr, vorher ist da tote Hose?«

»Ich werde pünktlich sein und versuchen, Franziska mitzubringen.« Kaltenbach blickt seinem Freund hinterher. Er beneidet Gunnar um Maren und fühlt sich dabei unglaublich mies.

Maren Petersen und Gunnar Neuhaus warten vor dem Eingang des Darklord, als Franziska Bommer und Clemens Kaltenbach, beide ganz in schwarz, eintreffen. Petersen hat einen weinroten Hosenanzug gewählt, der die Vorzüge ihrer Figur betont. Unter dem offenen Blazer trägt sie einen schwarzen BH. Er passt zu ihren ebenfalls schwarzen Locken, die ihr über die Schultern herabfallen und ihr Gesicht noch schmaler wirken lassen. Geschickt versteckte Haarspangen verhindern, dass sich die Haare wie ein Vorhang vor ihren braunen Augen schließen. Auf aufdringliche Schminke hat sie, wie immer, verzichtet. Kaltenbach fragt sich nicht zum ersten Mal, woher die stets elegant gekleidete Maren den Mut nimmt, sich mit Gunnar zu zeigen. Der macht den Eindruck, als hätte er im Wäschetrockner gesteckt, ohne den Knitterschutz einzuschalten. Das trifft selbst heute zu, obwohl sein schwarzer Anzug frisch gebügelt ist und tadellos sitzt.

Maren Petersen küsst Kaltenbach zur Begrüßung auf den Mund. Sie verströmt einen leichten Geruch nach Rauch und einem dezenten Parfüm, das in Kaltenbach angenehme Erinnerungen weckt. Er schaut ihr lange in die Augen, traut sich aber nicht, sie zu umarmen. Neuhaus, der den Ärger kommen sieht, küsst Franziska Bommer ebenfalls, fasst ihr um die Taille und bugsiert sie Richtung Eingang.

»Ich habe dir doch gesagt, dass man nicht unbedingt in Schwarz erscheinen muss«, mault Bommer mit Blick auf Petersen. »Und modern ist mein Outfit auch nicht gerade.«

Kaltenbach weiß, dass Franziskas Kleid erst ein halbes Jahr alt ist, hat jedoch keine Lust zu streiten. »Lasst uns reingehen.«

Schon an der Kasse kommt er sich wie ein Außerirdischer vor. Ohne Amulette, Halsbänder, Kreuze und Tätowierungen fehlen ihm wesentliche Attribute. Er bezahlt die obligatorischen Verzehrbons und winkt den anderen, ihm zu folgen.

Der überfüllte Saal der Diskothek erinnert Kaltenbach an eine Sardinenbüchse. Die zusammengepferchten Gruftis haben ihr

Outfit auf die Farben Schwarz und Dunkelrot beschränkt, setzen Letzteres aber eher zurückhaltend ein. Über dem Szenario schwebt düstere Musik. Der Sänger klagt über Schuld, leere Worte und Herzlosigkeit. Und das in einer Lautstärke, die jede Unterhaltung im Keim erstickt. Abgesehen davon ist es heiß wie in einer Sauna. Kaltenbach schlägt vor, in den Barraum zu gehen, wo die Musik ihre Trommelfelle weniger schmerzhaft bearbeitet. Sie drängen sich durch die kostümierten Menschen. Es riecht nach Rauch, Schweiß, Patchouli und abgestandenem Bier.

Im Barraum haben sich dutzende von Flaschen vor der hell erleuchteten Glasrückwand der Theke zu einem bunten Farbenspiel getroffen. Ein gedrungener Barkeeper beeilt sich, die ihm zugerufenen Bestellungen zu erfüllen. Der Mann stellt die Getränke, die Gunnar Neuhaus geordert hat, auf die Theke. Sein ärmelloses T-Shirt gestattet den Blick auf seinen rechten Oberarm und auf eine kleine Totenkopf-Tätowierung. Als Kontrast hat er ein grünes, mit Nieten besetztes Hundehalsband umgelegt. Kaltenbach fragt sich, ob der Typ Hundesteuer zahlen muss.

»Kann ich euch helfen, sucht ihr jemanden?« Der Barkeeper lispelt leicht.

»Sehen wir so aus?«, gibt Maren Petersen schnippisch zurück.

»Ältere Darklords und Darkladys suchen hier meist ihre Kinder.«

Bevor sich Petersen aufregen kann, greift Kaltenbach ein. »Wir suchen Mark Günther.«

»Den suchen viele, was wollt ihr von ihm?«

»Ich schreibe für den Bremer Tageskurier einen Artikel über den Vermisstenfall.«

»Vermisstenfall, wie sich das anhört. Nur weil er sich einige Tage nicht gezeigt hat? Vielleicht ist er bei einer Braut oder bei einem Bräutigam versackt. Außerdem habt ihr euren Einsatz verpennt. Eure Kollegen von Bremen Netnews waren schon gestern hier.«

Kaltenbach wird angerempelt und verschüttet Weißwein auf seine Hose. Verärgert sieht er sich um, entdeckt den Schuldigen aber nicht.

»Netnews hat nur was Allgemeines über euch Gruftis gebracht, was jeder im Internet nachlesen kann«, sagt er, wieder an den Barkeeper gewandt.

Der lacht und zeigt seine gelben Zähne. »Denen habe ich auch nichts erzählt.«

»Warum nicht?«

»Wollten keine Kohle rüberschieben, da hat's mir glatt die Sprache verschlagen.«

Obwohl es die Konkurrenz getroffen hat, ist Kaltenbach empört. Trotzdem legt er zwanzig Euro auf die Theke.

»Das soll wohl ein Scherz sein, fünfzig Piepen sind das Mindeste.«

Kaltenbach wird wütend. »Werde nicht unverschämt, mehr Geld kriegst du nur, wenn die Infos was wert sind. Außerdem brauchen wir Fotos vom Treiben in diesem Laden. Die sind aber im Preis mit drin.«

»Okay, okay, Fotos kannst du haben. Was willst du denn wissen?«

»Erzähl alles, was du über Mark Günther weißt.«

»Was gibt es da groß zu sagen, er verkehrt hier.«

»Das ist ja wohl gar nichts. Rück die Kohle wieder raus oder streng deinen Grips an.«

Der Barkeeper zuckt die Schultern. »Was soll's, ihr werdet ja ohnehin rausfinden, dass Mark Günther was mit dem Untoten hatte.«

»Mit welchem Untoten?«, fragt Maren Petersen.

»Frank Stevens, studiert in Münster.«

»Und warum haben sich die beiden getrennt?«, fragt Kaltenbach. Er schaut zu Franziska und Gunnar hinüber, die sich abseits gestellt haben.

»Mark hat das Verhältnis beendet. Fühlt sich anscheinend doch mehr zum Weiblichen hingezogen. Schade, ist ein hübscher Kerl.«

Kaltenbach stöhnt leise auf. »Wie hat Frank Stevens reagiert?«

»Rein äußerlich gelassen. Aber was weiß ich, so genau kenne ich die nun auch wieder nicht. Ich denke, die sind sowieso beide bi.«

»Das wird ja immer wilder. Wo finde ich diesen Untoten?«

»Keine Ahnung. Musst bei ihm zu Hause anrufen. Sein Vater hat einen Softwareladen, der steht bestimmt im Telefonbuch.«

Kaltenbach hat in der Enge Mühe, etwas zu notieren. Als Maren Petersen so dicht an ihn gedrückt wird, dass sein Gesicht in ihren Haaren versinkt, zeigt eines seiner Körperteile wachsende Begeisterung. Verdammtes Biest, denkt er, darauf hat sie es angelegt.

»Maren, wenn du mich so in die Ecke drückst, kann ich nicht schreiben.«

»Ich sehe keine Ecke.« Sie blickt ihm in die Augen, fasst um seine Hüften und zieht ihn fester an sich. »Und ich wusste auch nicht, dass du mir ohne Worte ein so nettes Kompliment machen kannst.«

»Maren bitte! Franziska guckt garantiert schon sauer. Ich darf mir nachher wieder ihre endlosen Tiraden anhören.«

In Gedanken wünscht er sich, Maren möge ihn nie loslassen. Damit aus seinen Tagträumen, die längst Wurzeln in seinem Kopf geschlagen haben und sich nicht mehr ausreißen lassen, Wirklichkeit wird. Und dass er nicht weiter versuchen muss, seine Gefühle vor Maren zu verbergen, was ihm ohnehin nicht gelingt. Sie provoziert ihn, lockt ihn mit Blicken, kleinen Gesten und zufällig wirkenden Berührungen, die ihn erregen und verwirren. Und gibt ihm dann zu verstehen, dass er seine Chance bei ihr verspielt hat.

Petersen zündet sich eine Zigarette an und bläst ihm den Rauch ins Gesicht. »Sei ehrlich, du genießt es, mir so nah zu sein. Ich bin aber eine treue Seele, mach dir also keine Hoffnungen.«

»Ich würde doch nie …« Kaltenbach bricht ab. Er spürt aufsteigende Hitze und weiß, dass sein Kopf farblich mit einer Tomate konkurrieren könnte.

Maren Petersen lächelt. »Sag nichts, ich verspreche dir, dass deine Träume unter uns bleiben. Mal was anderes. Gunnar hat mir berichtet, du hättest Franziska nie was von unserer Beziehung erzählt. Warum nicht, bin ich dir peinlich?«

Kaltenbach wedelt den Rauch mit der Hand weg. »So ein Quatsch; wieso solltest du mir peinlich sein? Außerdem hab ich's ihr vorhin auf dem Weg hierher gesagt.«

»Na toll, den Zeitpunkt hast du genial gewählt. Und ich wundere mich, dass Franziska heute noch mauliger ist als sonst. Manchmal frage ich mich, ob du absichtlich in jedes Fettnäpfchen springst.«

Er greift ihre Hand. »Maren, noch hast du die Chance, als netteste Person des Tages in meiner Erinnerung zu bleiben.«

»Ich bin ohnehin der netteste Mensch. Du wusstest das ja damals nicht zu schätzen.«

»Hättest noch netter sein sollen. Ich lasse mich nun mal nicht so leicht dressieren.« Er hätte sich am liebsten auf die Zunge gebissen. Schließlich geht es ihn nichts an, dass sich Gunnar von ihr gängeln lässt.

Petersen schenkt ihm ein gequältes Lächeln. »Du darfst alles zu mir sagen, aber den Spruch verkneifst du dir künftig.«

»Entschuldige.«

»Schon vergessen.« Sie drückt seine Hand.

»Lass uns gehen«, schlägt Kaltenbach vor. »Ich halte den pubertären Wahnsinn der Gruftis nicht länger aus. Wir können bei uns noch was trinken.«

»Denkst du, die mageren Infos, die der Barkeeper dir gegeben hat, bringen dich weiter?«

»Willst du sein Hundehalsband enger schnallen, bis er seine tiefsten Geheimnisse auswürgt?«

»Ich mache das.« Petersen winkt dem Barkeeper, der am anderen Ende des Tresens bedient.

»Was gibt's denn noch?« Der Mann lehnt sich vor ihr über die Theke und faltet erwartungsvoll seine Hände. »Ach so, ich kriege ja noch dreißig Euro.«

»Erst, wenn wir alle Infos haben.«

»Mehr weiß ich nicht. Meinst du, ich führe Aufzeichnungen über unsere Gäste?« Der Barkeeper lispelt nun lauter. Einige Leute drehen sich um.

Petersen schlägt einen schärferen Ton an. »Du möchtest also, dass ein Bericht in der Zeitung steht, der den Darklord mit dem Vermissten in Verbindung bringt? Das mag zwar Werbung für euch sein, ruft aber auch die Polizei auf den Plan. Die kreuzen hier häufiger auf, als es deinem Chef lieb sein kann.«

»Haha, glaubst du, die waren noch nicht hier? Von denen habe ich doch gehört, dass Mark vermisst wird.«

»Und sonst?«

»Nichts und sonst.«

Kaltenbach tritt wieder dichter an den Tresen heran. »Müssen wir dir jedes Wort einzeln aus der Nase ziehen? Also los, was hast du der Polizei erzählt?«

Der Barkeeper prüft gelangweilt ein Bierglas, indem er es vor die erleuchtete Rückwand hält. »Das, was ich euch auch gesagt habe. Die scheinen nicht sonderlich interessiert zu sein. Haben sich gleich mit meinen Aussagen zufriedengegeben.«

»Mir reichen deine dürftigen Angaben aber nicht.« Kaltenbach sieht den Mann auffordernd an. »Unsere Leser wünschen Details. Wird's bald? Ich bin Polizeireporter mit sehr guten Connections zu den Bullen. Wenn ich denen einen Tipp gebe, kommen sie zurück und drehen hier jede Flasche um, dich eingeschlossen.«

Petersen greift wieder ein. »In eurer Szene muss es doch Leute geben, die mehr über den Vermissten sagen können, beispielsweise jemand, der ein echtes Verhältnis zu ihm hatte?« Ihr Lächeln ist als Friedensangebot gedacht.

Der Barkeeper kratzt sich unter seinem Hundehalsband. »Ich nenne ungern Namen aus der Szene. Da wollt ihr ja auch nur nerven und ich stehe als Verräter da.«

»Ärger kriegst du so oder so.«

Der Barkeeper schenkt sich einen Absinth ein, nippt an dem Drink und kippt ihn runter. »Also gut, bevor ich euch gar nicht loswerde. Das ist die letzte Auskunft, dann haut ihr ab und lasst euch nicht mehr blicken.«

»Okay, rück raus damit.«

»Ihr könntet Yvonne Selig fragen.«

Petersen zündet sich eine Zigarette an. »Und wo finden wir die Dame? Ist das ein Deckname?«

»Sie heißt wirklich Selig, in der Szene nennt man sie die Schwarze Witwe. Sie war mit Mark Günther zusammen, bis sie sich verkracht haben. Du findest sie im Salon Cutting Crew, dort arbeitet sie als Friseurin.«

»War die Polizei bei der Selig?«

»Nein, denen habe ich nichts von ihr erzählt. Aber platzt da nicht einfach rein, ruft an und sagt, Ingo der Dunkelfürst schickt euch.«

Clemens Kaltenbach und Maren Petersen blicken sich vielsagend an.

»Danke für die Infos. Eine schöne Nacht«, wünscht Kaltenbach.

Ingo lispelt wieder lauter. »Halt, meine restliche Kohle.«

»Erst die Fotos. Die hätte ich fast vergessen.«

Der Dunkelfürst verschwindet hinter einer Tür neben der Bar. Nach fünf Minuten kehrt er mit einem Packen Bilder zurück.

Kaltenbach sieht die Fotos durch und steckt sie in eine Gesäßtasche. »Eines möchte ich noch wissen. Falls Mark Günther was angetan wurde, wer käme dafür aus eurer Szene in Betracht?«

»Bist du jetzt total übergeschnappt, wer sollte denn so was tun?«

»Das frage ich dich.«

»Vergiss es, wir Gothics sind aus Überzeugung friedfertig. Wer schlägt, ist unfähig zu reden. Lieber diskutieren wir tagelang, auch wenn nichts dabei rauskommt.«

»Und über was diskutiert ihr?«

»Wir hinterfragen den Sinn des Daseins. Das unterscheidet uns von der Spaßgesellschaft, die lachend ihrem Untergang entgegen tanzt.«

Kaltenbach verkneift sich ein Lächeln. Auf ihn wirken eher die Gruftis wie eine Spaßtruppe. Er hat aber keine Lust, mit Ingo zu streiten.

Sie gehen zu Gunnar und Franziska, die schon ungeduldig warten. »Warum hast du ihn nicht auf die Todesdrohung angesprochen?«, fragt Maren Petersen.

»Weil die Frage sinnlos wäre. Oder meinst du, dass Ingo, wäre er der Verfasser der Mail, sich als künftiger Mörder outen würde?«

DREI

Presslufthämmer toben durch seinen Kopf und reißen ihn aus dem Schlaf. Sein erster Blick trifft auf die grüne Blumentapete des Schlafzimmers; ein Muster, das den Schmerz zu neuen Höchstleistungen treibt. Clemens Kaltenbach stöhnt und greift Hilfe suchend zur Seite. Franziska liegt neben ihm. Muss sie zur Arbeit oder ist heute Sonntag? Er versucht, sich an die vergangene Nacht zu erinnern. Nach dem Diskobesuch haben Gunnar und er dem Wein und Grappa zugesprochen. Mehr fällt ihm nicht ein. Er tastet seinen Kopf ab, Stirn und Haare sind schweißnass.

Das Telefon klingelt. Ein Lärm, der sich in seinem Gehirn in tausend Nadeln verwandelt. Kaltenbach schleppt sich ins Wohnzimmer. Auf dem Couchtisch stehen Gläser, Wein- und Grappaflaschen sowie zwei Schalen für Knabberzeug. Alles ist leer, nur der Aschenbecher ist voll. Es riecht nach kaltem Rauch. Na ja, einer von Marens Fehlern.

Er greift zum Hörer und legt mehr Wehleidigkeit in seine Stimme, als nötig wäre.

»Hallo Clemens«, sagt Neuhaus. »Dir scheint es noch schlechter zu gehen als mir.«

»Was ist denn so wichtig, dass du am frühen Sonntagmorgen anrufst?«

»Wieso Sonntag, heute ist Freitag. Du wolltest einen Termin mit der Schwarzen Witwe vereinbaren.«

»Scheiße, lässt Sondermann schon nach mir fahnden?« Kaltenbachs Magen droht zu rebellieren und seine Beine fühlen sich an, als hätte man die Knochen herausgelöst. Er muss sich an der Wand abstützen.

»Frau Bauer hat mich gefragt, wo du steckst.«

Kaltenbach reibt seine Stirn. Der pochende Schmerz will sich nicht vertreiben lassen. Ein Blick aus dem Fenster zeigt ihm, dass die Sonne wieder brennt.

»Warum ruft sie nicht bei mir an?«

»Das hat sie dreimal versucht, aber es hat nie jemand abgenommen.«

»Sag der alten Schachtel, ich hätte Migräne und deshalb das Telefon leise gestellt. Deinen Anruf hätte ich nur bemerkt, weil ich aufs Klo musste.«

Franziska Bommer schleicht mit einem bösen Blick über den Flur ins Bad.

»Franzi ist sauer. Ich habe versprochen, sie zu wecken.«

»Dann hat sie selbst schuld. Die Aufgabe hätte sie dir gestern Abend nicht übertragen dürfen. Kommst du heute ins Büro?«

»Erzähl der Bauer, ich sei zum Arzt gegangen. Nach ein paar Pillen kann ich am Nachmittag bestimmt wieder arbeiten; bevor ich noch mehr Ärger kriege. Ich rufe gleich die Schwarze Witwe an.«

»Melde dich, wenn du so weit bist. Ich verdrücke mich inzwischen, muss eine Kamera zur Reparatur bringen.«

Kaltenbach schaut sich um. CDs liegen ohne Hülle vor der eingeschalteten Stereoanlage, die dazugehörenden Booklets entdeckt er auf dem Tisch. Die Tür der Schrankwand, hinter der sich sonst die Hausbar versteckt, ist geöffnet. In zwei Polstersesseln stapeln sich aufgeschlagene Fotoalben. Das abstrakte Ölgemälde, das normalerweise über dem Sofa hängt, steht vor dem Heizkörper. Und dazu der kalte Rauch. Ihm wird schlecht, nur mit knapper Not erreicht er die Toilettenschüssel. Der Brechreiz will nicht enden. Tränen schießen ihm in die Augen. Endlich ist alles raus. Er richtet sich auf und sieht Franziska, die am Türrahmen lehnt.

»Clemens, ich warne dich. Ich habe genug von deinen Eigenarten. Es geht nicht nur um deinen Alkoholkonsum, sondern auch um deine Geheimnistuerei mit Maren und darum, dass du im

Beruf nichts auf die Reihe kriegst. Ändere dich bald, sonst sehe ich schwarz für eine gemeinsame Zukunft.«

Bommer dreht sich um und knallt die Tür zu. Durch die Jobsuche haben sich ihre atmosphärischen Störungen verstärkt, da Kaltenbach auch erwägt, in eine andere Stadt zu ziehen. Franziska hält nichts davon, da sie in Bremen die Kosmetikabteilung eines Kaufhauses leitet und ihre Arbeit als sicher ansieht. Immer wieder wirft sie ihm Fehler in seiner beruflichen Entwicklung vor. Dass er seine Stellung als Gymnasiallehrer aufgegeben hat, nur weil er keine Lust mehr hatte, sich mit Eltern abzugeben, die die Zensuren ihrer Zöglinge nicht akzeptieren wollten. Und dass er sich von seiner Exfreundin Brigitte Bunk aus dem Feuilleton des Bremer Tageskuriers vertreiben ließ, nur um seine Ruhe zu haben. Außerdem verurteilt Franziska seine Unnachgiebigkeit gegenüber Sondermann, durch die er sich beruflich ins Abseits manövriert.

»Salon Cutting Crew, was kann ich für Sie tun?«

»Kaltenbach, guten Tag, ich möchte Frau Selig sprechen.«

»Am Apparat, was kann ich für Sie tun?«

»Der Dunkelfürst lässt grüßen. Er meint, sie könnten mir etwas über Mark Günther erzählen.«

»Tut mir leid, sie sind falsch verbunden. Ich wünsche Ihnen noch einen schönen Tag.«

»Warten Sie«, sagt Kaltenbach schnell. »Ich bin Redakteur beim Bremer Tageskurier. Wenn Sie auflegen, kreuze ich bei Ihnen im Frisiersalon auf. Wäre Ihnen das lieber?«

»Ich habe jetzt keine Zeit.« Sie klingt nun kleinlauter.

Kaltenbach spielt mit der Schnur des Telefons, die er um seinen rechten Zeigefinger wickelt. »Das habe ich mir schon gedacht. Wir sollten uns in Ihrer Mittagspause sehen. Was halten Sie von der Windmühle in den Wallanlagen? Dort könnten wir uns während eines Spaziergangs ungestört unterhalten, und für Sie wäre es nicht weit.«

»Um eins. Ich muss Schluss machen.«

Kaltenbach legt auf, nimmt drei Aspirin und geht unter die Dusche. Die Haare lässt er von selbst trocknen; der Fön wäre ihm zu laut. Schließlich wählt er die Handynummer von Neuhaus, der sich im Katzencafé im Schnoor versteckt hat, dem mittelalterlichen Altstadtquartier, in dem früher Fischer gewohnt haben. Zausel verspricht, Kaltenbach um zwölf abzuholen.

Da Kaltenbach noch Zeit hat, lüftet er das Wohnzimmer und räumt etwas auf. Dann legt er sich aufs Sofa und kühlt seine Stirn mit einem Eisbeutel.

Yvonne Selig erscheint fast pünktlich und ganz in schwarz, einschließlich ihrer Haare und Fingernägel. Die Augenbrauen hat sie weggezupft und durch dünne schwarze Striche ersetzt. Auf ihrer rechten Wange sitzt eine tätowierte Spinne. Ein Nasenring und ein schweres Kreuz, das mit der Spitze nach unten hängt, geben ihr den letzten Pfiff. Von solch einem Vampir ließe ich mich nicht frisieren, denkt Kaltenbach. Die sollte lieber in einer Friedhofsgärtnerei arbeiten.

»Sie waren die Freundin von Mark Günther. Jetzt ist er verschwunden. Können Sie sich vorstellen, was passiert ist?«, fragt er.

»Keine Ahnung, habe lange nicht mit Mark geredet.« Während Yvonne Selig spricht, verändert das Spiel ihrer Gesichtsmuskeln die Form der Tätowierung. Der Faszination, die davon ausgeht, kann sich Kaltenbach nicht entziehen. Er starrt fortwährend auf das Treiben der Spinne.

»Woran ist Ihre Beziehung zu Mark Günther denn gescheitert?«, mischt sich Neuhaus ein.

»Sie stellen vielleicht Fragen. Er ist im Bett ein Langweiler. Sonst ist er okay.«

»Gibt es noch andere Personen in der schwarzen Szene, zu denen Mark Günther besonders enge Kontakte hat?«

»Ja klar, er hängt oft mit seiner Clique rum. Frank Stevens, Sven Bothur und Britta Freese. Sven und Britta sind ein Paar.«

»Von Frank Stevens habe ich schon gehört. Stimmt es, dass Frank und Mark ein Verhältnis hatten?«, fragt Kaltenbach. Ihm wird wieder übel. Außerdem bekommt er Sodbrennen.

»Hat Ingo Ihnen das erzählt? Diese Plaudertasche soll sich um ihren eigenen Dreck kümmern.«

»Hatten die beiden nun eine Beziehung oder nicht?« Kaltenbach lässt nicht locker.

»Wollen Sie sich an dem Thema aufgeilen?«

»Keinesfalls, aber es könnte uns auf die richtige Spur führen.«

Yvonne Selig zuckt die Schultern. »Frank und Mark haben sich nicht in die Karten schauen lassen. Vielleicht wollten sie alle anderen nur verarschen. Das hat genervt und war ein weiterer Grund für unsere Trennung.«

»Haben Sie auch zu dieser Clique gehört?«

»Nicht wirklich, es ist schwer, da reinzukommen. Wie Britta das geschafft hat, ist mir ein Rätsel.«

»Hat Frank Stevens eine Freundin?«

»Er hatte eine sehr enge Beziehung. Sie heißt Natalie. Ihren Nachnamen kenne ich nicht. Vor einem halben Jahr ist sie in die USA gegangen, um dort zu studieren. Unvorstellbar für mich, was an dem Land so toll sein soll. Ich weiß auch nicht, ob die beiden noch zusammen sind.«

Sie gehen schweigend zu einer schattigen Parkbank, auf der Neuhaus Yvonne Selig fotografiert. Im Hintergrund ist die Herdentorsmühle zu sehen. Sie wurde nach einem Brand im Jahr 1892 wieder in ihrer ursprünglichen Form aufgebaut und bis 1942 betrieben. Seit 1998 lockt ein Mühlen-Café Besucher an.

»Ich komme noch einmal zum Anfang unseres Gesprächs zurück«, sagt Kaltenbach. »Denken Sie, Mark könnte abgehauen sein, weil er was angestellt hat?«

»Abgehauen ja, dass er Mist gebaut hat, glaube ich allerdings nicht.«

»Warum sollte er dann abhauen?«

Yvonne Selig weicht aus. »Keine Ahnung.«

»Nun sagen Sie's schon, ich sehe Ihnen an, dass Sie was wissen«, drängt Kaltenbach. »Sonst müsste ich die Polizei einschalten, das könnte unangenehm für Sie werden.«

Sie ringt mit sich, bevor sie antwortet. »Mark und Sven haben sich über eine Erpressung unterhalten. Ich habe zufällig Gesprächsfetzen mitgekriegt. Soweit es zu verstehen war, ging es um einen Elternteil. Sven schien dagegen zu sein. Genaueres weiß ich nicht; vielleicht ist Mark deshalb untergetaucht.«

»Es könnte ihm auch was zugestoßen sein. Hat er Feinde?«

»Kann ich mir nicht vorstellen.«

»Erzählen Sie doch mal was über die drei anderen aus der Clique. In welchem Umfeld leben sie? Was schweißt sie zusammen?«

»Sie mögen sich halt. Jeder Mensch braucht schließlich jemanden, mit dem er sich austauschen kann. Zu Hause haben sie ständig Zoff. Britta ist am schlimmsten dran, ihre Eltern setzen ihr Daumenschrauben an.«

»Kennen Sie alle Eltern?«, fragt Neuhaus.

»Soweit mir bekannt ist, hat Franks Vater mit Software zu tun. Svens Eltern betreiben ein Bauunternehmen und eine weitere Firma. Sie besitzen in Achim ein großes Grundstück direkt am Weserhang. Toll, kann ich Ihnen sagen. Wir haben da mal eine Fete gefeiert. Brittas Eltern können Sie, wie gesagt, vergessen. Die sind extrem religiös und gegen unsere Szene.«

Kaltenbach bedankt sich bei Yvonne Selig. Die Informationen reichen ihm für einen ersten Artikel, den er mit einem Foto von der Spinnenfrau aufpeppen wird. Er fasst darin zusammen, was er bisher weiß. Die Erpressung erwähnt er nicht, der Hinweis ist ihm zu vage. Als Schwerpunkt schildert er die Gothic-Szene, ohne auf die Drohung einzugehen. Einem Spinner will er keine Plattform bieten.

Sondermann gibt sich mit dem Text zufrieden. Selbst er sieht ein, dass das Thema zurzeit nicht mehr hergibt.

VIER

Kaltenbach sinkt auf seinen Bürostuhl und reibt sich die Augen. Er hätte gern länger geschlafen. In der Nacht hat man ihm auch eine Morddrohung gemailt, die er an Lunacek weitergeleitet hat. Anschließend hat er Mühe gehabt, einzuschlafen. Als es ihm endlich gelungen ist, hat er von seiner Jobsuche geträumt. Drei Verlage haben ihn zu Vorstellungsgesprächen eingeladen, jedes Mal hat Sondermann hinter dem Schreibtisch gesessen und ihn höhnisch angegrinst. Nach dem Aufwachen hat er sich ausgelaugter gefühlt, als vor dem Schlafengehen.

Muss ihn jetzt sein Telefon nerven?

Es ist Lunacek. »Hallo, Herr Kaltenbach, ich habe Neuigkeiten für Sie. Letzten Abend wurden ein Sven Bothur und seine Freundin Britta Freese vermisst gemeldet. Wir rechnen die beiden ebenfalls der schwarzen Szene zu. Sie sollten sich überlegen, ob Sie an der Geschichte dran bleiben wollen. Zum einen, da auch Sie eine Drohung erhalten haben. Zum anderen, weil Boris Raugang gestern Nachmittag mit seinem Auto verunglückt ist. Die Bremsleitung war manipuliert. Er hat Glück gehabt; er ist in dem Moment langsam gefahren und hat nur einen Blechschaden zu beklagen.«

Kaltenbach läuft es kalt den Rücken runter. Was tun? Stellte er die Recherchen an dem Fall ein, verlöre er seinen Job. »Vielen Dank für den Hinweis. Ich komme allerdings nicht aus der Sache raus, muss eben mit einem ungutem Gefühl arbeiten. Haben Sie Infos über die Eltern von Sven Bothur und Britta Freese? Svens Eltern sollen finanziell gut gestellt sein. Ist das korrekt?«

»So genau lassen sie nicht hinter ihre Fassade blicken«, antwortet Lunacek. »Wir wissen nur, dass der Vater Bauunternehmer ist und die Mutter eine Telefonmarketing-Agentur betreibt. Beides nicht ganz astrein, wenn Sie mich fragen. Ich könnte ihnen die Adresse mailen, die von den Freeses auch.«

»Ja, das wäre nett. Aber wieso nicht astrein?«

»Man munkelt was von Schmiergeldern und hinsichtlich der Agentur von überhöhten Abrechnungen. Die Polizei Verden kann den Bothurs allerdings bisher nichts nachweisen. Das dürfen Sie also auf keinen Fall verwenden.«

»Und die Freeses? Stimmt es, dass sie religiöse Eiferer sind?«

»Damit treffen Sie den Nagel auf den Kopf. Ein Nachbar hat sie als Fundamentalisten bezeichnet.«

Kaltenbach verzieht angewidert sein Gesicht. Er bedankt sich bei Lunacek noch einmal für die Informationen. Ihm ist klar, dass seine Recherchen, die ihm zuerst nur ein Gähnen entlockt haben, immer gefährlicher werden. Er steht auf und tritt frustriert seinen Papierkorb um.

Kaltenbach fühlt sich in einen englischen Film versetzt. Auf dem Anwesen, vor dem er seinen Audi A3 parkt, verläuft ein bogenförmiger Fahrweg bis zur Haustür und von dort zurück zur Straße. Da die Tore verschlossen sind, muss er aus seinem klimatisierten Wagen steigen. Hitze überfällt ihn. Neben einer Tür, die in die Mauer eingelassen ist, die das Grundstück umschließt, drückt er einen Messingklingelknopf.

Ein vierzig- bis fünfzigjähriger Mann schaut misstrauisch aus dem Haus. Er macht in seiner legeren Kleidung einen zupackenden, zugleich abweisenden Eindruck.

Der Mann betätigt den Türöffner. Kaltenbach geht durch den gepflegten Garten, vorbei an großen Büschen und Ahornbäumen. Das Knirschen der Steine auf dem Kiesweg, der zum Haus führt, kommt ihm unnatürlich laut vor. Die Amseln, die eben noch auf den Bäumen gezwitschert haben, fliegen davon. Kaltenbach wünscht sich, er wäre schon auf dem Rückweg.

»Was wollen Sie?« Der Mann hat einen stechenden, abschätzenden Blick.

»Mein Name ist Clemens Kaltenbach. Ich komme vom Bremer Tageskurier. Sind Sie Ernst Bothur?«

Unter der dunkelbraunen Allerweltsfrisur verliert das Gesicht des Mannes alle Farbe. »Sie wagen sich hierher? Nach dem miesen Artikel über unseren Sohn und seinen Freundeskreis? Ich sollte meine Hunde auf Sie hetzen.«

Kaltenbach sieht Bothur fragend an. »Moment mal, ich habe nur über Tatsachen geschrieben, die ich vorher sauber recherchiert hatte.«

»Mit Leuten von ihrer Sorte rede ich nicht mehr. Machen Sie sich vom Acker.«

Kaltenbach hört ein Geräusch hinter seinem Rücken. »Was ist denn nun wieder los?«

Er dreht sich um. Die weiche, einschmeichelnde Stimme passt nicht zu der vollschlanken Frau mit mittellangen brünetten Haaren, die sich in Dauerwellen kräuseln. Kaltenbach schätzt sie auf vierzig. Sie ist teuer aber geschmacklos gekleidet und hält zwei Hundeleinen. Die beiden Pitbull-Terrier, die daran zerren, fixieren Kaltenbach mit unverhohlenem Interesse.

»Was soll schon los sein, Marion? Ein Pressefuzzi gibt hier dem nächsten die Klinke in die Hand.«

»Wir sollten ihn erst mal anhören. Die Presse könnte uns noch nützlich sein, Liebling. Schließlich wollen wir Sven bald wohlbehalten wiedersehen.«

»Dass ich nicht lache. Dabei soll die Journaille helfen? Gib mir die Hunde.«

Ernst Bothur lässt den Bestien mehr Leine. Sofort verkürzen sie den Abstand zu Kaltenbach, dem der Schweiß im Gesicht und am Oberkörper herunterläuft.

»Sie sind doch gar nicht daran interessiert, was unserem Sohn zugestoßen ist. Sie suchen eine Sensationsstory, um Ihre geifernde Leserschar zu beeindrucken. Was in uns Betroffenen vorgeht, lässt Sie kalt.«

»Ich möchte zur Aufklärung des Falles beitragen.« Kaltenbach fällt keine bessere Antwort ein.

Bothur grunzt kurz. »Das lassen Sie am besten die Bullen erledigen. Mit Ihrem Geschmiere würden Sie nur alles durcheinanderbringen.«

Kaltenbach bleibt ruhig, obwohl es in ihm brodelt. »Ich habe die Erfahrung gemacht, dass man uns oft mehr anvertraut als der Polizei.«

»Und das wäre?«

»Zum Beispiel habe ich bei meinen Recherchen gehört, dass ihr Sohn zu Hause Probleme hat.« Kaltenbach tritt einen Schritt von den Pitbulls zurück. »Wenn Sie also nichts zu verbergen haben, sollten Sie jetzt reinen Tisch machen. Sonst könnte das an Ihnen hängen bleiben.«

Ernst Bothurs Hand, die die Hunde hält, zuckt. Die biologischen Kampfmaschinen ziehen erwartungsvoll an den Leinen. »Diesem Klugscheißer von Bremen Netnews, Raugang heißt er wohl, habe ich dummerweise auch vertraut. Der ist gestern Vormittag hier aufgekreuzt und hat wie Sie davon gefaselt, dass er uns mit einem Artikel helfen will.«

»Und was hat er Schlimmes getan?«, fragt Kaltenbach.

Marion Bothur seufzt. »Er hat über Satanisten und vom Eindringen rechten Gedankenguts in die Gothic-Szene geschrieben. Eine Unverschämtheit, Sven, Mark und Britta einfach in eine Schublade zu stecken, in der es angeblich von schwarzen Messen und Sexorgien nur so wimmelt.«

»Von mir können Sie auf jeden Fall eine faire Berichterstattung erwarten.« Kaltenbach drückt Marion Bothur seine Visitenkarte in die Hand. »Auf der Rückseite finden Sie meine private Adresse und Telefonnummer.«

Ernst Bothur rückt einen halben Meter näher. »Meine Frau ruft Sie nicht an und Sie schreiben nichts über uns. Und jetzt hauen Sie endlich ab.«

Marion Bothur nimmt Kaltenbach am Arm und führt ihn zur Grundstückstür. Sie flüstert. »Gehen Sie lieber. Mein Mann verliert manchmal die Nerven und wird unberechenbar.«

Kaltenbach bleibt mit der Türklinke in der Hand stehen. »Ich habe gehört, dass Ihr Sohn mit Mark Günther über eine Erpressung gesprochen hat. Es soll Eltern der Vermissten betreffen. Wissen Sie was davon?«

Marion Bothur wirkt erstaunt. »So was kann ich mir bei Sven beim besten Willen nicht vorstellen.«

»Haben Sie Kontakt zu den Freeses?«

»Sie haben gestern Mittag angerufen und gesagt, ihre Tochter habe schon seit Donnerstag letzter Woche nach Sven gesucht und sei jetzt selbst verschwunden. Da mein Mann und ich während dieser Zeit in Urlaub waren, konnten wir Svens Verschwinden nicht bemerken. Wir haben uns dann gemeinsam mit den Freeses an die Polizei gewandt. Erst dort haben wir erfahren, dass auch Mark Günther, ein Freund von Sven, vermisst wird.«

»Und vorher, hatten Sie da noch keinen Kontakt? Ihr Sohn und Britta sind doch befreundet?«

»Die Freeses sind gegenüber Sven voreingenommen. Sie meinen, er habe versucht, ihrer Tochter den christlichen Glauben auszureden. Das ist Unsinn, Sven ist ebenfalls Christ. Sein Anbändeln mit den Gruftis stufen wir als jugendliche Wichtigtuerei ein.«

»Könnte sein Verschwinden auch mit geschäftlichen Dingen zusammenhängen? Haben Sie Feinde? Hat Sie jemand in der Hand?« Kaltenbach weiß, dass er wieder gefährliches Terrain betritt.

»Bitte gehen Sie.« Marion Bothur deutet auf die Tür. »Und überlegen Sie sich gut, was Sie schreiben.«

»Wo stecken Sie?«

Auch der noch, denkt Kaltenbach. »Ich war bei den Bothurs in Achim und bin jetzt auf dem Weg zur Familie Freese im Viertel.«

»Hoffentlich fahren Sie nicht nur spazieren.« Sondermann klingt ungeduldig. »Wir brauchen endlich verwendbare Fakten. Netnews hat bereits Aussagen von den Eltern der Vermissten veröffentlicht. Werfen Sie sich gefälligst mit ihrer ganzen Energie in die Aufgabe. Der Tageskurier ist die Nummer eins in Bremen und wird das unter meiner Führung auch bleiben. Wer nicht mitzieht, kann gehen.«

»Netnews hat alles frei erfunden, über schwarze Messen und ähnlichen Schwachsinn.« Kaltenbach bremst scharf, weil er sonst an einer Kreuzung bei Rot abgebogen wäre.

»Das ist mir schnuppe«, sagt Sondermann. »Wir müssen schnell dagegen halten, aber mit nachprüfbaren Fakten. Bis zum Abend erwarte ich einen weiteren Beitrag von Ihnen. Moment, warten Sie.« Sondermann legt den Hörer auf seinen Schreibtisch. Papiere rascheln, schließlich ist er wieder am Apparat. »Fahren Sie auch zu Dr. Stevens. Er wohnt in der Schwachhauser Heerstraße, stadtauswärts auf der linken Seite, kurz vorm Schwachhauser Ring. Dr. Stevens hat seinen Sohn heute Morgen ebenfalls vermisst gemeldet. Das wird unsere Toppgeschichte, das meldet mir mein journalistischer Spürsinn.«

Kaltenbach legt auf und schimpft laut vor sich hin. Wie soll er, ohne etwas herausgefunden zu haben, bis zum Abend einen Text liefern? Bei den Freeses dürfte er ebenso auf Granit beißen.

Er ruft Lunacek an, der ihm bestätigt, dass jetzt auch Frank Stevens vermisst wird.

Nach dem Telefonat sucht Kaltenbach in der Achimer Innenstadt einen Parkplatz. Er betrachtet seinen Kopf im Rückspiegel und sieht, wie sich seine Locken im Nacken stärker kräuseln als sonst. Und die Haare, die an sich immer locker über seinen Ohren hängen, sind verschwitzt und angeklatscht.

Er steigt aus dem Wagen. Ein vornehmer älterer Herr kommt auf ihn zu. »Hier, nehmen Sie meinen Parkschein, da sind noch eineinhalb Stunden drauf. Der Stadt sollte man nicht zu viel Geld in ihren unersättlichen Rachen stopfen.«

»Besten Dank.« Kaltenbach blickt sich um. Er hat gar nicht bemerkt, dass Parkgebühren zu zahlen sind.

Auf der Terrasse des Atriums, eines Restaurants in der Fußgängerzone, setzt er sich unter einen großen Sonnenschirm. Er bestellt ein Mineralwasser und einen Salat Nizza.

Die Freeses werden nicht mit ihm reden. Sie dürften wegen des Artikels von Netnews ebenfalls verstimmt sein. Abgesehen davon wird Ernst Bothur Brittas Eltern gewarnt und ihn beschrieben haben. Gleichwohl muss er an Informationen kommen. Als Polizist kann er sich nicht ausgeben, das würde endgültig zum Bruch mit Sondermann führen. Welche Möglichkeiten bleiben ihm? Er bestellt ein Glas Weißwein als Inspirationsquelle. Wer ließe sich überreden, als Kommissar aufzutreten und wie könnte er das Problem mit dem Polizeiausweis umgehen?

Die Bedienung serviert den Wein und reißt Kaltenbach dadurch aus seinen Grübeleien. Er zieht sein Handy aus der Hosentasche und ruft Neuhaus an.

»Hallo Gunnar. Hört jemand mit? Hast du gleich Zeit für mich?«

»Nun mal langsam, eins nach dem anderen. Wo brennt´s denn?«

Kaltenbach erläutert seinen Plan.

»Dir ist hoffentlich klar, dass uns das unsere Jobs kosten wird, wenn Sondermann dahinterkommt?«, fragt Neuhaus. »Du hast doch schon mal solchen Mist gebaut. Das ist auch einer der Gründe dafür, dass Sondermann jetzt Dohrmann die Position des Redaktionsleiters in Aussicht stellt.«

Kaltenbach rückt unruhig auf seinem Plastikstuhl hin und her. »Und was soll ich deiner Meinung nach tun, der hat mich ohnehin auf dem Kieker? Falls ich nichts liefere, bin ich weg vom Fenster. Und Jobs liegen nicht auf der Straße.«

»Wer sagt dir denn, dass die Freeses was Interessantes wissen? Und wenn, binden sie´s uns garantiert nicht auf die Nase. Ich habe das Gefühl, wir laufen planlos durch die Gegend.«

»Also lässt du mich hängen.«

»Eigentlich sollte ich auflegen. Bist du so blöd, oder hat dir der Stress das Gehirn vernebelt. Fliegt das Schauspiel auf, machen sie mich doch leicht ausfindig. Ich lasse dich aber nicht hängen. Ich schlage Maren vor, meinen Part zu übernehmen. Die kennt Sondermann nicht. Wo willst du dich mit ihr treffen?«

»In einer Stunde im Café Engel. Sonst wird es zu spät, weil ich noch zu Dr. Stevens fahren soll. Sein Sohn zählt jetzt auch zu den Vermissten.«

»Okay, ich frage Maren.«

Drei Kastanienbäume spenden Schatten und verleihen der Terrasse des Café Engel eine anheimelnde Atmosphäre. Kaltenbach hält grübelnd ein Glas Pinot Grigio in der Hand. Er blickt über die Straße auf die Schaufenster von Korsett-Friedel. In dem Wäschegeschäft mit mehr als hundertjähriger Tradition hat sich Franziska ein Corselet gekauft, um ihren imaginären Bauchansatz wegzudrücken. Er hat damals bereut, mit hineingegangen zu sein, denn Franziska hat ein Corselet nach dem anderen anprobiert.

Kaltenbach verdrängt die Erinnerung und schaut auf seine Uhr. Er freut sich darauf, Maren zu sehen. Sie müsste längst da sein. Er wird mit ihr aber nur einen Cappuccino trinken und sie wieder nach Hause schicken. Wie konnte er angesichts der Drohung auf die Idee kommen, Maren oder Gunnar in die Recherchen einzubeziehen?

Er sieht die zauselige Gestalt von Gunnar Neuhaus heraneilen. Zausel zieht sein linkes Bein leicht nach, weil er beim Fotografieren einmal von einer Leiter gefallen ist und sich dabei den Unterschenkel gebrochen hat.

Kaltenbach und der zwei Jahre jüngere Neuhaus sind seit fast zehn Jahren eng befreundet. Damals hat Neuhaus als freier Mitarbeiter beim Bremer Tageskurier gejobbt. Vor vier Jahren, als sein Vater in Rente gegangen ist, hat er dessen Fotogeschäft in Verden übernommen. Für den Konkurs hat er nur zwei Jahre gebraucht, denn Neuhaus sieht sich mehr als Künstler und fühlt sich daher bei Pass- und Gesellschaftsfotos unterfordert. Da seine Kunden dies gemerkt haben, sind sie zur Konkurrenz gewechselt. Und Neuhaus hat sich wieder beim Tageskurier beworben. Mit Kaltenbach verbinden ihn auch die gemeinsame Vorliebe für die mediterrane Küche und deren Weine sowie das Interesse an Kunst und Musik.

Neuhaus setzt sich und bestellt ein Mineralwasser. »Ich habe Maren nicht erreicht. Sie steckt in einem Meeting bei einer Werbeagentur«, sagt er statt einer Begrüßung.

»Und nun?«

»Ich helfe dir.«

»Ich wusste, dass ich auf dich zählen kann.« Kaltenbach legt seinem Freund eine Hand auf die Schulter. »Ich mach´s aber selbst, die Geschichte ist zu gefährlich. Mich hat der anonyme Verfasser der Drohungen ohnehin auf dem Kieker, also hältst du dich da raus.«

»Spinnst du, wir sind ein Team. Sonst rennen wir auch überall zusammen hin.«

»Schon, diesmal ist es allerdings zu riskant, und es geht vorrangig um meinen Job.«

»Ja und? Mich schüttelst du nicht ab, ich komme einfach mit.«

»Gunnar, vorhin hast du meine Idee noch für völlig abwegig gehalten. Warum willst du jetzt unbedingt mitmachen.«

»Ich habe weiterhin Bedenken, aber wegen Sondermann. Du hast die Wahl: Entweder gehe ich allein zu den Freeses und du zu Dr. Stevens oder wir besuchen beide Parteien gemeinsam.«

Kaltenbach merkt, dass sich Neuhaus nicht umstimmen lässt. Außerdem wird es Zeit, weiterzumachen. »Ich muss es trotzdem erst bei den Freeses versuchen, sonst lassen sie dich nicht rein. Du kannst mich von der Straßenecke aus beobachten. Sobald es Ärger gibt, kommst du nach und übernimmst meinen Part. In dem Fall mimst du einen Hauptkommissar Brinkmann. Frag, wie sie zur Dunkelszene stehen, ob sie Stress mit Britta haben und vergiss nicht, das Thema Erpressung anzusprechen. Die Drohung verschweigst du. Falls sie mich doch reinlassen, fährst du zu Dr. Stevens, hier ist die Adresse.« Kaltenbach schiebt Neuhaus einen Zettel über den Tisch.

»Weißt du, was auf Amtsanmaßung steht?«

»Eine Freiheitsstrafe von bis zu zwei Jahren oder eine entsprechende Geldstrafe. Strafgesetzbuch, Paragraph 132. Aber was regst du dich auf? Ich kann das Strafgesetzbuch nicht ändern.« Kaltenbach trinkt einen Schluck Weißwein.

Neuhaus lächelt gequält. »Wir reiten uns damit richtig tief in die Scheiße. Wäre ich bloß bei meinen Hochzeitsfotos geblieben.«

»Entspann dich. Wir streiten hinterher ab, dass du dich als Polizist ausgegeben hast. Dann steht Aussage gegen Aussage. Wir sagen, sie hätten mich nicht reingelassen, weil Bothur Sie gewarnt hatte. Du dagegen hättest vertrauenerweckender ausgesehen.« Kaltenbach hat Mühe, angesichts der zauseligen Gestalt seines Freundes ein Lächeln zu unterdrücken. »Und da sie es sich nicht ganz mit der Presse verderben wollten, hätten sie mit dir gesprochen. Hauptkommissar Sandman wird uns schon glauben. Sollte es im Verlag Ärger geben, nehme ich alles auf meine Kappe. Aber wie gesagt, mir wäre es lieber, du stiegest aus.«

»Vergiss es.«

»Dann lass uns anfangen. Falls du zu Dr. Stevens gehst, kannst du unter deinem Namen auftreten. Sag einfach, du kommst vom Bremer Tageskurier. Dass du Fotograf bist, musst du ja nicht erwähnen.«

Kaltenbach gefällt die Atmosphäre im Steintorviertel nicht. Im benachbarten Ostertorviertel machen die Nebenstraßen einen gepflegteren Eindruck, was nicht nur an den Altbremer Häusern liegt, die dort während des Zweiten Weltkrieges verschont geblieben sind.

Die Familie Freese wohnt in der Horner Straße in einem der schmalen Bremer Reihenhäuser, die sich ohne Unterbrechung an ganzen Straßenzügen entlangziehen. Kaltenbach konzentriert sich auf die Hausnummern und tritt in einen Haufen Hundekot. Er flucht und streift die Exkremente, so weit es geht, an der Bordsteinkante ab. Danach hebt er seinen Blick kaum noch vom Gehweg. Was er sieht, lässt ihn daran zweifeln, in einem zivilisierten Land zu leben. Zwischen dem mit Platten ausgelegten Teil des Bürgersteigs und der Fahrbahn zieht sich ein ehemaliger, schlanker Grünstreifen entlang, der von Kot übersät ist. Aufgrund der totalen Überdüngung hat keine Pflanze eine Chance. Selbst die Gehwegplatten sind durch Haufen verunziert.

Kurz nach zehn Uhr klingelt er bei den Freeses. Niemand reagiert. Er bleibt einen Moment lang stehen und schaut sich das Haus an. Es wirkt spießbürgerlich. Der Vorgarten ist mit Waschbeton zugepflastert. Die einsame Pflanze, die den Kahlschlag überlebt hat, fristet ihr kümmerliches Dasein in einem Trog, der ebenfalls aus diesem Material gefertigt ist. Die billige, abstoßende Fassade des Gebäudes verstärkt das Saubermannimage.

Aus den Fenstern der Freeses beobachten Kaltenbach kitschige Figuren, durch die Milchglasscheibe der Eingangstür schimmert ein großes Kreuz.

Kaltenbach läutet ein zweites Mal. Zusätzlich schlägt er mit der Faust gegen die Haustür, die daraufhin aufgerissen wird. Der Mann, der die Klinke in der Hand hält, sieht noch erbärmlicher aus als das Haus. Kaltenbach weiß, dass Wolfgang Freese ungefähr fünfundvierzig Jahre alt ist. Sein verbittertes, hageres Gesicht lässt ihn aber älter erscheinen. Seine Frisur erinnert an die Adolf Hitlers, wenn man davon absieht, dass Freeses Schädel mit strohblonden Haaren bedeckt ist.

Aus dem Hintergrund meldet sich Marlies Freese mit schriller Stimme. »Herr Bothur hat uns schon vor Ihnen gewarnt. Verschwinden Sie, und zwar sofort.«

Sie ist sehr dürr. Da sie einen zu weiten Trainingsanzug trägt, ist Kaltenbach unsicher, ob er sie als kränklich oder zäh einstufen soll. Ihre Haare hat sie zu einem kurzen Pferdeschwanz zusammengebunden.

»Glückwunsch«, antwortet er an Wolfgang Freese gewandt. »Nicht jeder kann sich eine Regierungssprecherin leisten.«

»Machen Sie keinen Ärger, sonst rufe ich die Polizei.« Wolfgang Freese klingt nicht überzeugend, er muss wohl den Erwartungen seiner Frau entsprechen.

»Wer macht denn Ärger?«, fragt Kaltenbach. »Ach, wenn man vom Teufel spricht, dann kommt die Polizei. Guten Tag Kommissar Brinkmann.«

»Hauptkommissar, das sollten Sie inzwischen wissen.« Neuhaus tritt in den Vorgarten. »Was mischen Sie sich schon wieder in meine Ermittlungen ein, Kaltenbach?«

»Ich wollte sowieso gehen. Hier ist man nach meinem Geschmack zu unfreundlich.«

Neuhaus blickt skeptisch auf das große Kreuz, das über dem braunen Ledersofa hängt. Hält der Nagel? Vom Sofa aus sieht er auf eine Schrankwand, in der Heerscharen von Nippes- und Glasfiguren jede Abstellmöglichkeit erobert haben. Aus der dritten Wand glotzen Tierköpfe, die Neuhaus unentwegt fixieren. Als Fluchtweg bliebe ihm das breite Fenster, das die vierte Wand einnimmt.

Marlies Freese holt ihn in die Realität zurück. »Gut, dass Sie gekommen sind, Herr Hauptkommissar. Die von der Presse wühlen gern im Leid anständiger Leute. Diese Internetzeitung hat auch schon angerufen. Ich habe einfach aufgelegt.«

»Das haben Sie richtig gemacht. Aber lassen Sie uns bitte auf unser Thema konzentrieren. Je schneller wir die Vermissten wiederfinden, je eher bringen wir die Pressemeute zum Schweigen.«

»Wieso besucht uns nicht Hauptkommissar Sandman? Bearbeiten Sie jetzt den Fall?«, fragt Marlies Freese.

»Wir sind ein Team. Herr Sandman kann ja nicht alles allein machen.«

»Verstehe. Haben Sie denn einen Verdacht?«

»Nichts Konkretes.« Neuhaus hebt bedauernd seine Hände.

»Aber es kommen doch nur diese Schwarzen in Betracht«, sagt Marlies Freese, die ihrem Mann keine Chance lässt, in das Gespräch einzugreifen. »Wenn Sie mich fragen, sind das mystisch verklärte, neuheidnische Spinner. Sie sollten sich den wahren Problemen des Lebens stellen.«

Auf ihrer Stirn wachsen Sorgenfalten. Dann laufen Tränen. »Entschuldigung, ich bin völlig fertig. Warum Britta? Warum? Sie hat niemanden was getan. Die anderen haben Britta da reingezogen.«

»Seit wann sorgen Sie sich eigentlich um Britta?«, fragt Neuhaus. »Jugendliche bleiben nun mal nachts weg.«

»Das hat Britta nie gemacht.« Über Marlies Freeses Wange rollen wieder Tränen. »Britta ist Dienstagnachmittag mit der Straßenbahn zu einer Freundin gefahren. Sie wollten zusammen bis in den Abend hinein lernen. Nachdem sie um Mitternacht noch nicht zurück war, hat mein Mann das Viertel abgesucht und in verschiedene Kneipen geguckt. Wir halten Britta nicht für verantwortungslos, aber wir wissen, unter welchem schlechten Einfluss sie steht.«

»Haben Sie Brittas Bekannte nicht angerufen?«

»Natürlich, dort ist sie gegen neun gegangen. Was uns beunruhigt: Sie hat ihrer Freundin erzählt, dass sie diesen schrecklichen

Sven seit Donnerstag letzter Woche nicht mehr erreicht hat, seine Eltern ebenso wenig. Wir haben daher vermutet, dass sie Sven suchen will. Gestern haben wir die Bothurs angerufen und sind gemeinsam zur Polizei gefahren. Die hat uns informiert, dass auch ein Mark Günther vermisst wird, den Britta angeblich kennt. Das habe ich doch alles schon Herrn Sandman berichtet.«

»Das ist richtig, aber uns interessiert noch was anderes«, sagt Neuhaus. »Wir haben in der Gothic-Szene recherchiert. Man hat uns gesagt, die vermissten jungen Leute hätten alle viel Zoff zu Hause. Stimmt das, könnten sie deshalb abgehauen sein?«

»Wie kommen Sie denn darauf? Bei uns gab es nie Ärger.«

»Uns ist anvertraut worden, Sie hätten Ihrer Tochter Daumenschrauben angesetzt.«

»Ach ja?« Marlies Freeses Stimme schrillt wieder. »Sie glauben also diesen Satansanbetern. Ich werde mich bei Hauptkommissar Sandman auch über Sie beschweren. Bitte gehen Sie.«

Neuhaus´ Blick fällt erneut auf die ausgestopften Tierköpfe. Haben sich ihre Augen verfinstert? Absurd, aber der Gedanke will ihm nicht aus dem Kopf. »Bitte beruhigen Sie sich. Ich erzähle Ihnen ja nur, was wir erfahren haben. Wir sind angehalten, jeder Spur nachzugehen.«

»Und warum stellen Sie gerade uns derart widerliche Fragen?« Wolfgang Freese wagt sich unerwartet aus der Deckung. »Was ist mit den anderen Eltern?«

»Die befragen wir selbstverständlich auch.«

»Dann fangen Sie am besten bei Familie Bothur an.«

»Wolfgang, was soll das?« Marlies Freese steht auf und wandert unruhig im Zimmer umher.

»Ist doch wahr. Vielleicht sind die Kinder hinter irgendwelche krummen Geschäfte gekommen und haben die Bothurs erpresst?«

»Sie fahren aber starke Geschütze auf«, sagt Neuhaus.

»Das müssen Sie denen ja nicht auf die Nase binden.« Wolfgang Freese lächelt dünn.

»Apropos Erpressung. Sie haben mir ein Stichwort gegeben. Sven Bothur und Mark Günther sollen sich darüber unterhalten haben, dass sie einen Elternteil erpressen wollen. Was meinen Sie dazu?«

Marlies Freese lacht kurz auf. »Dem Sven traue ich alles zu. Sperren Sie ihn weg, dann haben wir eine Sorge weniger.«

»Sonst fällt Ihnen nichts ein?«

»Nein, was sollte mir denn einfallen? Falls das stimmt, was Sie sagen, dürften die Bothurs gemeint sein.«

»Kennen Sie auch Dr. Stevens?«

»Er hat vorhin angerufen, weil er meint, sein Sohn könnte ebenfalls verschwunden sein. Wir haben ein Treffen mit ihm und den Bothurs verabredet.«

»Und warum ist Sven Bothur schrecklich? Er ist doch der Freund Ihrer Tochter.«

»Freund, wenn ich das schon höre. Er ist eine spätpubertäre Entgleisung von Britta.« Marlies Freeses Stimme zittert vor Hass. »Stellen Sie sich diese Unverschämtheit vor: Er hat letztens das Kreuz an unserer Haustür auf den Kopf gedreht.«

Neuhaus hat Mühe, ernst zu bleiben. »Ich bin mit meinen Fragen durch. Danke für Ihre Mitarbeit.«

Das Telefon klingelt. Maries Freese geht an den Apparat, ihr Mann begleitet Neuhaus zur Tür. Einen Blick zurück auf die Tierköpfe wagt Neuhaus nicht. »Hallo Herr Sandman«, hört er noch, bevor die Tür hinter ihm zuschlägt.

›Dr. Arno Stevens – Software-Beratung und -Implementierung‹. Kaltenbach kann das Schild von der gegenüberliegenden Straßenseite aus lesen. Ein Pfeil weist ihm den Weg durch die Tür eines hohen schmiedeeisernen Zauns und einen tiefen, vorwiegend mit Rhododendren bepflanzten Garten, der das Haus vor unerwünschten Blicken schützt.

Am Empfang erwartet ihn eine etwa dreißigjährige, stark geschminkte Frau mit kurzen blonden Haaren. »Guten Tag. Wie kann ich Ihnen helfen?«, fragt sie mit rauchiger Stimme.

»Mein Name ist Clemens Kaltenbach. Ich komme vom Bremer Tageskurier und möchte Dr. Stevens sprechen.«

»Geht es um seinen Sohn? Eine beunruhigende Geschichte. Ich frage Dr. Stevens, ob er Zeit hat. Er steckt mitten in einem Projekt. Bitte warten Sie einen Moment.«

Sie ist bald zurück und bittet Kaltenbach, ihr in das Büro von Dr. Stevens zu folgen. Der Raum ist nicht sehr repräsentativ eingerichtet. Einfache Möbel und eine große Magnettafel, an der Zeichnungen hängen, prägen das Bild.

»Dr. Stevens kommt gleich, er telefoniert noch mit einem Kunden. Darf ich Ihnen einen Kaffee oder ein Kaltgetränk anbieten?«

»Ja gern, ein Mineralwasser bitte.«

Kaltenbach hat den ersten Schluck getrunken, als Dr. Stevens eintritt. Seine sportliche Figur passt zu dem modischen Hemd, das er trägt. Sein volles, dunkelbraunes Haar ist kurz geschnitten. Auffallend sind seine traurigen braunen Augen. Sie liegen tief in den Höhlen eines Gesichtes, das hohe Wangenknochen beherrschen.

»Guten Tag, Herr Kaltenbach. Meine Sekretärin sagt, Sie kämen vom Bremer Tageskurier und wollten mich wegen meines Sohnes sprechen. Ich möchte nicht unhöflich sein, habe aber einen engen Terminplan und wüsste auch nicht, was ich Ihnen mitteilen könnte.« Stevens deutet auf den Stuhl, der vor seinem Schreibtisch steht. Er setzt sich ebenfalls und kratzt an der Haut seiner Fingernägel herum.

»Vielen Dank, dass Sie sich trotzdem Zeit für mich nehmen, Dr. Stevens. Unsere Leser haben inzwischen großes Interesse an dem mysteriösen Verschwinden von nun schon vier jungen Leuten. Können Sie sich einen Reim auf die Geschichte machen?«

»Wie sollte ich? Ich weiß auch gar nicht, ob mein Sohn wirklich verschwunden ist. Er ist, ohne ein Ziel anzugeben, in Urlaub gefahren. Seitdem hat er nicht angerufen. Vielleicht steht er morgen wieder vor der Tür? Das hat er schon mal so gemacht. Ich habe ihn nur als vermisst gemeldet, weil ich hinterher keinen Grund haben möchte, mir was vorzuwerfen. Immerhin sind drei seiner Freunde unauffindbar, das beunruhigt mich doch.«

»Haben Sie ein gutes Verhältnis zu ihrem Sohn?«

»Was soll denn diese Frage?« Stevens runzelt die Stirn.

»In der Dunkelszene ist man der Meinung, die Vermissten hätten alle Stress mit ihren Eltern.«

»So, sagt man das?« Stevens lächelt. »Wir haben ein normales Verhältnis. Streit gibt es überall mal.«

»Kennen Sie die drei anderen Vermissten?«

»Mark Günther ist der beste Freund von Frank. Britta Freese und Sven Bothur gehören zu seinem engsten Bekanntenkreis. Sie waren mal hier. Ich habe ihnen Tipps in Sachen EDV gegeben.«

»Wie haben Sie überhaupt davon erfahren, dass die anderen vermisst werden?«

Stevens zeigt wieder ein Lächeln. »Die Polizei hat sich bei mir gemeldet, weil Frank mit den Dreien befreundet ist.«

»Noch eine Frage: Ihr Sohn und Mark Günther sollen ein Paar gewesen sein, wissen Sie das?«

Stevens winkt ab. »Das ist Unsinn, die beiden wollten in der Szene auf sich aufmerksam machen.«

Das Telefon läutet. Stevens nimmt ab. »Nein, von Ihnen ist niemand hier. Wir haben doch nachher erst den Termin. Kommen Sie nicht selbst?«

Stevens verabschiedet sich und legt auf. »Die Polizei verliert die Übersicht. Jetzt suchen sie hier schon ihre eigenen Leute, einen Hauptkommissar Brinkmann.«

Kaltenbach übergeht das Thema. »In der Szene geistert das Gerücht von einer Erpressung herum. Haben Sie davon was mitbekommen?«

»Nein, tut mir leid.«

»Sven Bothur und Mark Günther haben sich angeblich darüber unterhalten. Ziel der Erpressung soll jemand aus dem Kreis der Eltern sein.«

»Mich können Sie von der Liste streichen. Die anderen kann ich nicht einschätzen, mit denen habe ich bisher nur telefoniert.«

»Kennen Sie eine Person, die mir noch was über Frank erzählen könnte?«

»Sorry, aber auch damit kann ich nicht dienen.«

»Und eine Natalie?«

Stevens winkt ab. »Ach, Sie meinen die Ex von Frank. Die lebt jetzt in Amerika.«

»Der Name scheint Sie nicht heiter zu stimmen?«, setzt Kaltenbach nach.

Stevens lehnt sich im Schreibtischstuhl zurück. Er zieht einen Fetzen Haut neben seinem linken Daumennagel ab. Kaltenbach mag nicht hinsehen.

»Sie hat Frank den Kopf verdreht und ihn dann sitzengelassen. Frank kommt bis heute nicht darüber hinweg, vor allem nicht, weil er ihretwegen eine andere Beziehung aufgegeben hatte.«

»Wären Sie so freundlich, mir die Adresse oder Telefonnummer dieser Natalie zu geben?«

»Bedaure, die habe ich nicht, und Frank hat alles in den Müll geworfen, was ihn an diese Frau erinnern könnte.«

»Aber den Nachnamen wissen Sie doch bestimmt?«, bohrt Kaltenbach weiter.

»Sie heißt Schmidt.«

»Mit tt?«

»Nein, mit dt.« Stevens schaut auf die Uhr. »Ich habe was Dringendes zu erledigen. Und in ein paar Minuten erscheint hier die Kripo, die werden mir die gleichen Fragen stellen.«

Kaltenbach gibt Stevens seine Visitenkarte. »Falls Ihnen noch was einfällt, rufen Sie mich bitte an. Meine privaten Kontaktdaten finden Sie auf der Rückseite.«

»Wo drückt denn der Schuh?«, fragt Lunacek. Er spürt Kaltenbachs Müdigkeit.

»Mein Chefredakteur macht mächtig Druck. Er verlangt bis heute Abend eine interessante Story. Die anonyme Drohung scheint ihm zu gefallen. Mein Problem ist, dass sich die drei oder vier jungen Leute in Luft aufgelöst haben. Hat die Polizei schon konkrete Ergebnisse?«

Durch die Leitung ist zu hören, wie Lunacek Akten sortiert. »Abgesehen davon, dass sich die Jugendlichen kennen und in derselben Szene verkehren, gibt es wohl keinen Zusammenhang.«

Kaltenbach bedankt sich trotz der fehlenden Informationen und beendet das Gespräch. Sofort klingelt sein Handy.

»Clemens, warum meldest du dich nicht?« Franziska Bommer wirkt ungeduldig. »Wie sieht es aus mit unserem Kinoabend?«

»Franzi, glaub mir, die Story über die Gruftis kotzt mich an. Allerdings geht es für mich um sehr viel. Deshalb muss ich noch einen Beitrag schreiben. Wahrscheinlich klappt es nicht mit dem Kino. Und wenn ich ehrlich sein soll, habe ich heute wenig Lust darauf. Ich bin platt.«

»Hättest du dich nicht von deiner Ex aus dem Feuilleton ekeln lassen, müsstest du abends keine Verbrecher verfolgen oder dich von ihnen jagen lassen. Abgesehen davon solltest du delegieren können, aber dein Job scheint dir ja wichtiger zu sein als unsere Beziehung. Weißt du was, du packst deine Sachen und suchst dir eine neue Bleibe. Ich übernachte bei einer Freundin. Spätestens morgen früh bist du weg. Leg den Schlüssel auf die Kommode und zieh die Tür hinter dir zu.«

Ehe Kaltenbach antworten kann, hat sie aufgelegt. Er lässt seine Faust auf den Tisch krachen. Scheiß Situation, denkt er, was soll ich bloß tun? Franzi hat aus ihrer Sicht auch recht.

Er braucht Minuten, bis er wieder in der Lage ist, sich zu konzentrieren und die bisher gesammelten Fakten zusammenzufassen. Neuhaus hat von den Freeses keine relevanten Erkenntnisse mitgebracht. Kaltenbach bleibt nichts anderes übrig, als den von Sondermann geforderten Beitrag nebulös zu formulieren und den Lesern viel Spielraum für Spekulationen zu lassen. Er geht aber auf die Drohung ein. Sondermann besteht darauf.

FÜNF

Kleidung, CDs und Bücher, mehr besitzt er nicht. Nachgedacht hat er darüber nie. Kaltenbach zieht Franziska Bommers Haustür hinter sich zu, verstaut die Koffer im Audi und fährt zur Elsasser Straße. Er darf Samstag und Sonntag bei Gunnar und Maren wohnen, die diese Tage im Wochenendhaus einer Bekannten verbringen werden. Am Montag will er sich nach einem günstigen Zimmer in einer Pension umsehen und sich dann zügig ein kleines Appartement suchen. Und sparsamer leben.

Jedes Mal, wenn Kaltenbach in die Elsasser Straße kommt, erfreut er sich an den schön bepflanzten Vorgärten der lückenlos aneinander gereihten Häuser. Von der Treppe, auf der er bis in die zweite Etage hochsteigen muss, ist er weniger angetan.

Kaltenbach hat Gunnar angeboten, ihn zum Wochenendhaus zu fahren, weil Zausels Toyota in der Werkstatt steht und Maren erst gegen Abend nachkommen kann. Sie verstauen Essen, Wein und Champagner im Audi. Nicht einmal das Auto gehört mir, denkt Kaltenbach und fährt los. Wäre er innerlich nicht so aufgewühlt, bemerkte er vielleicht den Wagen, der ihnen folgt.

Sie fahren auf der Autobahn Richtung Hamburg bis zur Abfahrt Ottersberg/Posthausen. Ihr Ziel ist ein Haus in Stellenfelde, einer Ansammlung verstreut liegender Anwesen in der Gemeinde Ottersberg. Kaltenbach gefällt die Gegend nicht. Sie ist ihm zu einsam, obwohl sich entlang der Landstraße ein Grundstück ans andere reiht.

Er sieht zunächst nur einen geringen Teil des Backsteinhauses, das hundert Meter abseits der Straße steht. Den Rest verdecken Fichten und Kiefern, die sich aneinanderdrängen, als fürchteten auch sie die Einsamkeit der Landschaft. Ihre geschlossenen Reihen schirmen das rote, mit Efeu bewachsene Gebäude wie eine Befestigungsanlage ab. Nur die Einfahrt ist frei. Kaltenbach muss an Gefängnismauern denken. Er behält seine Gedanken für sich, will Gunnar nicht den Spaß verderben. Er selbst schliefe hier sehr unruhig.

Drinnen ist es angenehm kühl, aber auch düster. Die rustikale Einrichtung, die mit dunklem Holz vertäfelten Wände und die kleinen Fenster, die wenig Licht durchlassen, drücken zusätzlich auf Kaltenbachs Stimmung. Ein Ort für ein romantisches Tête-à-Tête ist das jedenfalls nicht. Hier könnte er sich bestenfalls betrinken.

Als hätte er Kaltenbachs Gedanken gelesen, öffnet Neuhaus eine Flasche Weißwein, die sie fast schweigend leeren. Ab und zu dringt von der Straße ein Fahrgeräusch durch die Baumreihen, das sie als dezentes Murmeln wahrnehmen. Gelegentlich hören sie auch einen Vogel zwitschern. Sonst ist es gespenstisch ruhig. Kaltenbach verabschiedet sich bald, damit Neuhaus aufdecken und die Betten beziehen kann. Er bittet ihn, an die Drohung zu denken.

Maren trifft er in der Elsasser Straße nicht mehr an, sie muss schon unterwegs nach Stellenfelde sein. Der Duft ihres Parfüms schwebt noch in der Luft. Kaltenbach ist enttäuscht, er hätte sie gern gesehen. Erneut fragt er sich, was ihn wieder zu ihr hinzieht? Ist es ihre Fröhlichkeit? Sie lacht immer. Franziska läuft dagegen häufig mit einem trübsinnigen Blick herum. Außerdem ist Maren offener und direkter. Eigenschaften, die Kaltenbach als positiv empfindet, selbst wenn sie verletzend sind. Abgesehen davon wäre auf Maren mehr Verlass, käme es mal darauf an. Und sie gäbe ihm Halt in seiner derzeitigen Lage, in der er um seine berufliche Zukunft kämpft. Ihre Stärke ist auch ihr größter Nachteil. Das zeigt sich in ihrem Willen, jede Situation dominieren zu wollen. Damals ist das für ihn der Hauptgrund gewesen, sich von ihr zu trennen. Natürlich hat er ihr das nicht gesagt; er hätte seine eigene Schwäche eingestehen müssen. Will er sich jetzt beweisen, dass er doch der Stärkere ist? Unsinn, es wäre besser, das Thema zu verdrängen. Als Lebensgefährtin seines besten Freundes ist Maren für ihn unantastbar. Falls es mit Franziska definitiv aus sein sollte, würde er eben eine Zeit lang solo leben. Das hätte auch seinen Reiz. Er könnte auf Vernissagen, zu Lesungen und in Konzerte gehen, die Franziska nicht interessieren.

Kaltenbach öffnet das Wohnzimmerfenster und sieht auf schmale Gärten und die dahinter verlaufenden Bahngleise herab. Ein Güterzug fährt vorbei und lässt den Fußboden vibrieren. Sein Magen meldet sich. Er durchsucht die Vorräte und findet im Gefrierschrank eine Tiefkühlpizza, die er in den Backofen schiebt. Dazu entkorkt er eine Flasche roten Bordeaux, legt ›Dark Side Of The Moon‹ von Pink Floyd in den CD-Player und setzt sich auf das Dreiersofa, das in der Sitzecke im hinteren Teil des Wohnzimmers steht. Es ist der beste Platz, um Musik zu hören. Allerdings ist es hier ebenso eng, wie in der Essecke am Fenster. Eigentlich ist die Drei-Zimmer-Wohnung groß genug für zwei Personen, aber Maren, die freiberuflich als Werbetexterin arbeitet, beansprucht einen Raum als Büro.

Kaltenbach geht immer wieder in die Küche und schaut in den Backofen. Es dauert ihm zu lange. In der Zwischenzeit leert er fast die ganze Flasche Rotwein. Schließlich ist die Pizza knochenhart. Er holt ein schärferes Messer und entkorkt noch eine Flasche Bordeaux, um die Pizza beim Kauen aufweichen zu können. Mit seinem letzten Bissen verklingen die Töne von ›E-clipse‹, dem Schluss-Song der CD. Kaltenbach blickt auf die Uhr. Kurz vor acht und er ist schon hundemüde. Er zieht die Schuhe aus und legt sich in Jeans und Hemd aufs Sofa. Im Geiste sieht er Gunnar und Maren, die ihre Leckereien mit Schampus runterspülen. Bei dem Gedanken an Maren verspürt er einen Stich in der Brust.

»Wir sollten es lassen.« Sie spricht leise, kann das Gefühl nicht verdrängen, belauscht zu werden.

»Wieso? Es macht dich doch an.«

»Es macht mich nervös, weshalb begreifst du das nicht? Hier ist es unheimlich. Warum probieren wir das nicht zu Hause aus? Nimm mir wenigstens die Augenbinde ab.«

Er ignoriert ihren Wunsch und fixiert ihre Füße mit weichen Seilen am Fußende des Bettes. Ihre Hände sind bereits mit Handschellen an die hinteren Bettpfosten gefesselt.

»Nicht so knapp. Ich kann mich ja nicht mehr bewegen.«

Er schweigt.

»Hast du die Außenbeleuchtung eingeschaltet?«, fragt sie.

»Jaaaa.«

»Ist sie wirklich an?«

»Was hast du denn? Du kannst doch sowieso nichts sehen.«

»Bitte Gunnar, schau nach. Irgendwas stimmt hier nicht.«

»Du nervst. Wollen wir die Fesselnummer durchziehen oder willst du mich die ganze Nacht durchs Haus hetzen?«

»Mensch Gunnar, du musst nur zum Fenster gehen. Ist das zu viel verlangt?«

Sie hört die Vorhänge rascheln. Das Geräusch kommt ihr übermäßig laut vor.

»Das Licht ist aus. Ich bin mir sicher, es angemacht zu haben«, sagt Neuhaus. »Dann ist eben die Birne kaputt.«

Maren Petersen wird flau im Magen. »Ich sage doch, dass hier was nicht stimmt. Hast du wenigstens die Außentür abgeschlossen?«

»Ich glaube schon.« Neuhaus ist gereizt. »Und wenn nicht? Wer soll hier mitten in der Nacht aufkreuzen? Außer Clemens weiß niemand, dass wir hier sind, und der dürfte seinen Rausch ausschlafen. Also mach keinen Stress wegen einer kaputten Lampe.«

Petersen will zu einer heftigen Entgegnung ansetzen, da quietscht im Erdgeschoss die Tür zum Seitenausgang. Obwohl kein Lüftchen weht.

»Gunnar, hast du das gehört?« Sie flüstert.

»Ich sehe nach.«

»Du spinnst wohl. Binde mich los, lass mich nicht hilflos her liegen.«

Die Holzstufen der Treppe knarren. Petersen traut sich nicht, hinter Gunnar herzurufen. Sie lauscht. Ein dumpfes Geräusch, gefolgt von unnatürlicher Ruhe.

Maren Petersen wagt kaum, zu atmen. Wieder knarren die Stufen. Eine Person kommt zögernd die Treppe herauf, als wüsste sie nicht, was sie oben erwartet. Die Schritte tasten über den kurzen Flur, verstummen am Fußende ihres Bettes.

An einem der Seile, mit denen ihre Füße gefesselt sind, zieht jemand, als wolle er prüfen, ob sie ihm ausgeliefert ist. Petersen fühlt sich wie ein Schmetterling, den man in einem Schaukasten aufgespießt hat. Ihrer Würde beraubt und zu einem Objekt degradiert, an dem sich andere ergötzen. Nur dass sie noch lebt. Noch.

Wer steht hinter dem Bett? Was will er? Wo ist Gunnar? Petersen hat viele Fragen, bringt jedoch nicht eine über die Lippen. Sie versucht, ihre Beine zusammenzuziehen, aber die Fesseln bieten ihr keinen Spielraum. Warum hört sie nichts? Was macht der Typ? Falls er mehr von ihr will, soll er es endlich tun. Geht er danach einfach weg und lässt sie in Ruhe?

Pfefferminz. Sie riecht Pfefferminz. Der Fremde lutscht vor ihrem Gesicht ein Pfefferminzbonbon, schiebt ihn mit seiner Zunge hin und her. Immer wieder. Das ständige Klacken des Bonbons an den Zähnen treibt Petersen zur Weißglut. Sie spuckt, vernimmt kurze Schritte. Dann erneut Stille. Der Pfefferminzgeruch verfliegt.

»Sag was, du Arschloch«, schreit sie in die Schwärze hinein. »Oder hau ab.«

Die Schritte entfernen sich. Verwundert hört Petersen den Fremden die Treppe hinuntergehen. Was hat er vor? Hätte er doch etwas gesagt, statt sie kommentarlos in dieser Finsternis zurückzulassen.

Maren hält die unwirkliche Situation nicht mehr aus. Trotz ihrer zunehmenden Erschöpfung kreischt sie unablässig Gunnars Namen. Schließlich muss sie schweißgebadet und entkräftet aufgeben.

Als hätte der Fremde nur darauf gewartet, dringt von unten wieder ein Geräusch herauf.

»Gunnar?« Sie krächzt nur noch.

Erneut Schritte auf der Treppe, im Flur, hinter ihrem Bett. Er hat Gunnar umgebracht und tötet auch mich, denkt Petersen. Sonst wäre er inkonsequent. Sie reißt an ihren Fesseln, voller Angst, welche Todesart ihr bevorsteht.

Ein Motorengeräusch. Sie hört den Fremden zum Fenster gehen. Überlässt er die Drecksarbeit einem anderen? Oder braucht er nur jemanden, der ihm hilft, Gunnars und ihre Leiche wegzuschaffen?

SECHS

Kaltenbach wacht schon um fünf Uhr auf. Er liegt in Unterwäsche und Socken auf dem Dreiersofa. Sein Kopf schmerzt mal wieder, als ob er in einem Schraubstock steckt. Franziska hat recht, er sollte weniger trinken. Er nimmt zwei Aspirin, zieht seinen schwarz-weißen Morgenmantel über, den Franziska ihm im vergangenen Jahr zu Weihnachten geschenkt hat, öffnet das Wohnzimmerfenster und setzt sich davor. Der Tag beginnt sehr frisch. Kaltenbach fröstelt. Beim Blick aus dem Fenster sieht er große Pfützen zwischen den Bahngleisen, die bald verdampfen werden.

Trotz der Kühle zeigen seine Kopfschmerzen keinerlei Rückzugsabsichten. Er reibt sich die Schläfen, ohne eine Linderung zu erreichen.

Kaltenbach wartet, bis er durchgefroren ist; dann geht er in die Küche. Er flucht über seinen Alkoholkonsum und gelobt Besserung. Wie oft hat er diesen Schwur schon gebrochen? Ist jetzt auch egal. Langsam, damit er sich nicht übergeben muss, isst er drei Scheiben Brot mit Streichkäse und trinkt zwei Tassen Tee. Bevor er sich erneut aufs Sofa legt, schluckt er zwei weitere Aspirin.

Um zehn Uhr sind die Kopfschmerzen erträglich. Er duscht und rasiert sich, greift wieder zu seinem Morgenmantel und frühstückt ein zweites Mal. Nach und nach kehren seine Lebensgeister zurück.

Am Küchentisch versucht er, die bisher recherchierten Fakten zusammenzufassen, schafft es jedoch nicht, sich zu konzentrieren. Er gähnt, steht auf und tastet seine Jeans ab, die er gestern, warum auch immer, über die Lehne des Küchenstuhls gelegt hat. Seine Hand zuckt zurück, als sie den nassen Stoff berührt. Kaltenbach hebt die Hose hoch und sieht ein Loch am rechten Knie. Ist er bei Regen durch die Gegend gelaufen? Sicher ist, dass er zwei Flaschen Wein getrunken hat. Auch das Hemd, das er am Abend getragen hat, dürfte nass gewesen sein. Obwohl es sehr dünn ist, fühlt es sich noch feucht an. Kaltenbach beschließt, sich nicht länger den Kopf darüber zu zerbrechen. Falls seine Erinnerung zurückkehren möchte, wird sie es schon tun.

Was wohl Gunnar und Maren machen? Er wählt Zausels Handynummer. Eine freundliche Stimme teilt ihm mit, der gewünschte Gesprächspartner sei zurzeit nicht erreichbar.

Kaltenbach geht unruhig hin und her. Erneut wählt er Neuhaus´ Nummer. Wieder die Ansage. Gunnar schaltet sein Handy doch nie aus. Seit seinem ersten Versuch ist über eine Stunde vergangen. Er probiert es mit der Handynummer von Petersen, die er ebenfalls als Kurzwahl gespeichert hat.

Endlich nimmt jemand ab, allerdings hört Kaltenbach nur Atemgeräusche.

»Hallo Maren«, sagt er. »Melde dich.«

Die Verbindung wird getrennt.

Kaltenbach zieht eine frische Jeans und ein frisches Hemd an und läuft zu dem Parkplatz, auf dem er gestern sein Fahrzeug abgestellt hat. Der Audi ist nicht mehr da. Wütend rennt er durch die Straßen, schließlich findet er das Auto drei Ecken weiter.

Während der Fahrt kreisen Kaltenbachs Gedanken unablässig um die Drohung. In Stellenfelde lässt er den Wagen langsam in die Einfahrt rollen. Nach ein paar Metern stoppt er und versucht, schon aus der Distanz etwas zu erkennen. Marens Passat steht vor dem Haus. Ein zweites Fahrzeug entdeckt er nicht. Er fährt tiefer auf das Grundstück. Was ist hier geschehen? Kaltenbach wählt noch einmal Marens Nummer. Wieder nimmt jemand ab, ohne sich zu melden, nur dieses widerliche Atmen. Kaltenbach unterbricht die Verbindung.

Läuft er geradewegs in eine Falle? Seine Kopfschmerzen kehren zurück. Verdammter Alkohol. Er wählt Gunnars Nummer. Die freundliche Ansage kommt ihm immer unwirklicher vor.

Im Auto sitzend sieht sich Kaltenbach um. Die dicht stehenden Fichten und Kiefern lassen weder Licht noch Blicke durch. Als hätte man eine schwarze Masse zwischen die Bäume gegossen, die ihn jetzt umzingelt. Hat sich seit gestern was verändert?

Wer hat sich Marens Handy angeeignet? Und wo? War es hier, ahnt die Person, dass Kaltenbach nach seinen Anrufversuchen unruhig werden und kommen wird?

Er schiebt die Warnungen seiner inneren Stimme beiseite und steigt aus. Ein mehrstimmiges Quaken lässt ihn zusammenfahren. Er tippt auf Frösche, ist sich aber nicht sicher. Als er sich einem Tümpel nähert, verstummt das Quaken.

Kaltenbach steht unschlüssig vor dem Haus. Darf er in die Intimsphäre von Gunnar und Maren eindringen? Er schaut durch ein Fenster, es ist nichts zu erkennen, weil die hohen Bäume nur spärlich Licht in das Gebäude fallen lassen.

Die Haustür ist verschlossen. Kaltenbach betrachtet noch einmal das Dickicht der Bäume. Lauern dort Augen? Wenn ja, wessen Augen? Kaltenbach mag nicht mehr hinsehen. Er geht um das Haus herum und entdeckt eine unabgeschlossene Nebentür. Drinnen rechnet er jederzeit mit einem Angriff. Langsam öffnet er die nächste Tür, die leise quietscht. Er muss seinen Kopf einziehen; die Türöffnung ist, den Räumen angepasst, sehr niedrig.

Im Wohnzimmer stehen halb volle Gläser und Essenreste auf dem Tisch. Kaltenbach schreckt zurück, als er Gunnar Neuhaus erblickt, der nackt auf dem Boden liegt und ihn aus toten Augen anstarrt. Er kann nicht verarbeiten, was er sieht.

»Maren«, schreit er.

Aus dem oberen Stockwerk kommt ein undefinierbares Geräusch. Kaltenbach rennt die abgetretene Holztreppe hinauf. Er stolpert und fällt auf die Stufen, ignoriert die Schmerzen in seinen Armen und Knien.

Oben stolpert er erneut. Er fängt sich gerade noch und richtet sich auf. Ein heftiger Schlag trifft seinen Hinterkopf und lässt seine Welt in Finsternis versinken.

War das Clemens´ Stimme? Maren Petersen schwankt zwischen Hoffen und Bangen. Hat nicht vor dem Ruf die Tür gequietscht? Und der dumpfe Schlag danach? Alles wie bei Gunnars Verschwinden oder nur Einbildung? Das Bangen gewinnt die Oberhand zurück. »Clemens«, ruft sie, erhält aber keine Antwort. Sie versucht es weiter und lauscht verzweifelt in die Stille hinein. Was ist überhaupt real? Auf jeden Fall ihr schmerzender Körper. Wie lange liegt sie schon auf dem Rücken, ohne sich bewegen zu können? Ihr Zeitgefühl ist verschwunden, ihre Gedanken verlieren sich im Nichts. Petersen sinkt wieder in einen Halbschlaf.

Kaltenbach weiß nicht, wo er ist. Auch nicht, warum seine Kopfschmerzen mit solcher Wucht zurückgekehrt sind und er mit seinem Gesicht auf einem Nadelfliesteppich liegt. Er hebt den Kopf; ein Schwindelgefühl erfasst ihn. Auf dem ekeligen, rauen Boden will er nicht liegen bleiben, lehnt sich stattdessen an die Wand des kurzen Flurs, der mit kitschigen Drucken englischer Jagdszenen dekoriert ist. An seinem dröhnenden Hinterkopf ertastet er eine leicht blutende Wunde. Nach und nach kehrt seine Erinnerung zurück. Zuerst das Bild des toten Gunnar, dann das der Treppe. Er ist hinaufgelaufen, um Maren zu suchen. An mehr erinnert er sich nicht. Ist Maren hier oben?

Von dem Gang gehen zwei Zimmer ab. Kaltenbach entscheidet sich für den Raum mit der offenen Tür. In der kleinen dunklen Kammer, die ihm das Gefühl vermittelt, einen Sarg zu betreten, findet er Maren Petersen. Sie liegt nackt, gefesselt und mit verbundenen Augen auf einem Bett. Es stinkt nach Urin. Kaltenbach nimmt ihr die nass geweinte Augenbinde ab.

»Wo ist Gunnar?« Petersens Stimme zittert. Ihre sonst so lebendigen Augen sind gerötet. Sie tasten ängstlich und müde den Raum ab.

»Ich binde dich erst mal los.«

»Was ist mit ihm?«, kreischt Petersen.

Kaltenbach traut sich nicht, die Wahrheit auszusprechen. Er steht nur da und starrt Maren an, die ihre Lider wieder geschlossen hat.

»Ist er tot?«, flüstert sie nach einer Weile.

»Ja.« Es ist nur ein Krächzen zu hören. Kaltenbach muss das Wort wiederholen.

Er löst ihre Fesseln. Sofort dreht Petersen ihm den Rücken zu und zieht sich wie ein Embryo zusammen. »Gunnar ist nicht tot«, schreit sie die Wand an. »Das glaube ich nicht.«

Kaltenbach müsste die Polizei rufen, ihm fehlt dazu aber die nötige Kraft. Er setzt sich auf die Treppe und stiert ins Wohnzimmer hinunter. Sieht Gunnar Neuhaus, ohne ihn wahrzunehmen. Sein Kopf dröhnt, produziert keine Gedanken mehr. Er denkt nicht einmal daran, dass der Unbekannte, der ihn niedergeschlagen hat, noch im Haus sein könnte.

Fast eine Stunde sitzt er so. Das erste, was er wieder wahrnimmt, ist sein schmerzendes Hinterteil. Er steht auf und schaut nach Maren. Sie hat sich von der Wand weggedreht, ist aber in ihrer Embryohaltung geblieben. Ihre Augen sind geschlossen. Kaltenbach breitet eine Decke über sie.

Dann geht er nach draußen und ruft mit seinem Handy Hauptkommissar Markus Sandman an.

»Sie haben Glück, dass ich heute arbeite«, sagt Sandman. »Anders kriege ich meinen Schreibtisch nicht leer. Als Trost steht am Abend ein Opernbesuch auf dem Programm. Aber das wird Sie nicht interessieren. Sie haben bestimmt was Dringendes auf dem Herzen, wenn Sie mich am Sonntag anrufen.«

»Mein bester Freund ist ermordet worden«, antwortet Kaltenbach matt.

Sandman weiß für einen Moment nicht, wie er reagieren soll. »Sind Sie sicher?«, fragt er schließlich, weil ihm keine bessere Antwort einfällt. »Oder kann es sich um eine Verwechslung handeln?«

»Leider bin ich mir ganz sicher. Hoffentlich hat das nichts mit der Drohung zu tun. Es ist im Flecken Ottersberg passiert. Wahrscheinlich sagen Sie gleich, Sie seien nicht zuständig.«

»Sie haben recht, wir müssen die zuständige Polizeidienststelle einschalten. Ich kümmere mich darum. Nennen Sie mir bitte die Adresse.«

Kaltenbach gibt ihm die Daten und erklärt den Weg.

»Sind Sie am Tatort?«

»Ja.« Kaltenbach wird erst jetzt klar, wie unvorsichtig es von ihm ist, im Freien zu telefonieren. Der Täter könnte ihm hier auflauern.

»Ihnen muss ich ja nicht erklären, dass Sie nichts anfassen dürfen«, sagt Sandman. »Ist jemand bei Ihnen?«

»Die Lebensgefährtin meines Freundes. Sie war gefesselt.«

»Ist sie verletzt?«

Kaltenbach sieht sich um. »Wohl nur ihre Seele.«

»Warten Sie dort bitte, Herr Kaltenbach. Die Kripo aus Verden wird bald eintreffen.«

Kaltenbach geht ins Haus zurück. Er möchte in Marens Nähe sein und auf sie aufpassen.

»Falls Sie nach Ihrer Aussage das Bedürfnis haben, mit mir zu sprechen, kommen Sie ins Präsidium«, schlägt Sandman vor. »Ich habe sowieso was mit Ihnen zu bereden. Ach, vergessen Sie das, die Angelegenheit sollten wir verschieben.«

»Danke.«

Sie legen auf. Kaltenbach ist froh, das Sandman das Thema Brinkmann vorerst ruhen lassen will.

Er berührt Petersen vorsichtig an der Schulter und bittet sie, sich anzuziehen. Sie bewegt sich keinen Millimeter. Kaltenbach lässt nicht locker. Er schaut in ihr Gesicht, das ihm heute noch schmaler vorkommt.

»Los Maren, auch wenn es schwerfällt. Du hast ins Bett gemacht und musst duschen. Ich möchte vermeiden, dass andere dich so sehen.«

Sie blickt ihn ausdruckslos an, steht aber auf. Er hält sie an der Hand und begleitet sie ins Bad.

»Ich bleibe vor der Tür stehen. Ruf, falls du Hilfe brauchst.«

Kaltenbachs Kopf klart langsam auf, schmerzt jedoch weiterhin. Er greift zu seinem Handy, um Sondermann zu informieren. Die Frau seines Chefs nimmt ab. Sie hält wenig von der Störung am Sonntag, bequemt sich dennoch, in den Garten zu gehen und ihren Mann ans Telefon zu holen.

Kaltenbach erklärt Sondermann, was geschehen ist. Er merkt, dass der Chefredakteur seine Betroffenheit nur spielt. Sondermann verlangt, konkreter informiert zu werden. Sie vereinbaren, sich in der Redaktion zu treffen. Kaltenbach soll nach seiner polizeilichen Befragung noch einmal anrufen.

Ein Streifenwagen fährt auf den Hof, kurz darauf ein Rettungswagen. Fünf Minuten später kommt die Kriminalpolizei.

Der Arzt stellt offiziell den Tod von Gunnar Neuhaus fest. Jemand hat ihn, dem ersten Anschein nach, mit einem stumpfen Gegenstand erschlagen. Genaueres muss die Obduktion ergeben. Kaltenbach versteht nicht, wer Gunnar das antun konnte. Er selbst ist mit einer Platzwunde am Hinterkopf davongekommen. Petersen, die teilnahmslos wirkt, wird zur Beobachtung ins Krankenhaus Verden eingewiesen.

Der leitende Kriminalbeamte ist ein sommerlich gekleideter Mann mit toupiertem Haar. Kaltenbach tippt sein Alter auf Anfang vierzig. Er unterhält sich zuerst mit den Uniformierten aus dem Streifenwagen. Dann kommt er auf Kaltenbach zu, den das Gesicht des Mannes an das einer Ratte erinnert. Es ist selten, dass ihm jemand derart unsympathisch ist.

»Hauptkommissar Jens Novak, Kripo Verden«, stellt er sich vor. »Wie ich höre, haben Sie Ihren Freund tot aufgefunden. Haben Sie eine Idee, weshalb es zu dieser Tat kommen konnte? Hatte Herr Neuhaus Feinde?«

»Nein.«

»Warum schließen Sie das aus?«

»Herr Neuhaus war überall beliebt. Die Tat ist für mich unfassbar. Er und Frau Petersen wollten ein schönes Wochenende in diesem Haus verbringen, um mal aus der Stadt rauszukommen. Eine Freundin von Maren, ich meine von Frau Petersen, hatte es ihnen überlassen.«

Novak winkt der Spurensicherung, die inzwischen angekommen ist, hineinzugehen. »Wer wusste denn sonst davon, was Frau Petersen und Herr Neuhaus vorhatten?«

»Keine Ahnung«, sagt Kaltenbach. »Allerdings gibt es diese anonymen Todesdrohungen gegen die Presse. Wegen der Bremer Vermisstenfälle.«

»Jetzt konstruieren Sie aber einen seltsamen Zusammenhang. Kommen Sie, lassen Sie uns reingehen.« Novak zeigt auf die Seitentür.

Kaltenbach bleibt stehen. »Muss das sein?«

»Das lässt sich leider nicht vermeiden.« Novak fasst Kaltenbach am Arm und drückt ihn sanft in Richtung Tür. Drinnen erklärt Kaltenbach, wie er den Tatort vorgefunden und sich verhalten hat.

»Wo waren Sie während der Tatzeit?«, fragt Novak.

»Im Bett.«

»Das ist ja interessant. Und woher kennen Sie die Tatzeit?«

»Hören Sie, Herr Hauptkommissar. Gunnar Neuhaus war mein bester Freund. Ich habe ihn gestern hierher gebracht. Wir haben zusammen ein Gläschen Wein probiert. Anschließend bin ich in seine und Frau Petersens Wohnung gefahren. Die beiden haben mir angeboten, dort am Wochenende zu bleiben, weil meine Lebensgefährtin mich rausgeworfen hat. Dann habe ich etwas Rotwein getrunken. So gegen acht muss ich eingeschlafen sein. Da Herr Neuhaus und Frau Petersen erst gegessen haben, ist der Täter logischerweise später gekommen, also als ich geschlafen habe. Und bevor Sie danach fragen: Zeugen habe ich keine.«

»Vielleicht haben Sie ja tiefer ins Rotweinglas geschaut, als Sie zugeben und können sich wegen eines Vollrauschs nicht mehr daran erinnern, zurückgekehrt zu sein? Waren Sie neidisch auf Ihren besten Freund, auf seine Liebesnacht mit einer sehr attraktiven Frau und auf den Champagner, der geflossen ist?«

»Sie können mich mal.« Kaltenbach sieht Novak wütend an.

»Ach ja, was denn?«

»Lassen wir das, ich möchte gehen.«

»Wir sehen uns morgen früh um zehn auf dem Revier. Hier ist meine Karte.«

Kaltenbach gelingt es kaum, sich aufs Autofahren zu konzentrieren. Er versucht, das Erlebte zu verarbeiten. Ohne Erfolg. Gunnar hatte noch so viele Pläne. Er wollte gern als Fotograf zu einem großen Magazin wechseln und nebenbei seine Künstlerkarriere vorantreiben. Jetzt ist er tot. Plötzlich und unerwartet, wie es häufig in den Todesanzeigen steht.

Gegen siebzehn Uhr steigt Kaltenbach auf dem Verlagsparkplatz aus dem Wagen und verlässt seine klimatisierte Welt. Er ist völlig aufgewühlt. Kein Lüftchen weht durch die Bremer Innenstadt. Der Regen der letzten Nacht war nur ein Intermezzo, eine böswillige Erinnerung an erträgliche Temperaturen.

Kaltenbach fährt mit dem gläsernen Fahrstuhl in die dritte und damit obere Etage des Verlagshauses. Angesichts der Hitze ist er zu faul, die Treppe hochzusteigen. Er droht aber seinem inneren Schweinehund, beim nächsten Mal zu Fuß zu gehen. Aus dem

Lift heraus blickt er in die Passage im Erdgeschoss, die schon an Werktagen mäßig besucht wird und heute wie ausgestorben wirkt.

Er schreitet durch das Sekretariat, in dem sich Zeitungsberge türmen, klopft kurz bei seinem Chefredakteur an und geht hinein, ohne auf eine Antwort zu warten. Große, abstrakte Ölgemälde prägen Sondermanns Büro. Ihre warmen Farben bilden einen angenehmen Kontrast zu den grauen Möbeln und den weißen Wänden. Und zu Kaltenbachs Chef.

Ralf Sondermann, ein grau melierter Hüne von Mitte fünfzig, der die kantige Form seines Schädels durch viereckige Brillengläser unterstreicht, sitzt hinter seinem Schreibtisch. Trotz der Hitze und obwohl Sonntag ist, trägt er eine Krawatte. Kaltenbach bevorzugt ein legeres Outfit, eine Einstellung, die ihm manchen Rüffel von Sondermann eingebracht hat.

Zurzeit ist der Chefredakteur in Personalunion auch kommissarischer Leiter der Redaktion Bremen, da die Verlagsleitung diese Stelle nach dem Weggang des letzten Ressortleiters noch nicht wieder vergeben hat.

Kaltenbach setzt sich auf den Besucherstuhl und berichtet, ohne das Fesselspiel zu erwähnen.

»Das ist sehr tragisch.« In Sondermanns Stimme schwingt eine gewisse Genugtuung mit. »Ihnen ist doch wohl klar, dass Sie die Verantwortung für den Tod von Herrn Neuhaus tragen. Sie haben ihn zu tief in die Sache hineingezogen. Außerdem haben Sie die Drohung nicht ernst genug genommen. Vielleicht haben Sie sogar was Wesentliches herausgefunden und es nicht einmal bemerkt.« Sondermann erhebt sich und geht um seinen Schreibtisch herum auf Kaltenbach zu. »Wie dem auch sei, Peter Dohrmann übernimmt den Fall. Der lehnt, wie ich, die Methoden der Boulevardpresse ab, die Sie offenbar verinnerlicht haben. Sie werden Herrn Dohrmann zuarbeiten und vor Ort recherchieren, nicht dass mein bester Mann ins Visier dieses Irren gerät. Und noch was: Ihre

Kumpanei mit Neuhaus war mir ein Dorn im Auge. Also fangen Sie so was im Verlag nicht wieder an.«

Kaltenbach springt so abrupt auf, dass der Besucherstuhl umkippt. »Gunnar Neuhaus ist tot, das ist das Schlimmste, was passieren konnte«, schreit er. »Es hätte besser Sie getroffen.«

Sondermann bekommt rote Flecken im Gesicht. »Sie sind nie einsichtig, Kaltenbach. Und weil Sie und Neuhaus wie Kletten aneinandergehangen haben, hätte ich einen von Ihnen über kurz oder lang feuern müssen. Aber nun ist mir diese Entscheidung ja abgenommen worden.«

Kaltenbach sieht, wie seine Faust mitten im Gesicht des Redaktionsleiters landet. Es knackt. Sondermann stützt sich am Schreibtisch ab. Aus seiner Nase schießt Blut.

Sondermann faselt undeutlich was von Entlassung. Kaltenbach hört nicht hin. Er eilt zu seinem Schreibtisch, packt seine privaten Sachen ein, kopiert alle wichtigen Daten zu den Vermisstenfällen auf einen USB-Stick und knallt die Schlüssel des Firmenwagens auf den Tisch. Jetzt kann er nur noch auf die Bewerbungen hoffen, die er an zwei Hamburger Verlage geschickt hat. Und darauf, dass das, was eben vorgefallen ist, nicht die Runde macht.

Im Zug nach Verden, wo er Maren Petersen im Krankenhaus besuchen möchte, grübelt Kaltenbach über die Äußerung von Sondermann nach. Hat er Gunnars Tod zu verantworten? Es kommt ihm unwahrscheinlich vor, aber diese Möglichkeit lässt sich nicht ausschließen. Eines weiß er allerdings sicher: Er wird den Fall aufklären, das ist er Gunnar schuldig und auch seinem eigenen Seelenfrieden.

Im Krankenhaus muss Kaltenbach seine ganze Überzeugungskraft aufbieten, damit die Ärzte ihn in Marens Zimmer lassen. Sie will noch nicht über das Geschehene sprechen; es ist ihr aber anzusehen, dass ihr viel an seinem Besuch liegt. Er sitzt zwanzig

Minuten an ihrem Bett und verspricht Maren, morgen wiederzukommen. Sie nickt nur müde.

Kaltenbach fährt bei Franziska Bommer vorbei, um zu fragen, ob Post für ihn gekommen ist. Sie ist nicht da oder macht nicht auf. Er sollte endlich einen Nachsendeantrag stellen. Mit der Hand angelt er drei Briefe aus ihrem Kasten. Darunter findet er die Antwort auf eine seiner Bewerbungen. Franziskas Briefe wirft er zurück, seinen reißt er sofort auf. Die nächste Absage. Jetzt wird's eng, denkt er. Schnell weg, Franziska braucht mich nicht in dieser trüben Stimmung sehen.

Kaltenbach ist wieder in der Elsasser Straße, da klingelt sein Handy. Genervt nimmt er das Gespräch an.

»Warum meldest du dich denn nie? Aber was frage ich überhaupt? Du hast dich auch früher kaum um mich gekümmert. Ich durfte immer für dich kochen, waschen und sonst was tun. Dem lieben Sohn kam nie ein Wort des Dankes über die Lippen.«

Kaltenbach weiß sich nur mit einer Lüge zu helfen. »Mama, ich verstehe dich schlecht. Wir sollten es in den kommenden Tagen noch einmal versuchen.«

»Ich verstehe dich sehr gut.«

»Hast du was gesagt? Ich höre dich gar nicht mehr. Hallo! Hallo!« Kaltenbach unterbricht die Verbindung.

Er schämt sich, ist nach diesem Tag aber nicht in der Lage, auch noch mit seiner Mutter zu streiten.

Sie liegt ihm permanent damit in den Ohren, dass sie ihn alleine hat erziehen und ihm mühsam hat konservative Werte beibringen müssen. Er soll ihr mehr für ihre Aufopferung zurückgeben. Kaltenbach ist klar, dass er in dieser Hinsicht nachlässig ist. Andererseits hat sie ihn immer stark eingeengt. Damals hat er sich nicht dagegen wehren können. Sein Vater hat die Familie zeitig verlassen, weil es in der Ehe der Kaltenbachs ständig gekriselt hat. Außerdem hat ihm seine Heimatstadt Köln gefehlt. Ob es der Dom gewesen ist, den er vermisst hat, das Kölsch, der Karneval oder der FC, weiß Kaltenbach nicht. Nach Bremen ist sein Vater wegen eines Jobs gekommen. Hier hat er Kaltenbachs Mutter Beate getroffen. Jetzt hat er schon Jahre lang kein Lebenszeichen mehr gesendet.

Kaltenbach hat bereits zur Grundschulzeit ohne seinen Erzeuger auskommen müssen, dadurch aber früh gelernt, sich durchzusetzen. Nur bei seiner Mutter ist ihm das nicht gelungen; aus ihrem Griff hat er sich nicht einmal während seines Lehramtstudiums befreien können. Er ist finanziell von ihr abhängig gewesen und sehr kurz gehalten worden, was ihn gezwungen hat, sein Studium in den Fächern Deutsch und Mathematik schnell durchzuziehen.

Erschöpft und über sich selbst verstimmt legt sich Kaltenbach aufs Sofa. Ohne zu essen oder seine Zähne zu putzen. Ab sofort können mich alle mal, denkt er.

Fünf Minuten später klingelt sein Handy erneut. Es liegt auf dem Küchentisch. Unwillig steht er auf. Im Anruferfeld des Displays leuchtet ›Maren‹. Kaltenbach zuckt zusammen. Maren kann es nicht sein.

»Hallo«, meldet er sich.

Keine Antwort. Nur ein Atmen.

»Sag was, du Arschloch«, brüllt Kaltenbach in den Hörer.

Die Reaktion kommt verzerrt, wie von einer Roboterstimme. »Vorsicht. Immerhin hängt es allein von mir ab, ob ich Sie anzeige.«

»Was soll dieser Quatsch?« Kaltenbach ist aufgebracht. »Was wollen Sie von mir?«

»Was wohl?«, fragt die Roboterstimme. »Ich habe sie beobachtet.«

»Wobei? Sie sind doch der Typ, der das Handy meiner Bekannten geklaut hat.«

Die Roboterstimme lacht so laut und verzerrt, dass Kaltenbach sein Smartphone ein Stück vom Ohr weghält. »Sie meinen bestimmt das Handy, das ihnen aus der Hosentasche gerutscht ist.«

»Hören Sie auf mit der Märchenstunde«, schreit Kaltenbach. »Sagen Sie sofort, was Sie von mir wollen, oder ich lege auf.«

»Erinnern Sie sich denn nicht?«, knarrt die Stimme. »Sie sind letzte Nacht in dieses Haus geschlichen, in dem man heute eine Leiche gefunden hat. Sie waren lange drin. Draußen haben Sie sich ihre Hose an einem Nagel aufgerissen und dabei ein Handy verloren. Ohne sich darum zu kümmern, sind Sie mit einem Baseballschläger in der Hand zu Ihrem Auto gewankt. Das müssen Sie doch noch wissen.«

Kaltenbach will etwas entgegnen, ihm fehlen die Worte.

Die Roboterstimme spricht weiter, als wäre sie programmiert. »Ich setze Ihnen eine Frist von zehn Tagen, dann zahlen Sie mir zehntausend Euro. Ort und Zeitpunkt werden Sie rechtzeitig erfahren. Und denken Sie dran: Wenn ich zur Polizei gehe, sind sie erledigt.«

SIEBEN

Clemens Kaltenbach wandert im Besucherraum der Bremer Kriminalpolizei unruhig hin und her. Die Luft ist stickig. Wer hatte bloß die Idee, einen derart großen Ventilator unter der Decke zu montieren und ihn sogar einzuschalten? Die Flügel machen zwar viel Wind, drücken jedoch auch die Hitze nach unten.

Um zehn Uhr ist Kaltenbach mit Markus Sandman, dem Kriminalhauptkommissar des für Kapitaldelikte, Brand und vermisste Personen zuständigen Kommissariats K 31 verabredet. Er bleibt vor dem Fenster des Besucherraums stehen und öffnet es weit. Über drei vertrocknete Topfblumen hinweg blickt er in den Hof der ehemaligen Bundeswehrkaserne Bremen-Vahr, in die das Polizeipräsidium zum Jahresende 1999 umgezogen ist. Die Ruhe, die auf dem Hof herrscht, wird nur von einem Streifenwagen unterbrochen, der zu einem Einsatz fährt.

Seit dem anonymen Anruf am Sonntagabend versucht Kaltenbach verzweifelt, sich an die Nacht von Samstag auf Sonntag zu erinnern. Er hat einen totalen Blackout, kann sich aber nicht vorstellen, Gunnar getötet zu haben, obwohl er in der Nacht wieder in Stellenfelde gewesen sein muss. Woher sollte der Anrufer sonst von seiner kaputten Hose wissen? Seine nassen Klamotten sind ein zusätzliches Indiz dafür, dass er draußen war. Oder ist er nur in der Elsasser Straße herumgeirrt? Nein, dann hätte sein Auto am nächsten Tag nicht an einer anderen Stelle gestanden.

Am Montagmorgen hat Jens Novak von der Kriminalpolizei Verden ihm deutlich gemacht, dass er bisher der Toppverdächtige im Fall Neuhaus sei. Für einen weiteren Beteiligten gäbe es keine Anhaltspunkte. Überdies hätte er ein Motiv: Neid auf Neuhaus. Novak hat ein Szenario beschrieben, in dem Neuhaus Kaltenbach brüsk abgewiesen hat, als er am Samstagabend erneut in Stellenfelde aufgetaucht ist. Dabei sei er durchgedreht. Ferner bezeichnet er Kaltenbachs Rückkehr zu dem Haus, am Sonntag nach der Tat, als Ablenkungsmanöver. Außerdem, so Novak, hätte die Spurensicherung herausgefunden, dass Kaltenbachs Wunde am Hinterkopf nicht von einem Schlag, sondern vom Türrahmen oben an der Treppe herrührt. Novak unterstellt Kaltenbach auch in diesem Fall einen bewussten Täuschungsversuch.

Grund zur Freude hat es ebenfalls gegeben, sofern Kaltenbach im Moment überhaupt in der Lage ist, sich zu freuen. Der Schlag ins Gesicht von Sondermann wird geringere Folgen für ihn haben, als zu befürchten war. Gerd Zadek, der Verlagsleiter, will einen öffentlich ausgetragenen Streit vermeiden, der dem Ansehen des Bremer Tageskuriers schaden könnte. Sie haben sich auf die Version geeinigt, dass Kaltenbach auf eigenen Wunsch zum Monatsende ausscheidet, um als freier Journalist zu arbeiten. Sondermann, dem der Verlag ein Schweigegeld versprochen hat, soll sagen, er sei gefallen. Als Gegenleistung darf Kaltenbach nicht verbreiten, dass sich Sondermann abfällig über seinen toten Mitarbeiter Neuhaus geäußert hat.

Kaltenbach mag nicht an die vor ihm liegende Karriere als freier Journalist denken. Eine andere Wahl dürfte er aber kaum haben. Heute Morgen ist die zweite Absage aus Hamburg gekommen. Wo soll er sich jetzt noch bewerben? In Bremen sieht er für sich auch als Freelancer wenig Chancen, denn Sondermann wird seine Beziehungen gegen ihn spielen lassen. Kaltenbach wendet sich vom Fenster ab und wandert erneut im Zimmer herum.

Gestern durfte Maren das Krankenhaus verlassen. Kaltenbach hat sie mit Gunnars repariertem Auto abgeholt und nach Hause gefahren. Er erinnert sich, wie er ihre Taschen in die Wohnung geschleppt hat und sich danach überflüssig vorgekommen ist. Maren hat richtig eingeschätzt, was in ihm vorgegangen ist und ihm angeboten, vorerst bei ihr auf dem großen Sofa im Wohnzimmer zu schlafen. Erst hat er gedacht, es ginge ihr nur um ihn, dann konnte er in ihren traurigen Augen lesen, dass auch sie nicht allein sein wollte. Also ist er geblieben. Gunnars Tod hat sie ohnehin wieder enger zusammengeschweißt. Da Maren aber weiß, dass sie in seinen Träumen die Hauptrolle spielt, hat sie seinen Gedanken gleich einen Riegel vorgeschoben. Sie sähe in ihm nicht mehr als einen guten Freund, den sie jetzt dringend braucht. Kaltenbach hofft, dass dies nur eine Schutzbehauptung ist, um ihn in den nächsten Wochen auf Distanz zu halten. Wegen Gunnars Tod hat sie ihm keine Vorwürfe gemacht. Ihr ist bekannt, dass Gunnar darauf bestanden hat, zu den Freeses zu gehen. Kontakt zu anderen Tatverdächtigen hat Zausel nicht gehabt.

Er atmet tief aus und versucht an etwas Positives zu denken, vergeblich. Heute Nachmittag wollen sie gemeinsam ihr weiteres Vorgehen festlegen. Außerdem müssen sie Marens Auto aus Stellenfelde holen. Ihm graut davor, an den Ort zurückzukehren, an dem er sich für immer von Zausel verabschiedet hat. Vor allem angesichts der Anschuldigungen, die gegen ihn im Raum stehen.

Die Zimmertür knallt an die Wand, weil Markus Sandman die Klinke aus der Hand gerutscht ist. »Hoppla, bitte entschuldigen Sie die Verspätung. Unsere Klientel scheut keine Mühe, uns auf Trab zu halten«, sagt er zur Begrüßung. »Ich hoffe weiterhin auf eine bessere Welt, allerdings wäre ich dann überflüssig.«

»Danke, dass Sie sich überhaupt Zeit für mich nehmen.« Wie Kaltenbach weiß, reagiert der ständig unausgeschlafene Sandman gereizt, wenn ihn jemand grundlos aufhält. Der Hauptkommissar ist vollschlank und trägt einen Vollbart, der mal wieder einen Schnitt vertragen könnte. Seine Körpergröße von hundertfünfundneunzig Zentimeter hat ihm den Spott seiner Kollegen und, als dessen Ergebnis, den Spitznamen Shorty eingebracht. Da seine Vorfahren aus England stammen, schreibt er seinen Namen am Ende mit nur einem N. Er spricht ihn aber deutsch aus. Sandmans Vorlieben sind spannende Filme, Opernmusik und Fußball. Er geht regelmäßig zu den Spielen von Werder Bremen, treibt selbst keinen Sport und ist daher schnell kurzatmig.

Eine weitere Passion von ihm sind seine Pfeifen. Er zieht auch gleich eine aus der Tasche und stopft sie. »Klären Sie mich erst mal auf, weshalb Sie mit mir sprechen wollen.«

»Ich möchte Ihre Einschätzung hinsichtlich der möglichen Zusammenhänge kennenlernen. Außerdem wüsste ich gern, wie Sie weiter vorgehen werden. Ich rechne inzwischen damit, dass wir auf etwas Verdächtiges gestoßen sind, ohne es zu begreifen. Mein ehemaliger Chefredakteur Sondermann meint, wir müssten bei unseren Recherchen für den Tageskurier irgendwas übersehen haben. Aber was und wo? Bei den Eltern oder den Gruftis? Oder sind wir über diese Kreise einer anderen Person zu nahe getreten?«

Kaltenbach fragt sich, warum er hierher gekommen ist. Wieso sucht er Zusammenhänge, solange er befürchten muss, selbst Gunnars Mörder zu sein? Er glaubt nicht, diese Situation noch lange durchstehen zu können.

Sandman zündet seine Pfeife an. Kaltenbach ist froh, das Fenster geöffnet zu haben.

»Und Sie teilen jetzt die Auffassung von Herrn Sondermann?«, fragt der Hauptkommissar.

»Ich weiß nicht, was ich glauben soll. Ich kann mir vorstellen, der Mörder meint, Gunnar Neuhaus sei was Verdächtiges aufgefallen. Das würde den Kreis der möglichen Täter auf die Freeses beschränken, denn mit denen hat er gesprochen.«

Ein Auto fährt mit eingeschaltetem Martinshorn vom Hof. Sandman verzieht sein Gesicht. »Das sehe ich nicht so«, sagt er. »Warum sollten Eltern vier junge Leute, darunter ihr eigenes Kind, entführen oder umbringen? Selbst wenn man unterstellt, dass sie die schwarze Szene hassen? Für den Todeszeitpunkt von Herrn Neuhaus hat zwar keines der Elternteile ein verwertbares Alibi, aber deshalb stehen sie nicht gleich auf unserer Liste. Es könnte sogar sein, dass es der Täter, ich gehe der Einfachheit halber von einem Mann aus, auf Sie abgesehen hatte. Vielleicht hat er Sie verfolgt, als Sie Herrn Neuhaus nach Stellenfelde gefahren haben? Nachdem er dort keine Gelegenheit gesehen hat, unbemerkt zu parken, ist er eventuell ein Stück weitergefahren und anschließend unentdeckt zu Fuß zurückgekommen. Im Dämmern oder im Dunkeln über das Acker- und Weideland hinter den Grundstücken. In dem Fall ist er möglicherweise davon ausgegangen, Sie in dem Haus anzutreffen. Falls es so war, wird er sein Ziel konsequent verfolgen, auch wenn Sie jetzt nicht mehr für den Tageskurier arbeiten. Wägen Sie also ab, wo Sie hingehen und mit wem Sie sich verabreden wollen. Und überlegen Sie, was sie übersehen haben könnten.«

»Denken Sie noch an die Mails mit der Drohung und an den Unfall von Boris Raugang? Sind Sie in diesen Punkten schon weiter?«

»Der Verfasser hat keine Spuren hinterlassen. Die Mails sind aus einem Internetcafé in Bremen-Nord verschickt worden. Der Betreiber kann sich nicht an den Absender erinnern.«

Kaltenbach hebt resignierend die Arme. »Hoffentlich liegen Sie mit ihrer Vermutung falsch, dass Gunnar Neuhaus an meiner Stelle gestorben sein könnte; ein unerträglicher Gedanke. Allein die Frage, ob ich eine Mitschuld an seinem Tod trage, weil ich ihn in die Recherchen einbezogen habe, belastet mich extrem.« Aber noch unerträglicher ist die Vorstellung, Gunnar selbst getötet zu haben, denkt Kaltenbach.

Soll er Sandman von dem Gerücht über die Erpressung berichten? Er entscheidet sich dagegen. Die Geschichte erscheint ihm an den Haaren herbeigezogen zu sein. Außerdem würde jemand, wäre er Ziel der Erpressung, der Polizei nichts davon erzählen.

»Für einen Zusammenhang zwischen den Vermissten und dem Tod Ihres Freundes haben wir bislang keinen Anhaltspunkt, nur Ihre vagen Annahmen.« Sandman steht auf und schlendert zum Fenster. Seine linke Hand spielt mit den vertrockneten Topfblumen, in der rechten hält er seine Pfeife, die er pafft. »Daher ist weiterhin die Kripo Verden Ihr Ansprechpartner, wenn es um den Fall Neuhaus geht. Haben Sie Fragen zum Stand der Ermittlungen in den Vermisstenfällen, wenden Sie sich bitte nach wie vor an Herrn Lunacek. Mich können Sie natürlich auch jederzeit anrufen.«

Sandman schaut auf seine Uhr. Kaltenbach sieht ein, dass es im Moment keine Möglichkeit gibt, bei der Polizei weiterzukommen.

»Was ist eigentlich mit deinem Handy?« Kaltenbach blickt kurz zu Maren Petersen, die mit einem wehmütigen Gesichtsausdruck auf dem Beifahrerplatz sitzt. Sie sind in Gunnars Toyota auf dem Weg nach Stellenfelde, um den Passat abzuholen. »Der Täter lässt es bestimmt nicht die ganze Zeit an, dann könnte ihn die Polizei anpeilen. Um es wieder einzuschalten, braucht er aber die PIN.«

»Ich hatte ein neues Handy und habe deshalb die neue PIN mit mir herumgetragen. Mein Portemonnaie, in dem der Zettel gesteckt hat, ist auch weg.«

»Lass doch deine PIN sperren.«

»Ich versuche, daran zu denken. Im Moment ist mir alles zu viel.« Petersen schließt die Augen und verschränkt ihre Arme vor dem weißen Shirt, das sie zu einer Jeans trägt. Kaltenbach akzeptiert, dass sie ihre Ruhe haben möchte.

Auf dem Hof in Stellenfelde beschleicht ihn ein beklemmendes Gefühl, eine Mischung aus Angst und Schuld. Hier hat er sich von Zausel verabschiedet. Er sieht sich um, wieder kommt er sich umzingelt vor. Bedroht vom Dickicht der Bäume, die das Grundstück umgeben.

Er kann sich einfach nicht vorstellen, Gunnar ermordet zu haben. Aber wen haben die Bäume versteckt, in der Nacht, in der Gunnar gestorben ist? Es muss jemand hier gewesen sein und ihn beobachtet haben, als er, aus welchem Grund auch immer, noch einmal zurückgekehrt ist.

Das Startgeräusch von Petersens Auto holt ihn aus seinen Grübeleien zurück. Sie ist, ohne sich umzusehen, eingestiegen. Will sie ihm nicht zeigen, was sie fühlt? Petersen fährt an, ohne aufzuschauen, ihre Augen fixieren das Armaturenbrett ihres Wagens.

Kaltenbach steigt in den Toyota und folgt ihr bis zur Straße. Dort wartet er zunächst, um zu sehen, ob aus einem der Nebenwege ein Auto kommt und sich an den Passat hängt. Verkehr gibt es jedoch nur aus der Gegenrichtung. Schließlich fährt er hinter Petersen her. Auch unterwegs bemerkt er keinen verdächtigen Wagen.

Er muss einen klaren Kopf behalten, denn die Gegenseite hält zurzeit alle Trümpfe in der Hand. Falls eine Gegenseite existiert.

»Hallo Kaltenbach. Boris Raugang hier. Wie ich gehört habe, sind sie unter die Freelancer gegangen.«

»Sie sollten nicht immer auf die falschen Informanten hören. Ich mache Urlaub.«

»Ich weiß, dass sie offiziell erst im nächsten Monat in die große, weite Welt der Selbstständigkeit starten. Wie sich durch einen Nasenstüber doch die Karriere fördern lässt.«

»Was wollen Sie?« Kaltenbach tritt unruhig von einem Bein aufs andere.

»Nicht so kratzbürstig. Ich rufe an, weil ich künftig auf den richtigen Informanten setzen möchte. Ich biete Ihnen eine Zusammenarbeit an.«

»Das können Sie vergessen. Außerdem arbeiten Sie selbst an dem Fall.«

»Ich habe mir leider den Unwillen einiger Beteiligter zugezogen.«

»Ich auch.« Kaltenbach hält nicht viel von Raugang, der in Journalistenkreisen einen zweifelhaften Ruf genießt. Er folgt Petersen ins Wohnzimmer, wo sie aufdeckt. Durch das offene

Fenster vernimmt er das Rattern eines vorbeifahrenden Zuges. Ein leichter Windstoß bewegt die Gardinen.

»Hören Sie, Kaltenbach.« Raugang klingt jetzt eine Spur unfreundlicher. »Sie wollen mir ja wohl nicht das Märchen auftischen, Sie zögen sich aus dem Fall zurück. Also denken Sie an mich, das ist ihre Chance. Sie brauchen schließlich ein Sprachrohr. Ich zahle auch dafür. Abgesehen davon sitzen wir, was die Drohungen angeht, in einem Boot. Tut mir übrigens leid um ihren Kollegen. Ach, bevor ich es vergesse: Die Eltern treffen sich morgen Abend um acht im Friesenhof. Da können Sie gleich mit der Recherche durchstarten.«

Ehe Kaltenbach antworten kann, hat Raugang aufgelegt.

»Wer war das denn?«, fragt Maren Petersen.

»Der nervige Redakteur von Bremen Netnews. Er macht seinem Namen wieder einmal alle Ehre. Er hat aber recht, ich benötige ihn als Sprachrohr.«

Es klingelt an der Tür. Kaltenbach zuckt zusammen.

Petersen zeigt erstmals seit dem Wochenende den Anflug eines Lächelns, was ihr schmales Gesicht noch attraktiver wirken lässt. »Das dürfte der Pizzaservice sein. Ich dachte, ein bisschen Stärkung könne nicht schaden, auch wenn Pizza nicht das Gesündeste ist. Falls du weiterhin bei mir wohnen willst, wirst du häufiger Salat essen müssen.«

»Das nehme ich gern in Kauf.«

Petersen kneift ihn leicht in die Wange. »So war das nicht gemeint.«

Sie schiebt die Pizzen auf die Teller und gießt jedem ein Glas Mineralwasser ein.

»Was anderes, ...« Kaltenbach bricht ab. Weshalb kann er nicht einfach die Klappe halten?

Petersen sieht ihn fragend an. »Ja?«

»Ach nichts.«

»Nun sag schon. Du weißt, ich habe immer ein offenes Ohr für deine Probleme.«

Kaltenbach gibt sich einen Ruck. »Na ja, ich war in der Nacht, in der Gunnar ermordet wurde, noch einmal bei euch draußen.«

»Weil Gunnar dich angerufen und dir angeboten hat zu kommen?«

»Das ist das Neueste, was ich höre. Und warum sollte ich das tun?«

»Das ist jetzt unwichtig.«

»Nun weichst du mir aus.«

»Es ist mir peinlich.«

Kaltenbach sieht sie fragend an.

»Bevor du tagelang nervst: Wir haben uns beim Essen gestritten, nachdem Gunnar ein paar Glas Wein intus hatte. Es ging um diese alberne Fesselgeschichte.« Petersen grinst unsicher. »Du weißt, dass ich nicht prüde bin, aber musste es unbedingt da draußen sein? Das ganze Haus war mir von Anfang an unheimlich. Gunnar hat mir unterstellt, ich sei verklemmt. Daraufhin wollte ich ihn ärgern und habe einen Dreier mit dir vorgeschlagen. Gereizt wie er war, hat er sofort zum Hörer gegriffen. Anschließend hat er gesagt, du seiest total betrunken und ich müsste mit ihm allein vorliebnehmen. Um die Situation nicht hochzuschaukeln, habe ich mich schließlich fesseln lassen.«

Petersen schiebt sich ein Stück Pizza in den Mund. »Ich verstehe nicht, warum du dich nicht an den Anruf erinnern kannst, aber glaubst, du wärst noch mal draußen gewesen.«

Kaltenbach erzählt ihr alle Details über den anonymen Anrufer. Petersen ist entsetzt. »Du bist nicht Gunnars Mörder und du hast auch nicht in der Nacht vor meinem Bett gestanden. Ich hätte dich erkannt.«

ACHT

Clemens Kaltenbach denkt über das Gespräch nach, das er gestern Abend mit Maren geführt hat. Einerseits ist er erleichtert über das Vertrauen, das sie ihm entgegenbringt, zumal sie die einzige verbliebene Konstante in seinem Leben ist. Andererseits fragt er sich, wie sie mit verbundenen Augen gemerkt haben will, dass nicht er es war, der vor ihr gelauert hat? Möchte sie ihn nur in Sicherheit wiegen? Kaltenbach sträubt sich gegen diese Überlegung. Für ihn wäre es unvorstellbar, dass sie es stillschweigend hinnähme, wenn er Gunnar umgebracht und sie ihn erkannt haben sollte.

Sein Handy klingelt. Marion Bothur kommt ohne Begrüßung sofort auf den Punkt. »Wie man mir beim Bremer Tageskurier gesagt hat, arbeiten Sie jetzt als Freiberufler. Sie könnten auch was für uns tun. Da die Zeit davonläuft, spielen wir mit dem Gedanken, einen Privatdetektiv einzuschalten. Ich habe vorgeschlagen, Sie zu engagieren. Sie sind im Thema und könnten zum Start sicherlich einen Auftrag brauchen. Die anderen habe ich nach langem Hin und Her von meiner Idee überzeugt.«

Kaltenbach ist perplex. Er fragt sich, ob Marion Bothur ihn auf eine falsche Fährte locken möchte. »Ihr Vorschlag kommt unerwartet. Bedenkzeit benötige ich schon.«

Kaltenbach will auf Petersen warten, die die Recherche im Friesenhof übernommen hat. Es wäre reizvoll, mit den Eltern zu kooperieren, um Kontakt zu ihnen zu halten. Lehnte er ab, blieben ihm sämtliche Türen zu dieser Gruppe verschlossen.

»Wir setzen auf die schwarze Spur«, sagt Marion Bothur. »Und wenn wir Sie bezahlen, gehen wir davon aus, dass Sie diese Spur intensiv verfolgen. Menschen, die sich freiwillig uniformieren, und dazu zähle ich die Gruftis, sind mir nicht geheuer. Ich sage das, obwohl unser Sohn dazugehört. Und denken Sie nicht nur an die Gothics, sondern auch an die Satanisten. Also überlegen Sie nicht lange. Die Ungewissheit ist schrecklich, wir sind alle mit den Nerven am Ende.«

»Ich entscheide mich noch heute.«

Maren Petersen ist der Meinung, Kaltenbach solle den Auftrag annehmen. Einen anderen Anknüpfungspunkt haben sie nicht, zumal sie keine neuen Gedankenansätze aus dem Friesenhof mitgebracht hat. Kaltenbach ruft bei den Bothurs an und sagt zu.

Petersen hat inzwischen Fischfrikadellen aufgewärmt. Eine Alternative hat sie im Gefrierschrank ihrer Einbauküche nicht gefunden. Lustlos kauen sie darauf herum.

»Ist es mit Franziska und dir endgültig aus?«, fragt Petersen zwischen zwei Bissen. »Oder ist es nur eine vorübergehende Eiszeit?«

»Nerv mich bitte nicht damit, ich bin hundemüde.«

»Ich finde ihr Verhalten abartig. Dein bester Freund ist ermordet worden, du hast deinen Job verloren und sie lässt dich hängen. Das wäre dir bei mir nie passiert.«

»Du magst Franziska wohl nicht sonderlich?«

»Ich habe nichts Grundsätzliches gegen Franziska, aber sie ist mir gegenüber sehr abweisend. Das macht sie nicht sympathisch. Schuld daran hast auch du, weil du unsere frühere Beziehung totgeschwiegen hast.«

Kaltenbach trinkt einen Schluck Mineralwasser. »Hätte Franziska über uns Bescheid gewusst, wäre sie noch eifersüchtiger gewesen. Sie hat mir so schon immer eine Szene gemacht, wenn ich mal mit dir allein war.«

»Und das nicht ohne Grund, du warst doch zuletzt in Gedanken mehr bei mir als bei Franziska. Das wird sie gespürt haben.«

Kaltenbach blickt Petersen fest in die Augen. Sieht, wie ihr Blick leicht flackert, eine Unsicherheit, die er von ihr nicht erwartet hat. Es dauert nur kurz, dann hat sie sich gefangen.

»Das was ich in deinen Augen lese, Clemens, kannst du vergessen.«

NEUN

Kaltenbach denkt an die Leere zurück, die er gestern auf dem Verdener Waldfriedhof empfunden hat. Er ist innerlich ausgehöhlt gewesen, wie nie zuvor. Maren muss es genauso ergangen sein. Sie hat apathisch gewirkt. Wie eine schwarz gekleidete Hülle, an der die Beileidsbekundungen ebenso abgeprallt sind, wie der Regen, der auf Zausels Grab heruntergeprasselt ist.

Aus dem Verlag sind Kollegen gekommen, unter ihnen Gerd Zadek, der Verlagsleiter. Sondermann hat sich nicht blicken lassen. Die meisten Leute, die Gunnar auf seinem letzten Weg begleitet haben, stammen aus Künstlerkreisen. Kaltenbach kennt sie von Treffen, zu denen ihn Gunnar mitgeschleppt hatte.

Während der Grabrede hat sich Kaltenbach kurz umgesehen und dabei Franziska bemerkt, die halb verdeckt hinter einem Busch gestanden hat. Sie dürfte bald gegangen sein; Kaltenbach hat sie nicht mehr gesehen.

Maren Petersen hat sich nach dem Begräbnis ins Bett verkrochen. Zum Butterkuchen, der in Norddeutschland nach Beerdigungen kredenzt wird, wollte sie nicht einladen.

Hinsichtlich der Recherche gibt es nichts Neues. Kaltenbach ist mit Maren noch zweimal im Darklord gewesen, um Gäste zu befragen. Außerdem hat er im Internet Spuren der Vermissten gesucht. Alles ohne zählbares Ergebnis. Jetzt forstet er das Netz nach Treffpunkten der Satanisten in Bremen durch, findet jedoch nichts. Er greift zum Hörer, um Bernd Lunacek anzurufen. Kaltenbach lässt es eine Weile klingeln. Niemand nimmt ab. Fünf Minuten später hat er Glück.

»Hallo Herr Lunacek, hier Kaltenbach. Sie haben sicher schon gehört, dass ich nicht mehr für den Bremer Tageskurier arbeite. Ich habe aber den offiziellen Segen von Hauptkommissar Sandman, mir weiterhin Informationen von Ihnen zu holen.«

»Na klar, er hat mich informiert. Wie kann ich Ihnen helfen?«

»Ich suche Kontakt zu den Satanisten und gehe davon aus, dass die Polizei diese Gruppe beobachtet. Haben Sie einen Tipp für mich, wo die sich versammeln?«

»Mhm, da muss ich unsere Insider fragen. Wollen Sie dranbleiben?«

»Ja, ich warte.«

Lunacek ist gleich wieder am Telefon. »Sie haben Glück. Heute Abend um elf steigt eine große Veranstaltung unter dem Motto ›Eve-of-Destruction‹. Dort treffen sich die Satanisten.«

»Und wo wird diese Gruselshow laufen?«

»In der Sargschmiede.« Lunacek lacht. Kaltenbach stimmt ein, obwohl ihm zurzeit nicht danach zu Mute ist.

»Und was und wo ist die Sargschmiede?«, fragt Kaltenbach.

»Der von den Satanisten gegründete Verein ›Dunkles Bremen‹ besitzt in Habenhausen einen alten Bauernhof, den sie Sargschmiede nennen. Da lässt man Sie aber nicht rein, nicht mal wenn Sie vorher in schwarze Tinte springen. Allerdings soll es sich bei dieser Gruppe nicht um echte Satanisten handeln, wie mir mein Kollege sagte.«

»Um was denn sonst?«

»Das fragen Sie Oberkommissar Klaus Weetjen besser selbst. Warten Sie kurz, ich verbinde Sie. Machen Sie´s gut.«

Weetjen ist im Thema. »Für mich sind das eher härtere Gruftis, denen es vor allem darum geht, Dark-Metal-Musik zu hören und ihre ausschweifenden sexuellen Fantasien auszuleben. Sie sollen aber auch eine strenge Hierarchie haben. Die Mitglieder binden sich an diese Pseudo-Satanisten, weil sie außerhalb ihrer Gruppe keine soziale Anerkennung finden. Sie sind ein Mix aus Gruftis und den rationalistischen Satanisten, die sich gegen die allgemein akzeptierten ethischen und religiösen Normen der Gesellschaft auflehnen. Sie stehen für ausufernde Sexualität und Gewalt. Aufgrund ihres orgiastischen Lebensstils, durch den sie bewusst Tabus brechen, machen sie provozierend auf sich aufmerksam.«

»Gibt es noch andere Satanisten?«

»Klar, beispielsweise solche, die Kirchen oder Orden gründen oder die das Christentum durch Satan ablösen wollen.«

Kaltenbach hat das dringende Bedürfnis, jeder dieser Gruppierungen aus dem Weg zu gehen, auch den Soft-Satanisten, wie er sie für sich nennt. Er sieht aber zurzeit keine Alternative, seine Ermittlungen voranzutreiben. Und die Zeit drängt. Nervös kritzelt er auf dem vor ihm liegenden Blatt Papier herum. »Und wie soll ich in die Sargschmiede kommen«?

»Versuchen Sie auf keinen Fall, sich durch Tricks oder Gewalt Zutritt zu verschaffen«, sagt Weetjen. »Sie würden sich nur eine blutige Nase holen. Fragen Sie nach Dennis Kowalski, er ist der Präsident des Vereins. In der Szene nennt er sich Gravedigger, also Totengräber. Ich beneide Sie nicht um Ihren Job, Herr Kaltenbach. Trotzdem viel Spaß im Sarg.«

Kaltenbach hat bislang keine Idee, wie sie in die Sargschmiede hineingelangen könnten. Seine Hoffnung beruht auf dem tiefen Dekolleté von Marens schwarzem Kleid. Aber das dürfte den Eintritt auch nicht erleichtern, bestenfalls den Türsteher ablenken und ihn davon abhalten, gleich handgreiflich zu werden. Den Namen Kowalski, seinen einzigen Trumpf, will Kaltenbach möglichst spät ausspielen.

In dem Bremer Ortsteil, den sich die Satanisten für ihre Aktivitäten ausgesucht haben, scheint an manchen Stellen der ursprüngliche dörfliche Charakter durch. Das gilt auch für die Sargschmiede. Den beleuchteten Innenhof, der zwischen dem Wohnhaus und den ehemaligen Stallungen des Gehöftes liegt, können Kaltenbach und Petersen vom Auto aus einsehen.

Nach und nach treffen schwarz gewandete Gestalten ein. Ungeachtet der schwülen Luft, die Kaltenbach Schweißperlen auf die

Stirn und unter die Achseln treibt, tragen die meisten lange Mäntel. Sie sind aber nicht aufgedonnert wie die Gruftis.

Langsam versiegt der Strom der Einlass begehrenden Satansjünger. Kaltenbach und Petersen steigen aus dem Wagen. Kaltenbach komplettiert sein schwarzes Outfit, indem er sich widerwillig einen Mantel anzieht. Mit forschen Schritten gehen sie über den Hof. Die irritierenden Geräusche, die sie schon im Auto gehört haben, entpuppen sich aus der Nähe als ein Gemisch aus aggressiven Gitarren- und Schlagzeugtönen. Offenbar verfolgt man das Ziel, die Schmerzgrenzen der Anwesenden auszuloten.

»Dark-Metal«, sagt Kaltenbach.

»Wie bitte?«

»Diese Musik nennt man Dark- oder Black-Metal.«

»Ich höre nur Krach.« Petersen hebt ihre Stimme. »Aber du kennst dich ja gut aus. Ich wusste gar nicht, dass du auf dieses Gebrüll stehst.«

Sie kommen unbehelligt bis zu dem großen, schwarz gestrichenen Scheunentor, hinter dem die Satanisten ihren Eve-of-Destruction feiern. Zwei stämmige Gestalten, denen silberne Kreuze verkehrt herum an den Hälsen baumeln, lehnen neben dem Tor an der Wand und starren auf die Pentagramme, die sich Kaltenbach und Petersen gegenseitig auf ihre Stirnen gemalt haben.

»Eure Legitimationen«, verlangt einer der Schwarzen.

»Haben wir nicht«, entgegnet Kaltenbach. »Der Dunkelfürst hat uns empfohlen, zum Eve-of-Destruction zu gehen.«

»Meinst du die Schwuchtel aus dem Darklord? Verarschen kann ich mich selbst. Also Abgang.«

»Hör zu.«

»Du hörst zu. Ihr macht jetzt die Fliege, sonst helfen wir nach. Wäre schade um die schöne Witwe.«

»Ich muss aber den Gravedigger sprechen. Lasst ihr uns nicht zu ihm, könnte es sein, dass er euch eure schwarzen Ärsche aufreißt.« Kaltenbach setzt alles auf seinen einzigen Trumpf.

Die beiden Satansjünger sehen sich an.

»Was willst du vom Gravedigger«, fragt der andere. Er macht einen intelligenteren Eindruck als sein Kumpel.

»Das binden wir euch doch nicht auf eure hübschen Nasen«, sagt Petersen. »Das ist vertraulich.«

»Vertraulich, dass ich nicht lache. Und damit kommt ihr heute anmarschiert? Ruft doch den Gravedigger an. Wenn ihr so vertraulich mit ihm seid, habt ihr bestimmt seine Nummer.«

»Du Björn«, mischt sich sein Kompagnon ein. »Ich möchte keinen Ärger. Vielleicht ist es wirklich wichtig.«

»Also gut, Micha, frag Constanze.«

Micha verschwindet in der ehemaligen Scheune.

»Ihr seid bestenfalls normale Gothics. Wenn ich nur deren Musik höre. Solche Weicheier brauchen wir hier nicht«, fängt Björn an zu pöbeln. »Aber auch für Gothics seid ihr schon zu alt.« Er fasst sich an den Kopf. »Ach verdammt, ich habe was vergessen. Ihr rührt euch nicht vom Fleck.«

Björn eilt in die Sargschmiede. Das Tor bleibt einen Spalt weit offen.

»Ich gehe rein, Maren«, sagt Kaltenbach. »Lass dir eine Ausrede einfallen, falls sie nach mir fragen, oder setz dich ins Auto.«

Er gibt ihr den Schlüssel. Ehe sie antworten kann, verschwindet er in der dunklen Scheune.

Ein starker Schlag gegen seinen linken Oberarm lässt Kaltenbach taumeln. Bevor er dazu kommt, sich umzuschauen, zerren ihn vier kräftige Hände durch eine Tür, hinter der eine Kammer mit schäbigen Schränken und Regalen auf ihn wartet. Auch dem abgenutzten Küchentisch, der in der Mitte des Raums steht, gelingt es nicht, das Ambiente aufzuwerten. In der Luft schwebt ein muffiger Geruch. Wenigstens dringt die Musik nur dumpf durch die geschlossene Tür.

»Was hast du hier zu suchen?«, fragt eine der beiden Gestalten. Dass die Männer neben Satan auch den Gott der Fitness anbeten, beweisen sie, indem sie ihre Muskeln unter ihren engen schwarzen T-Shirts spielen lassen.

»Ich will mich auf eurer Party umsehen und ein bisschen Spaß haben.«

Kaltenbach kann sich noch fragen, ob er die passende Antwort gewählt hat, bevor ihm einer der Männer die Arme auf dem Rücken so weit nach oben biegt, dass er mit seinem Oberkörper nach unten knickt. Das Geräusch, mit dem sein Gesicht auf die Tischplatte knallt, erweckt selbst bei seinem Peiniger Mitleid. Der Mann lässt ihn los. Blut tropft Kaltenbach aus der Nase und verfärbt sein Hemd.

»Wir sind keine Fun-Factory, schon gar nicht für Leute, die hier nicht hergehören«, sagt der Mann. »Also, wer schickt dich?«

Kaltenbach versucht, das Blut in einem Papiertaschentuch aufzufangen, ehe es sein schmerzverzerrtes Gesicht noch mehr verschmiert.

»Wird´s bald. Sonst nageln wir dich ans Kreuz. Wenn wir das umdrehen, lernst du auf deine alten Tage noch den Kopfstand.« Beide Peiniger lachen.

»Ich bin hier, um mit dem Gravedigger zu reden.«

Der Sprecher der Satansjünger tritt dicht vor Kaltenbach und hält ihm sein umgedrehtes Kreuz vor die Augen.

»Red keinen Scheiß. Wir wollen den Grund für deinen Auftritt wissen, dich kräftig aufmischen und zurück auf die Feier.«

»Es stimmt, was ich sage. Es geht um Mord. Ich will den Gravedigger warnen, die Bullen haben ihn auf dem Kieker. Er nagelt euch ans Kreuz, falls ihr die Geschichte vermasselt.«

»Sagt unser Möchtegernsatan auch die Wahrheit?« Um seiner Frage Nachdruck zu verleihen, biegt der Typ Kaltenbachs Nase hin und her. Der schreit auf. Tränen laufen ihm übers Gesicht.

»Scheint nicht gebrochen zu sein, sonst würdest du mehr jammern.« Er wendet sich an seinen Begleiter. »Such Constanze. Vielleicht hat sie Zeit, sich diesen Waschlappen anzusehen. Wenn nicht, schließen wir ihn hier bis morgen ein.«

Schon wieder diese Constanze, muss was Besonderes sein, überlegt Kaltenbach. Der bei ihm gebliebene Mann zieht sein linkes Hosenbein hoch und ein Stilett aus der Scheide, die er an seinem Bein befestigt hat. Vorsichtig kratzt er damit den Schmutz unter einem Fingernagel weg. Jetzt verliert er seine Authentizität, denkt Kaltenbach, obwohl ihm nicht nach Scherzen zumute ist. Er bekommt erneut starke Kopfschmerzen.

Die Tür geht auf. Mit einem Schwall an misstönender Musik, die den Schmerz in Kaltenbachs gemartertem Gehirn weiter ansteigen lässt, kommt der andere Mann zurück. Er hat einen Stuhl in der Hand. In seiner Begleitung ist eine vollschlanke junge Frau, die zu Kaltenbachs Erstaunen offenbar nichts von Piercings hält. Ihre schwarzen Haare fallen ihr bis in den Rücken. Zwischen ihren großen Brüsten baumelt ein kleiner Totenkopf. Immerhin hat sie ein freundliches Gesicht.

»Die Märchenstunde kann beginnen. Ich habe aber nicht viel Zeit.« Constanze lächelt Kaltenbach an und zeigt dabei ihr Gebiss. Die Eckzähne sind geschliffen. Kaltenbach ist fasziniert und abgestoßen zugleich.

»Was glotzt du auf meine Beißer? Hat verdammt lange gedauert, bis ich einen Zahnarzt gefunden habe, der meine Neigungen nachempfinden kann.«

Kaltenbach wechselt lieber das Thema. »Darfst du für Dennis Kowalski sprechen?«

Sie nickt. »Fang schon an.«

»Die Bullen sind ihm auf den Fersen. Es geht um die vier verschwundenen jungen Leute aus der Gothic-Szene. Und um einen Fotografen des Bremer Tageskuriers, der in einem einsamen Haus erschlagen wurde.«

»Und, was hat Dennis damit zu tun?« Sie zupft am Ausschnitt ihres T-Shirts und blickt hinein.

»Er zählt zu den Hauptverdächtigen«, blufft Kaltenbach.

»Soll das ein Witz sein? Wer lässt sich denn solchen Schwachsinn einfallen?« Sie setzt sich auf den Stuhl. »Karlo, hol mal ein feuchtes Tuch«, bittet sie den Mann, der nach ihr gesehen hat. »Unser Gast hat sein Gesicht beschmiert. Igitt, ist das unappetitlich.«

Kaltenbach atmet auf, weil die Musik Pause macht, als die Tür geöffnet wird. Da der Mann sofort losgegangen ist, muss es stimmen, was Oberkommissar Weetjen über die strenge Hierarchie unter den Satanisten gesagt hat. Und Constanze scheint weit oben zu stehen. Karlo kommt mit einem Tuch zurück; es sieht einigermaßen rein aus. Kaltenbach wischt sich durchs Gesicht.

»Männer. Können sich nicht mal sauber halten.« Constanze schaut ihn verächtlich an und steht auf. »Setz dich hin, sonst klappst du noch zusammen.« Sie nimmt ihm das Tuch aus der Hand und tupft ihm das restliche Blut aus dem Gesicht.

»Siehste, hat doch schon aufgehört. Und jetzt erzähl, ich bin zum Feiern hier und nicht zum Labern.« Sie blickt wieder in ihren Ausschnitt, offenbar fasziniert von ihren üppigen Reizen.

»Die Vermissten stammen aus der schwarzen Szene; ihre Eltern vermuten, dass eure Leute hinter ihrem Verschwinden stecken.«

»Na klar, wir haben die vier für unser Fest gefangen und werden sie während einer Sexorgie schlachten.«

Constanze lächelt Kaltenbach an, fasst in den Ausschnitt ihres T-Shirts und zieht eine Ratte heraus, die sie auf dem Tisch laufen lässt. Kaltenbach weiß nicht, wie er reagieren soll. Er entschließt sich, ebenfalls zu lächeln, nimmt aber seine Arme vom Tisch.

»Wenn ich mir das richtig überlege, fehlt uns noch ein fünftes Opferlamm«, greift Constanze den Faden wieder auf.

»Ich fürchte, ich passe nicht in euer Beuteschema.«

»Humor hat er ja unser, äh, wer bist du eigentlich? Ein Bulle kannst du nicht sein. Die haben Schiss und kommen immer zu zweit.«

»Ich heiße Clemens Kaltenbach. Der ermordete Fotograf war mein bester Freund. Daher bin ich persönlich an der Aufklärung des Falles interessiert.«

»Na gut, dann ist das auch geklärt. Wir haben allerdings nichts mit der Sache zu tun. Hast du ne Karte?«

»Karte?«

»Mensch, ne Visitenkarte.«

»Nee, ich kann dir aber meine Handynummer aufschreiben.«

»Okay. Karlo, hol unserem Gast einen Drink und was zum Schreiben. Ich sehe nach, ob ich Dennis finde.«

Kaltenbach bleibt erneut mit dem Stilettmann allein. Karlo und Constanze kommen zusammen zurück. Die Frau gibt den beiden Jüngern mit einem Wink zu verstehen, dass sie den Raum zu verlassen haben.

»Dennis will dich sehen«, sagt sie. »Morgen Abend in den Wallanlagen hinter der Kunsthalle. Treffpunkt ist eine Skulptur aus Spiegel- und Reisigwänden. Sie steht unten am Hang der Anhöhe, zwischen Ehrenmal und Stadtgraben. Um halb elf. Sei pünktlich und komm allein.«

»Warum so spät, da ist es ja dunkel?«

»Satan scheut das Licht. Frag nicht weiter, du kriegst keine zweite Chance.«

Constanze lächelt und zeigt wieder ihre geschliffenen Eckzähne. Sie beugt sich über den Tisch und schiebt Kaltenbach den Schnaps zu. Zwangsläufig fällt sein Blick in ihren Ausschnitt. Nettes Rattennest. Er schaut auf, merkt, dass sie ihn beobachtet hat, und läuft rot an.

»Möchtest wohl auch mal Ratte sein? Dann hättest du dich nicht mit Dennis, sondern mit mir verabreden sollen. Ich würde auch das Licht anlassen. Aber was nicht ist, kann ja noch werden.«

»Man weiß ja nie«, stammelt Kaltenbach. Er spürt die Hitze wieder stärker. Hinzu kommt ein wachsendes Gefühl von Enge. Was hat Weetjen über die ausschweifende Sexualität der Satanisten gesagt? Kaltenbach will raus aus dem Raum.

Constanze spricht die erlösenden Worte. »Kipp deinen Drink runter und verschwinde.«

ZEHN

Am nächsten Tag klagt Kaltenbach immer noch über einen Brummschädel. Sein Nasenbein ist nicht gebrochen; das hat der Notarzt bestätigt, zu dem ihn Petersen in der Nacht gefahren hat. Dennoch hat Kaltenbach unruhig geschlafen.

In einer der kurzen Schlafphasen ist ihm Maren im Traum erschienen. Sie hat ihn angelächelt, bevor sie sich in eine Spinne verwandelt und ihn mit klebrigen Fäden eingewoben hat, die ihn eingeschnürt haben, bis er geglaubt hat, zerquetscht zu werden. Er hat geschrien und ist schweißnass aufgewacht. Maren ist ins Wohnzimmer gekommen, um nach ihm zu sehen. Er hat ihr gesagt, er müsse geträumt haben, könne sich aber an nichts erinnern. Bis elf Uhr ist er auf dem Sofa liegen geblieben, ohne einzuschlafen.

Er frühstückt und plant den restlichen Tag, will sich die Stelle ansehen, an der er am Abend den Gravedigger treffen wird. Sicher ist sicher. Petersen möchte ihn begleiten.

Nach dem Frühstück ruft Kaltenbach Ernst Bothur an und informiert ihn über das Geschehen in der Sargschmiede und über seine Verabredung mit dem Gravedigger.

Kurz nachdem er aufgelegt hat, klingelt sein Handy. Boris Raugang fragt, ob Kaltenbach inzwischen zu einer Zusammenarbeit bereit sei. Kaltenbach berichtet von seinem Besuch bei den Satanisten, ohne Details zu nennen, und bietet an, morgen einen Text zu liefern.

»Endlich ein heißes Thema, ich brauche noch heute einen Beitrag«, sagt der Redakteur.

»Am Abend treffe ich den Kopf der Satanisten. Vorher macht es keinen Sinn, über die Gruppe zu schreiben.«

Raugang schnaubt ärgerlich. »Bremen Netnews erhebt den Anspruch, die aktuellste Zeitung der Stadt zu sein. Wenn die Konkurrenz schneller ist, bekomme ich Probleme. Sie wissen ja aus eigener Erfahrung, wie das läuft.«

Kaltenbach verzieht sein Gesicht. Raugangs Stimme ist Doping für seine Kopfschmerzen. »Ich werde nicht riskieren, dass die Satanisten vorab einen Artikel im Internet finden, der nur von mir stammen kann. In dem Fall bekäme ich von denen keine Infos mehr und hätte massiven Ärger.«

»Und wo treffen Sie den Satansführer.«

»Sie glauben wohl nicht im Ernst, dass ich Ihnen das auf die Nase binde. Meinen Sie, ich will andere auf meine Fährte locken?«

Kaltenbach fällt ein, dass er Bothur den Treffpunkt genannt hat. Es ärgert ihn, ist aber nicht mehr zu ändern.

»Also gut, Kaltenbach, legen Sie eine Nachtschicht ein. Ich brauche den Text spätestens morgen früh um acht.«

»Warten Sie, Raugang. Sind Sie nach Ihrem Unfall weiter bedroht oder attackiert worden?«

»Nein, ich wundere mich selbst darüber.«

»Demzufolge hat der Absender seine Strategie geändert und ich bin jetzt sein einziges Ziel.«

Kaltenbach und Petersen schweben über dem Stadtgraben. Sie stehen auf der Aussichtsplattform am Goetheplatz, die bis über das Wasser reicht und einen Ausblick auf den Teil der Wallanlagen zwischen Theater und Kunsthalle ermöglicht. Kaltenbach erkennt sofort die Skulptur, von der Constanze gesprochen hat. Der Künstler hat sein rund drei Meter hohes Werk, das aus Spiegelflächen und Reisigwänden besteht, am gegenüberliegenden Ufer aufgebaut. Das Kunstwerk fügt sich optisch in Bremens ältesten Park ein, der früher als Befestigungsring gedient hat.

Petersen deutet nach rechts auf die Skulpturen, die das Gerhardt-Marcks-Haus in seinem Freigelände präsentiert. »Eine interessante Ausstellung. Ich sollte mich mehr mit Kunst auseinandersetzen.«

»Ich weiß nicht, mir ist das zu beklemmend. Guck dir die Figurengruppe an, ich habe noch nie eine so abweisende Skulptur gesehen. Auch unser Treffpunkt kommt mir nicht geheuer vor und ich soll mich dort heute Abend im Dunkeln rumtreiben.«

»Hast du Schiss? Der Totengräber wird doch bei dir sein.«

»Toll, der kann mich gleich entsorgen.«

»Lass die Skulptur austauschen. Hier produzieren sie Nachschub.« Sie zeigt wieder auf das Freigelände des Gerhardt-Marcks-Hauses, auf dem sich Künstler mit Hammer und Meißel abmühen, um Gesteinsbrocken Leben einzuhauchen.

»Rechts oder links«, fragt Kaltenbach, nachdem sie den Bildhauern eine Weile zugeschaut haben.

»Rechts, ich wollte schon immer mal übers Wasser schreiten.«

Sie gehen die Treppe zum Ufer hinunter. Hinter dem Gerhardt-Marcks-Haus verläuft über der Oberfläche des Stadtgrabens ein Steg aus Holzplanken. Er ist an beiden Seiten von einem Metallgitterboden eingefasst. Unterhalb der Kunsthalle, wo der Steg endet, halten sie sich links. Kaltenbach zieht es zu der Spiegel-Reisig-Skulptur hin.

Seine innere Unruhe wächst. Jemand verfolgt uns und beobachtet jeden unserer Schritte, denkt er. So muss es auch bei Gunnar gewesen sein. Andernfalls hätte ihn der Täter nicht in dem entlegenen Haus finden können. Es sei denn, der Mörder hieße Clemens Kaltenbach. Er stoppt und blickt in alle Richtungen, sieht aber nichts Verdächtiges.

»Was ist los mit dir?«, fragt Petersen, der seine Unruhe nicht verborgen bleibt.

»Selbst wenn es lächerlich klingt, ich fühle mich verfolgt. Liege ich damit richtig, sind sämtliche Personen gefährdet, die sich mit mir sehen lassen.«

»Falls du auf mich anspielst, ich bleibe dabei. Das bin ich Gunnar schuldig. Du kannst dir weitere Versuche sparen, mich aus der Sache herauszukomplimentieren. Abgesehen davon wäre uns ein Verfolger aufgefallen. Hier sehe ich nur ein junges Paar, das auf einer Bank rumturtelt, und eine Frau, die Enten füttert.«

»Das Böse steht einem nicht im Gesicht geschrieben.«

Maren Petersen lächelt spöttisch. »Lässt du jetzt die Weisheiten deiner Oma raus? Es kann kein Mensch wissen, dass wir hier rumlaufen, sofern uns niemand von zu Hause aus gefolgt ist. Und das hätten wir bemerkt.«

Am Treffpunkt setzt sich Petersen auf eine Bank und betrachtet die einzeln stehenden Wände der Skulptur. Kaltenbach geht in das Kunstwerk hinein. Die Spiegelflächen sind versetzt in Reihen aufgestellt. Da sie sich leicht wölben, ist es schwierig, die sich spiegelnden Gegenstände einem realen Platz zuzuordnen. Kaltenbach ist verwirrt. Er sinkt neben Petersen auf die Bank. Sie spürt seine Unruhe und grinst. Kaltenbach möchte sie umarmen, traut sich aber nicht. Würde sie ihn zurückweisen? Damit müsste er rechnen. Er meint jedoch, zu fühlen, dass Maren ihn braucht. Vielleicht glaubt sie ja an seine Unschuld?

Beim Blick auf eine der Skulpturenwände sieht er, dass er sich in einer der Flächen spiegelt. Petersen ist, obwohl sie neben ihm sitzt, nicht zu sehen. Stattdessen spiegelt sich auf einer anderen Fläche die Frau, die die Enten gefüttert hat. Kaltenbach dreht sich um, vermutet sie am Ufer, kann sie aber nicht entdecken. Er schaut erneut in den Spiegel. Sie fixiert ihn mit einem Blick, in dem Neugier und Ablehnung liegen. Abrupt steht er auf und sucht mit den Augen die Umgebung ab. Die Frau füttert wieder die Enten. An Kaltenbach und Petersen zeigt sie kein Interesse.

Kaltenbach mustert sie aus den Augenwinkeln. Sie ist Mitte vierzig, trägt ein modisches Blouson und eine im Farbton darauf abgestimmte Sommerhose. Ihre blauschwarz getönten Haare fallen ihr bis über die Ohren. Ärmlich sieht sie nicht aus.

Die Frau schlendert unmerklich weiter. Bevor sich Kaltenbach wieder zu Petersen auf die Bank setzt, blickt er eine Weile ins Wasser, um zu kaschieren, dass ihm sein Verhalten peinlich ist.

»Es wäre wohl besser, ich ginge heute Abend zu deiner Verabredung. Du leidest ja unter Verfolgungswahn«, sagt sie. »Mit dem Totengräber werde ich schon fertig.«

»Maren, auch wenn ich mich wiederhole: Gunnar wurde nicht aus einer Laune heraus umgebracht. Sein Tod hängt mit den Vermissten zusammen. Vielleicht sind die auch längst tot. Da versucht jemand, reinen Tisch zu machen und alle Spuren zu verwischen. Leichtsinn wäre einer der größten Fehler, den wir uns in dieser Situation leisten sollten.«

Petersen steht auf. »Vermutlich hast du recht, Clemens. Aber jetzt komm, ich möchte hier keine Wurzeln schlagen.«

Sie überprüfen die nähere Umgebung der Skulptur hinsichtlich möglicher Verstecke und Fluchtwege. Mit dem Blick auf das Wasser könnte man am besten nach rechts fliehen und dann gleich nach links am hier endenden Stadtgraben entlang.

Petersen deutet auf die Treppenstufen am Ende des Grabens. »Hast du darauf geachtet? Auf der anderen Seite sind auch Stufen. Im Dunkeln musst du aufpassen.«

Sie gehen zur Skulptur zurück. Als Versteck für jemand, der das Gespräch mit Kowalski belauschen will oder den dieser als Verstärkung mitbringen könnte, eignen sich vor allem ein größeres Buschwerk links von der Skulptur und die dichte, teilweise sehr hohe Uferbepflanzung.

»Falls du unbedingt dabei sein willst, kommt für dich nur die Aussichtsplattform in Frage«, wagt Kaltenbach einen Vorschlag.

Petersen schiebt ihre Sonnenbrille über der Stirn in die Haare. »Sag doch gleich, ich soll mich ins Bett legen und mir die Decke über den Kopf ziehen. Dann wäre ich genauso nah am Geschehen.«

»Sei nicht stinkig. Hier ist es viel zu gefährlich. Versteckst du dich in einem der Büsche, könntest du auf eine Person treffen, die dich ausschalten muss, um nicht entdeckt zu werden. Von der Plattform aus hast du die Skulptur und uns im Blick. Eventuell siehst und erkennst du sogar jemanden, der hier herumschleicht. Notfalls kannst du mit dem Handy Hilfe anfordern.« Er hebt entschuldigend die Arme. »Ach, das hat man dir ja geklaut; nimm Gunnars mit.«

»Im Dunkeln habe ich bestimmt alles im Blick«, entgegnet sie sarkastisch. »Ihr müsst nur unter einer der spärlichen Lampen bleiben. Andererseits hast du recht: Falls du auch auf Nimmerwiedersehen verschwindest oder als Leiche zurückbleibst, bliebe mir die Möglichkeit, den Fall weiterzubearbeiten.«

»Verdient hätte ich's vielleicht.«

Sie sieht ihn ungläubig an. »Was soll das denn?«

»Maren, ich gehe kaputt, wenn ich daran denke, dass ich Gunnar was angetan haben könnte.«

»Mensch Clemens, du warst es nicht. Ich hätte dich mit verbundenen Augen erkannt.«

»Das ist doch Unsinn.«

»Jetzt hör mir mal zu. Ich weiß, wie du riechst und wie du dich bewegst. Muss ich dir meinen Vertrauensbeweis schriftlich geben?«

»Ach vergiss es«, sagt Kaltenbach, »lass uns abhauen.«

Petersen nimmt ihn in ihre Arme, reibt ihre Nase an seiner Wange und flüstert ihm zärtlich ein paar Worte ins Ohr.

»Das hat sehr lieb geklungen, aber ich habe dich nicht verstanden.«

»Ich habe gesagt, wenn ich dich für den Mörder von Gunnar hielte, wärst du längst tot.«

Kaltenbach guckt sie enttäuscht an. Petersen lacht und zieht ihn am Arm. Sie gehen am Café der Kunsthalle vorbei zurück. Die Frau, die die Enten gefüttert hat, blickt ihnen eine Zeit lang nach.

Kaltenbach versucht vergeblich, zwei Stunden zu schlafen. Heute stört ihn der Lärm der vorbeifahrenden Züge. Hauptsächlich halten ihn aber die quälenden Gedanken an Gunnar Neuhaus wach, über dessen Tod er nicht hinwegkommt. Grübelnd wälzt er sich von einer Seite auf die andere.

Als seine Gedanken an der Frage nach Ewigkeit hängen bleiben, ist er kurz davor zu verzweifeln. Wo ist Gunnars Platz in der Ewigkeit? Nirgends! Zausel ist nicht in die Ewigkeit eingetreten, sondern aus ihr verstoßen worden. Ohne Ankündigung und viel zu früh. Bald erinnert sich niemand mehr an ihn.

Das Gefühl, der Grund für Gunnars Tod zu sein, frisst sich wie ein Wurm durch seinen Kopf. Er nimmt sich vor, Maren nicht noch mal darauf anzusprechen, er würde sie nur kränken.

Sie essen ein paar Scheiben Brot, ziehen schwarze Kleidung an und brechen wieder auf. Petersen bezieht ihren Posten auf der Plattform vor dem Theater am Goetheplatz. Bei Gefahr kann sie sich unter die Leute mischen, die abends das Viertel bevölkern.

Kaltenbach ist froh über die Lampen, die in den Wallanlagen stehen, auch wenn sie die Dunkelheit nur punktuell verdrängen. Er geht dieses Mal am anderen Ufer des Stadtgrabens entlang, um zu überprüfen, was ein Beobachter von dort aus auf der gegenüberliegenden Seite erkennen kann. Ihm fällt auf, dass in der Nähe der Spiegel-Reisig-Skulptur alle Leuchten ausgefallen sind. Er zögert, bevor er am Ende des Stadtgrabens, begleitet vom Geschnatter der Enten, auf die andere Seite wechselt.

Am Treffpunkt angekommen schaltet er seine Minitaschenlampe an, die er vorsichtshalber eingesteckt hat. Die Parkleuchten sind zerstört. Wahrscheinlich haben Randalierer Steine dagegen geworfen. Die dafür verwendete Zeit hätten sie sinnvoller nutzen können, denkt er, indem sie versucht hätten, ihre geistigen Defizite aufzuarbeiten. Kaltenbach knipst die Taschenlampe aus und wartet.

Der Gravedigger kommt pünktlich um zehn Uhr dreißig. Kaltenbach, der nervös auf und ab wandert, erblickt Dennis Kowalski in seiner schwarzen Kleidung erst, als der unmittelbar vor ihm steht. Er rechnet damit, dass der Totengräber unbemerkt seine Bodyguards mitgebracht hat. Oder fühlt er sich so überlegen, zu glauben, ihm drohe keine Gefahr? Soweit es Kaltenbach erkennen kann, ist Kowalski eher von schmächtiger Statur.

»Setz dich und lauf hier nicht hin und her, das nervt«, sagt der Gravedigger anstelle einer Begrüßung. »Ich hoffe, du willst mir nicht meine Zeit rauben.«

»Die Bullen…«

»Jaja, ich weiß«, fällt Kowalski ihm ins Wort. »Diese Predigt hast du schon in der Sargschmiede gehalten. Ich hasse Wiederholungen. Sag, was die Bullen wissen und wer ihnen diesen Schwachsinn geflüstert hat. So hilflos ist nicht mal die Polizei, dass sie sich was aus den Fingern saugt.«

»Die Eltern der Vermissten…«

»Das war der zweite Teil deiner Predigt.«

»Ob du es Predigt nennst oder sonst wie, ist mir scheißegal.« Kaltenbach wundert sich über seine forsche Stimme. »Genauso scheißegal ist mir, ob die Bullen euch verdächtigen und für immer einbuchten.«

»Was glaubst du denn?« Der Gravedigger bleibt gelassen.

»Wie? Was meinst du?«

»Ob du glaubst, wir seien die Täter?«

»Ich bin ungläubig.«

»Die Antwort hättest du dir besser verkniffen; in diesem Punkt verstehe ich keinen Spaß.«

»Warum nicht?« Kaltenbach ist irritiert.

»Wer Gott leugnet, leugnet auch Satan.«

Kaltenbach weiß nicht, wie er reagieren soll. »Wieso treffen wir uns überhaupt an dieser Skulptur?«, versucht er, den Gesprächsfaden wiederzufinden.

Der Gravedigger lächelt erstmals. »Dieser Ort hat was Mystisches, spürst du das nicht? Ideal, um Satan anzubeten. Bei Vollmond finde ich es am schönsten. Unsere Glaubensgemeinschaft trifft sich hier oft, wenn es dunkel ist und sich das normale Volk nicht mehr in die Anlagen traut. Am Tag darauf kommen sie dann und suchen nach Knochenresten unserer Opfer.«

Kaltenbach fühlt sich verarscht. Er schaut in die Spiegel. In einer Fläche zeigt sich der Mond, der sich in einer zu- oder abnehmenden Phase befindet. Kaltenbach kann sich den Unterschied nicht merken. In einer anderen Spiegelfläche sieht er eine Bewegung. Er dreht sich um, entdeckt aber niemanden.

»Was ist los?«, fragt Kowalski.

»Im Spiegel war eine Bewegung. Hast du deine Vereinsmitglieder mitgebracht?«

»Scheiß dir nicht in die Hose. Hätte ich gewusst, dass du ein Zitteraal bist, hätten wir uns am Roland getroffen. Lass uns zum Thema kommen. Eins sage ich dir gleich: Ich bin stinksauer. Morgen wird ein negativer Bericht über unsere Vereinigung und speziell über den Eve-of-Destruction im Tageskurier erscheinen. Ich habe den Schwachsinn schon gelesen, da stimmt nicht ein Wort. Alles aus den Fingern gesogen. Du gehörst doch auch zu diesem Sauhaufen.«

Soweit es Kaltenbach im spärlichen Licht des Mondes und der Lampen vom gegenüberliegenden Ufer erkennen kann, ist Kowalskis glatt rasiertes Gesicht wutverzerrt.

»Davon weiß ich nichts. Ich arbeite nicht mehr für den Tageskurier. Wir hatten Stress und haben uns getrennt.«

»Versuchst du jetzt, deinen Kopf zu retten?« Kowalski zieht ein zusammengefaltetes Dokument aus einer Tasche seiner Jacke, die er trotz der drückenden Schwüle trägt. »Und wer ist Peter Dohrmann?« Er wedelt mit dem Papier vor Kaltenbachs Augen herum.

»Zeig her.«

Kowalski reicht ihm das Dokument. Kaltenbach knipst seine Minitaschenlampe an und überfliegt den Beitrag. »Woher hast du den Text?«

»Unsere Gläubigen sitzen überall. Mehr musst du nicht wissen. Beantworte meine Frage.«

»Dohrmann ist ein Exkollege von mir, der meinen ehemaligen Job zurzeit allem Anschein nach mit erledigt. Wie er an die Infos über die Sargschmiede und den Eve-of-Destruction gekommen ist, ist mir schleierhaft.«

»Seine Adresse.«

»Keine Ahnung, wir mögen uns nicht sonderlich.« Kaltenbach nimmt erneut eine Bewegung im Spiegel wahr, ohne es zu erwähnen.

»Du musst doch wissen, wo deine engsten Kollegen wohnen. Wir bringen ihn schon nicht gleich um. Es besteht allerdings akuter Redebedarf; ich möchte nachhaltig an seine Berufsehre appellieren. Also, die Adresse.«

Jetzt sieht Kaltenbach in zwei Spiegelflächen eine Bewegung. Er zuckt zusammen und blickt sich um, erkennt jedoch wieder nichts. »Ich will nicht ablenken, aber hier ist jemand«, flüstert er. »Wenn es keiner deiner Leute ist, werden wir observiert. Es könnte der Täter sein.«

Kaltenbachs Smartphone klingelt. Im Display leuchtet ›Maren‹. Er meldet sich und hört das vertraute Atmen, wartet auf die Roboterstimme, während die Atemgeräusche provozierend anhalten. Sonst ist alles ruhig, auch Kowalski schweigt. Dann hupt am Osterdeich ein Auto; der Ton kommt gleichzeitig aus Kaltenbachs Handy. Augenblicklich wird die Verbindung unterbrochen. Kaltenbach reagiert blitzschnell, indem er via Kurzwahl Petersens

Handynummer wählt. Er hört den Klingelton, der prompt unterdrückt wird. Gunnars Mörder ist hier, denkt Kaltenbach.

Zweige rascheln, eine dunkel gekleidete, maskierte Gestalt huscht aus der Uferbepflanzung. Sie rennt Richtung Osterdeich davon, biegt aber gleich links ab, um am Stadtgraben entlang zu fliehen.

Kowalski springt auf und läuft hinterher. Er hat nicht mit den Stufen gerechnet, stolpert und fällt hin. Kaltenbach, der ihm unmittelbar folgt, schafft es nicht mehr ausweichen und stürzt ebenfalls. Beide rappeln sich auf. Kowalski verzieht sein Gesicht, kann nur noch humpeln. Kaltenbach verfolgt den Täter allein.

Dort, wo sich der Weg in drei Richtungen teilt, bleibt er stehen. Keine Spur von der Gestalt. Er entscheidet sich, geradeaus zwischen den Häusern weiterzulaufen. Links wartet Maren und der rechte Weg führt zum viel befahrenen Osterdeich. Er erreicht die Bleicherstraße, die hinter dem Theater in einer Richtung zum Goetheplatz, in der anderen zur Mozartstraße führt. Sie ist menschenleer. Sein Handy klingelt.

»Ich bin´s«, sagt Petersen. »Ich habe gesehen, wie ihr jemanden hinterhergelaufen seit. Wohin die Person geflohen ist, habe ich nicht erkannt. Hier ist aber eine merkwürdige Frau vorbeigekommen. Mit einer tätowierten Spinne auf der rechten Wange und mit einem Nasenring. Sie hat einen gehetzten Eindruck gemacht.«

»Das kann nur Yvonne Selig gewesen sein, die Exfreundin von Mark Günther. Wo ist sie hingegangen?«

»Auf dem Ostertorsteinweg in der Menge untergetaucht.«

»Geh ihr bitte nach, Maren. Aber sei vorsichtig. Falls du sie findest, ruf mich sofort an. Unternimm nichts auf eigenen Faust. Versprochen?«

»Versprochen.«

»Wenn du sie nicht siehst, fahr bitte mit einem Taxi nach Hause. Und lass morgen deine Handykarte sperren.«

»Warte, leg nicht auf«, sagt Petersen. »Hast du jetzt begriffen, dass du unschuldig bist? Die Person, die mein Handy gefunden oder gestohlen hat, hat Gunnar getötet. Und sie muss Kontakt zu den Eltern haben, sonst wüsste sie nichts von dem Treffen.«

»Du hast eben immer recht, endlich mal was Positives.« Kaltenbach ist noch nicht von seiner Unschuld überzeugt, will aber nicht mit Maren diskutieren. Was hat er in der Nacht in Stellenfelde gewollt?

Er kehrt zum Totengräber zurück. Kowalski lehnt es ab, zum Arzt zu gehen. Kaltenbach überredet ihn, das Gespräch bei einem Drink fortzusetzen. Sie einigen sich auf das Casablanca am Ostertorsteinweg. Dort finden sie einen freien Tisch neben dem Eingang, an dem sie ungestört sprechen können. Die anderen Gäste genießen die laue Sommernacht im angebauten Wintergarten, dessen Glasdach und Glaswände geöffnet sind.

Kaltenbach betrachtet Kowalskis Muskeln, die im Licht des Lokals zum Vorschein kommen und den schmächtigen Eindruck verdrängen, den der Gravedigger zunächst auf ihn gemacht hat. Seine schwarz gefärbten Haare hat der Totengräber durch einen Mittelscheitel geteilt.

»Warum bist du gleich hinter dem Spanner hergelaufen?«, fragt Kaltenbach, nachdem sie Bier bestellt haben. »Wenn du mit Sicherheit ausschließen kannst, dass der Täter aus deinen Reihen kommt, hättest du doch sitzen bleiben können.«

»Die Geschichte geht mir auf den Keks, so einfach ist das. Wegen der Unruhe und der Nerverei, die damit zusammenhängt.« Kowalski redet sich in Rage. »Guck dir diesen Zeitungsartikel an, der muss einem kranken Hirn entsprungen sein. Deshalb möchten wir raus aus den Schlagzeilen, und zwar schnellstmöglich.«

»Aber was macht dich so sicher, dass es keiner von deinen Leuten war?«

Der Totengräber hebt die Hände. »Ich habe nur mit Constanze über unser Treffen gesprochen.«

Sie blicken sich zum ersten Mal in die Augen. Kaltenbach meint, in Kowalskis brauner Iris Nervosität zu sehen.

»Es war vorhin auf jeden Fall noch eine Person in den Wallanlagen, die zur schwarzen Szene gehört. Meine Partnerin hat sie gesehen. Die Person heißt Yvonne Selig, sie wird auch Schwarze Witwe genannt. Was sagst du dazu, Kowalski? Komm mir nicht mit Zufall.«

Kowalski lehnt sich auf seinem Stuhl zurück. »Die Spinnenfrau. Ich mag sie nicht, sie ist aber eine Freundin von Constanze.«

»Also hat Constanze geplaudert.«

»Sie hat mir gesagt, sie hätte mit niemanden über unser Treffen geredet. Und selbst wenn, warum sollte die Spinnenfrau nachts durch die Büsche kriechen.«

»Kowalski, denk nach. Falls Yvonne Selig in den Sträuchern gehockt hat, war sie die Mörderin meines Freundes. Dann hat sie mich von dort aus mit einem Handy angerufen, das sie nach dem Mord mitgenommen hatte.«

ELF

»Dachte ich's mir doch, dass Sie hier untergekrochen sind, ich kann mich eben auf meine Intuition verlassen.« Hauptkommissar Novak hält ein Schreiben hoch. »Dies ist ein Durchsuchungsbefehl für die Wohnung von Frau Petersen.«

Kaltenbach schaut auf seine Armbanduhr. Es ist gleich elf. Bis spät in die Nacht hat er an dem Artikel für Bremen Netnews geschrieben. Er ist noch müde und hat nicht mal gefrühstückt.

»Was heißt hier Intuition?«, knurrt er Novak an. »Das habe ich Ihnen doch schon erzählt. Warum machen Sie sich keine Notizen?«

Novak winkt seinem Team zu und will sich an Kaltenbach vorbeidrängeln. Petersen versperrt ihm den Weg.

»Darf ich erfahren, um was es hier geht?«

Novak grinst sie herablassend an. »Nun, Sie beherbergen einen Hauptverdächtigen. Falls Sie wissen, dass Herr Kaltenbach der Täter ist, machen Sie sich strafbar. Eine Zeugin hat ausgesagt, in der Nähe des Tatortes einen Mann in Motorradkluft gesehen zu haben. Und Herr Kaltenbach besitzt einen Motorradführerschein. Sie könnten sich die Tat auch gemeinsam ausgedacht haben, da Herr Neuhaus Ihrer aufkeimenden Beziehung im Wege stand. So, und jetzt lassen Sie uns bitte vorbei, Frau Petersen.«

»Warum sollte ich?«

»Warum? Weil ich einen Durchsuchungsbefehl dabeihabe; Herr Kaltenbach kann es Ihnen bestätigen.«

»Was Sie Herrn Kaltenbach zeigen, interessiert mich nicht, das ist meine Wohnung.«

Novak schnaubt wütend, holt das Papier aber wieder aus seiner Jacketttasche.

»Danke«, sagt Petersen. »Sie verstehen sicherlich, dass ich das Schreiben erst einmal lesen möchte. Eine Durchsuchung hat man nicht jeden Tag. Bitte warten Sie so lange vor der Tür.«

Novak ringt um Fassung, tritt jedoch über die Schwelle zurück. »Die Tür bleibt aber offen.«

»Meinen Sie, ich springe ihretwegen aus dem Fenster?«

Die Durchsuchung wirft Kaltenbachs Tagesplan durcheinander. Da Maren die Spinnenfrau gestern Abend nicht mehr entdeckt hat, hat er Yvonne Selig heute Morgen im Friseursalon angerufen und sich mit ihr um eins an der Windmühle verabredet. Auf seine Frage, was sie am Abend in den Wallanlagen gemacht habe, hat sie ausweichend geantwortet. Sie wolle ihm am Mittag alles erklären. Jetzt kann er den Termin vermutlich nicht einhalten. Novak will er davon nichts sagen.

Kaltenbach beobachtet Petersen. Überall, wo sich die Gelegenheit bietet, behindert sie die Arbeit der Polizei. Sie verfolgt die Spurensicherung auf Schritt und Tritt, lässt Schlüssel für ihre Schränke und Kommoden verschwinden, die sie später umständlich sucht, und diskutiert ständig mit den Beamten, ob es nötig sei, in diesen oder jeden Schrank zu schauen.

Die genervten Polizisten finden weder Motorradkleidung noch andere Indizien für eine Täterschaft Kaltenbachs. Auch nicht im Keller und auf dem Trockenboden, der sämtlichen Anwohnern offen steht.

Nach der Durchsuchung ist es zu spät für das Treffen mit Yvonne Selig. Er ruft im Salon Cutting Crew an und fragt nach ihr. Eine Mitarbeiterin sagt ihm, die Selig hätte heute Morgen drei Wochen Urlaub genommen und sei sofort gegangen. Die Handynummer und Privatadresse der Selig möchte sie ihm nicht geben.

Kaltenbach ist frustriert. Er muss raus aus der gewohnten Umgebung und schlägt Petersen vor, nach Verden zu fahren und im Restaurant Pades essen zu gehen.

Vorher schauen sie auf die Homepage von Bremen Netnews. Boris Raugang hat den Artikel, den Kaltenbach in der Nacht verfasst hatte, unverändert übernommen. Kaltenbach hat moderatere Töne gewählt als der Bremer Tageskurier. Er stellt die Satanisten nicht an den Pranger, sondern schreibt von mehreren Spuren. Für Kaltenbach zählen neben den Satanisten, aufgrund ihrer Verbindung zur Spinnenfrau, die Eltern und Yvonne Selig zu den Verdächtigen. Außerdem gehören für ihn die Vermisstenfälle und der Mord an Gunnar nun endgültig zusammen. Wegen Marens Handy. Details, die Kaltenbach in seinem Bericht allerdings verschweigt.

Hohe Bäume, Sträucher, alte Rosensorten, Kräuter und eine historische Steinmauer prägen die Atmosphäre im ehemaligen Garten des Verdener Doms, von dem das Restaurant Pades einen Teil für die Bewirtung seiner Gäste gepachtet hat.

Petersen trägt ihren weinroten Hosenanzug und unter dem Blazer ein schwarzes Top. Kaltenbach hat sich für eine leichte Hose und ein elegant-legeres Jackett entschieden, das er über die Stuhllehne hängt.

Sie wählen halbe Portionen einer kalten Suppe und einer Pastaspezialität; als Hauptgericht bestellen sie Zanderfilet auf Sauerkraut, als Getränk eine Flasche trockenen Weißwein. Beim Essen lenkt Maren Petersen das Gespräch erneut auf die Durchsuchung. Sie hat sich noch nicht über das Chaos beruhigt, das die Polizei bei ihr hinterlassen hat. Kaltenbach gelingt es aber, über seine Verdächtigungen zu sprechen. Ansichten, die Maren teilt.

Dann regt sich ihr Gewissen wegen Gunnar Neuhaus. »Ich komme mir schlecht vor«, sagt sie beim Espresso. »Gunnar ist erst seit drei Tagen beerdigt, und wir schlemmen.«

Kaltenbach fühlt sich unwohl in seiner Haut. Im Stillen gibt er Maren recht, fragt sich zudem, warum er Verden vorgeschlagen hat, um auszugehen? Nicht weit von Gunnars Grab entfernt? Abgesehen davon ärgert er sich über sich selbst, weil er Maren nicht offen darauf anspricht, sie wieder an sich binden zu wollen? Sie spürt es ohnehin. Hat er Hemmungen, da er nach wie vor nicht ausschließen kann, Gunnars Mörder zu sein? Er legt ihr eine Hand auf den Arm. »Ob es pietätvoll ist, heute hier zu entspannen, habe ich, ehrlich gesagt, nicht nachgedacht. Klar ist, dass wir auch mal eine Stunde Ruhe brauchen. Wir hatten viel Stress und werden weiterhin jede Menge Stress haben. Mehr als uns lieb sein dürfte. Und solange wir hier sitzen, fühle ich mich ausnahmsweise sicher.«

»Ich weiß nicht.« Petersen wischt sich eine Träne aus dem Augenwinkel.

Kaltenbach versucht, sie aufzuheitern. »Unsere Situation hat auch was Positives: Sie kann kaum noch schlimmer werden.«

Er ahnt nicht, dass er sich täuscht. Schon morgen wird er erleben, wie die letzten Reste seiner heilen Welt zusammenbrechen.

ZWÖLF

Kaltenbach bleibt das Schinkenbrötchen fast im Halse stecken. Im Lokalteil des Bremer Tageskuriers findet er einen von Dohrmann verfassten Beitrag über die Durchsuchung bei Maren. Novak hat demnach noch am späten Donnerstagnachmittag zu einer Pressekonferenz eingeladen; ein gefundenes Fressen für Sondermann und Dohrmann. Seine Feinde beim Tageskurier haben die Gelegenheit genutzt, an seinem Ruf zu kratzen. Sein Name wird zwar nicht genannt, aber jeder, der sich in der Bremer Journalistenszene auskennt, weiß aufgrund verschiedener in den Text eingestreuter Hinweise, dass es um ihn geht. Fakten hat Dohrmann, abgesehen von der Motorradkluft des Verdächtigen, von der die Zeugin berichtet hat, nicht zu bieten.

Wütend schlingt Kaltenbach den Rest des Brötchens und ein Käsebrot herunter. Selbst der Duft des frisch gebrühten Kaffees schafft es nicht, ihn aufzuheitern. Er wünscht sich, Maren wäre da und er könne sich mit ihr austauschen. Sie hat aber heute sehr früh einen Kundentermin und anschließend drei weitere Besprechungen.

Nach der zweiten Tasse Kaffee ruft Kaltenbach Sandman an und spricht mit ihm die Ereignisse der letzten beiden Tage durch. Sandman sichert ihm zu, Yvonne Selig suchen zu lassen. Er will auch mit Kowalski und Constanze reden.

Kaltenbach merkt, dass Sandman froh ist über die Hinweise, zumal der öffentliche Druck wegen der umfangreichen Berichterstattung über Satanismus zunimmt. Ein Thema, das Empörung in allen Bevölkerungsschichten auslöst und nach Aufklärung verlangt.

Kaltenbach verabschiedet sich von Sandman und wählt Franziskas Nummer. Ohne Erfolg. Sie geht wohl aus Verärgerung über ihre Beziehungskrise nicht ans Telefon. Er entschließt sich, Ernst Bothur anzurufen, den er beim ersten Versuch erreicht.

»Mit Ihnen als Detektiv haben wir das große Los gezogen«, sagt Bothur kalt. »Laut Bremer Tageskurier gehören Sie, was Ihren Freund angeht, zu den Hauptverdächtigen. Das war's dann wohl. Danke für die Zusammenarbeit.«

»Jetzt passen Sie mal auf, Bothur. Ich habe Gunnar Neuhaus nicht umgebracht und mit den Vermissten habe ich überhaupt nichts zu tun. Für mich hängen die Fälle aber zusammen. Ich mache jedenfalls weiter, ob Sie kooperieren oder nicht. Das bin ich meinem Freund schuldig. Damit wir uns richtig verstehen: Ich verfolge jede Spur wie ein Besessener, und sei sie noch so klein. Sobald ich den Geruch des Täters gewittert habe, klebe ich wie eine Klette an ihm. Das können Sie an Ihren Kreis weitergeben. Denn nach dem Stand der Dinge ist es durchaus möglich, dass der Täter aus den Reihen der Eltern stammt.«

»Ihnen wächst die Sache offenbar über den Kopf.« Bothur klingt aggressiv. »Sie sollten mal ausschlafen.«

Kaltenbach verjagt mit der Hand eine Fliege, die sich neben das Telefon gesetzt hat. »Mein Treffen mit dem Satanistenführer hat jemand belauscht. Es wäre unlogisch, würden sich die Satanisten gegenseitig beobachten. Zumal ihr Anführer den Treffpunkt nicht herausposaunt hat.« Kaltenbach verschweigt seinen Verdacht, den er gegenüber den Satanisten und Yvonne Selig hegt. Vielleicht kann er den Täter, falls dieser aus der Runde der Eltern kommt, aus der Reserve locken. »Und ich habe nur Ihnen davon berichtet. Insofern muss ich mir die Frage stellen, wer an dem Abend in den Büschen der Wallanlagen gelauert hat. Sie selbst oder haben Sie andere eingeweiht?«

Bothur schweigt. Kaltenbach hält die Stille in der Leitung nicht aus. »Eins noch, Bothur. Das Handy, das der Lauscher dabei gehabt hat, gehört der Lebensgefährtin meines Freundes. Derjenige, der meinen Freund ermordet hat, hat es ihr gestohlen. Somit ist für mich bewiesen, dass die Fälle zusammenhängen.«

Kaltenbach rechnet damit, dass der Bauunternehmer ihn gleich beschimpfen und alle Schuld von der Gruppe der Eltern weisen wird.

Doch Bothur antwortet mit müder Stimme. »Natürlich habe ich den anderen Elternteilen von dem Treffen erzählt. Ich möchte über die Situation nachdenken, danach rufe ich Sie wieder an.«

Kaltenbach verlässt die Wohnung, die ihm mit einem Mal zu eng und stickig vorkommt, und geht in die Innenstadt. Ein böiger Wind ist aufgekommen. Er flieht aus dem Schnoor, wo heute Scharen von Touristen durch die schmalen Gassen mit den dicht aneinander gereihten Häusern drängen und sich an Schaufenstern und aushängenden Speisekarten ihre Nasen platt drücken. Seine Gedanken lassen sich nicht ordnen. Auf dem Marktplatz findet er auch keine Entspannung. Der Roland, das Rathaus und die Stadtmusikanten wirken wie Magneten auf die Ausflügler, die sich gegenseitig vor den Sehenswürdigkeiten fotografieren. Wissen die Besucher, dass der steinerne Roland schon seit 1404 über die Unabhängigkeit der Hansestadt Bremen wacht? 2004 hat ihn die UNESCO, zusammen mit dem 1409 erbauten Rathaus, zum Weltkulturerbe ernannt.

Die am Marktplatz ansässigen Wirte haben Tische nach draußen gestellt. Kaltenbach entdeckt einen freien Platz und bestellt ein Glas roten Bordeaux. Zu seinem Unmut entscheidet sich das ältere Ehepaar, das am Nebentisch sitzt, für Knipp, ein Bremer Gericht, das die Köche aus Hafergrütze, Schweinskopf, Schweinebauch, Schwarte, Rinderleber und Brühe zusammenmixen. Die beiden schlingen den aus Kaltenbachs Sicht unappetitlichen Cocktail mit Bratkartoffeln und Roter Bete runter.

Er trinkt aus und kehrt in Petersens Wohnung zurück. Da er müde ist, schläft er bis halb vier.

Sein Handy weckt ihn. »Hallo Clemens, Franziska hier.«
»Du klingst ängstlich, ist was passiert?«
»Vor meinem Haus steht eine merkwürdige Gestalt. Sie macht mir Angst. Vielleicht sehe ich ja Gespenster.«
»Beobachtet die Gestalt dein Haus?«
»Weiß ich nicht, sie trägt einen dieser unheimlichen Motorradhelme, die alles spiegeln.«
»Mach niemanden die Tür auf, hörst du? Das könnte der Mörder von Gunnar sein. Ich bin sofort bei dir.«

Kaltenbach zieht sich rasch was über und rennt zum Auto, das wieder ein paar hundert Meter entfernt parkt. Es muss geregnet haben, der Gehweg ist mit Pfützen übersät. Am Wagen angekommen, kriegt er kaum noch Luft.

Unterwegs fährt er bei Rot über eine Kreuzung. Prompt schaut er in einen Blitz, was ihn jetzt allerdings nicht interessiert.

Er fummelt sein Smartphone aus der Hosentasche und wählt via Kurzwahl Franziskas Nummer. Sie meldet sich nicht. Kaltenbachs Magen krampft sich zusammen. Er versucht, Sandman anzurufen, verwählt sich aber. Wütend steckt er das Handy in die Brusttasche seines Hemdes zurück. Ich bin ja gleich da, denkt er verzweifelt.

In der Gastfeldstraße ist wenig Verkehr, er beschleunigt auf achtzig. Kurz vor der Yorckstraße tritt er auf die Bremse und reißt den Wagen in die Kurve. Der Fahrer eines entgegenkommenden Autos zeigt ihm den Vogel. Die Yorckstraße ist menschenleer. Kaltenbach quetscht den Wagen in eine Parklücke vor Bommers Haus.

Beim Aussteigen fällt ihm die angelehnte Tür zum Souterrain auf. Vorsichtig betritt er das Haus. Unten ist es still. Er bleibt an der Treppe stehen; auch von oben dringt kein Laut herunter. Wieder verkrampft sich sein Magen. Kaltenbach schleicht die Steintreppe hinauf. Er denkt daran, umzukehren, um aus der Werkzeugkiste, die Franziska in einem Abstellraum im Souterrain aufbewahrt, einen Hammer zu holen, möchte aber keine Zeit verlieren.

Trotzdem kommt er zu spät. Franziska liegt im Wohnzimmer vor dem Telefon auf dem Boden. Ihre Augen sind vor Entsetzen aufgerissen. Eine blutige Spur umschließt ihren Hals, als hätte man sie mit einer dünnen Schnur oder einem Draht erdrosselt. Aus Mund und Nase ist Blut geflossen. Kaltenbachs Magen rebelliert, er rennt ins Bad und erbricht sich. Mit weichen Knien kehrt er ins Wohnzimmer zurück, stützt sich an den Wänden ab. Seine Umgebung nimmt er durch einen Tränenschleier wahr. Er wirft sich neben Franziska auf den Teppich, küsst ihre Stirn und ergreift ihre Hände. Sie war seine Lebensgefährtin. Dass sie ihn aus der Wohnung geworfen hat, zählt nicht mehr, dass er Spuren hinterlässt ebenso wenig.

Hätte er schneller hier sein können? Hat Franziska bis zur letzten Sekunde auf ihn gehofft? Er versucht, sich von dieser Vorstellung zu lösen, kommt aber nicht davon los. Zuerst Gunnar, dann Franziska. Warum? Verzweifelt trommelt er mit seinen Fäusten auf den Boden.

Es klingelt an der Tür. Kaltenbach rappelt sich mühsam auf und schaut vorsichtig um die Ecke zum Flur. Erst jetzt bemerkt er den Motorradhelm mit dem spiegelnden Visier, der auf der Hutablage der Garderobe liegt. Gleichzeitig sieht er zwei Polizeiuniformen, die durch die strukturierte Glasscheibe der Haustür schimmern.

Kaltenbach sammelt seine verbliebenen Kräfte. Wenn er hier schlapp macht, kassieren ihn die Bullen gleich ein. Er beobachtet, wie sie sich umdrehen, vielleicht weil sie auf Verstärkung warten, und nutzt die Chance, um die Treppe zum Souterrain zu erreichen.

Den Schlüssel für das Gartentor auf der Rückseite des Grundstücks, der nicht an seinem Haken hängt, sucht Kaltenbach vergebens. Ihm bleibt dennoch nur der Weg durch den lang gestreckten Garten, der sich bis zur Rossbachstraße hinzieht. Der vermisste

Schlüssel steckt von innen im Torschloss. Er zieht ihn ab, tritt auf die Straße, verschließt das Tor und schlendert betont lässig davon.

Seinen Wagen kann er vergessen. Er muss mit der Straßenbahn zum Hauptbahnhof fahren und von dort mit dem Zug raus aus der Stadt. Zwei Streifenwagen mit eingeschaltetem Blaulicht und Sirenen kommen ihm entgegen. Er bückt sich und fummelt an seinen Schnürsenkeln herum.

Am Buntentorsteinweg quetscht er sich in einen überfüllten Straßenbahnwagen. An anderen Tagen wäre ihm die Enge zuwider gewesen. Heute fühlt er sich zwischen den Menschen sicher.

Im Wartesaal des Verdener Bahnhofs lungern Jugendliche rum. Wortfetzen einer Sprache, deren Ursprung er nicht einordnen kann, dringen an Kaltenbachs Ohren. Überall liegen Zigarettenkippen, es stinkt nach abgestandenem Rauch. Er kneift seine Nase zu, will an die frische Luft.

Auf dem Bahnhofsvorplatz wählt er Petersens Nummer. »Hallo Maren.« Ihm versagt die Stimme, weil das Bild der toten Franziska aus seiner Erinnerung auftaucht. Er kann nur undeutlich weitersprechen. »Franziska ist ermordet worden.«

»Ich hab´s schon gehört, die Polizei ist hier. Tut mir echt leid. Woher weißt du davon?«

»Franziska hatte mich angerufen und gesagt, dass eine Person in Motorradmontur vor ihrem Haus steht. Ich bin sofort zu ihr gefahren, aber leider zu spät gekommen.« Kaltenbach schnäuzt sich. »Ist Sandman auch da?«

»Ja.«

»Hört jemand mit?«

»Ich bin allein in der Küche, hab den schnurlosen Hörer mitgenommen. Wo bist du?«

»Wir sollten uns nachher dort treffen, wo wir gestern kurz ausgespannt haben. Aber auf der Straße, nach Ausspannen ist mir heute nicht zu mute. Sieh zu, dass dir niemand folgt, das ist das Wichtigste. Notfalls warte ich die ganze Nacht. Klar?«

»Klar.«

»Da ich nicht weiß, ob die Polizei versuchen wird, mein Handy anzupeilen, schalte ich es aus.«

Er unterbricht die Verbindung, drückt die Austaste und orientiert sich Richtung Innenstadt.

Kaltenbach vermeidet es, die anderen Fußgänger anzuschauen, als könnten sie ihn erkennen und durch ihre Blicke töten. Er wartet auf Petersen, die um halb neun um die Ecke biegt. Ihn wundert, dass sie zu Fuß kommt. Kaltenbach fällt auf, dass ihre Kleidungsstücke farblich nicht optimal aufeinander abgestimmt sind. Sie muss hektisch aufgebrochen sein. Er winkt, läuft ihr entgegen und umarmt sie. Petersen riecht leicht nach Rauch, von Parfüm keine Spur.

»Wieso treffen wir uns in Verden?«, fragt sie.

»Weiß ich nicht, ich wollte nur noch raus aus Bremen. Tut mir leid, dass du lange fahren musstest.«

Petersen sieht sich suchend um. »Darum geht es nicht. Hier können wir aber nicht bleiben. Hast du eine Idee, wie es weitergehen soll?«

»Wir besprechen, wie wir Kontakt halten, dann kehrst du in deine Wohnung zurück. Ich schlage mich irgendwie durch.«

»Klingt nach einem ausgereiften Plan.«

Petersens Smartphone klingelt. »Das ist die Polizei. Sonst hat niemand meine Nummer, weil ich mir heute ein neues Handy gekauft habe.« Sie meldet sich.

»Hauptkommissar Sandman. Guten Abend, Frau Petersen, ich würde gern kurz mit Herrn Kaltenbach sprechen.«

Sie stutzt. »Herr Hauptkommissar, wie kommen Sie darauf, dass Herr Kaltenbach bei mir sein könnte?«

»Ich kenne meine Pappenheimer. Nun geben Sie ihn mir schon, durch die Leitung kann ich ihn nicht festnehmen.«

Petersen reicht ihr Smartphone weiter.

»Hallo, Herr Sandman. Ich möchte nicht unhöflich erscheinen, aber ich sollte auflegen. Auch wenn wir ein gutes Verhältnis haben, ist mir klar, dass Sie mich jetzt verhaften müssten. Und jeder weiß, dass die Polizei in der Lage ist, eingeschaltete Handys anzupeilen.«

Sandman lacht müde auf. »Das machen wir nur in bestimmten Fällen. Sie könnten den Status eines solchen Falls allerdings schnell erreichen.«

»Herr Sandman, sie glauben doch nicht im Ernst, dass ich meine Lebensgefährtin umgebracht habe?«

»Es ist schwer vorstellbar, ich muss mich aber an die Fakten halten. Bei der Kripo Verden ist heute ein anonymer Brief eingegangen. Der Absender behauptet, Sie zur Tatzeit vor dem Wochenendhaus gesehen zu haben, in dem ihr Freund ermordet wurde. Er hätte seinen Hund Gassi geführt und sich gefragt, wer dort nachts herumschleiche. Sie seien aufgeregt aus dem Haus gekommen, hätten an einem Handy rumgefummelt, nicht darauf geachtet, wo Sie hintreten und dabei ihre Hose aufgerissen. Der Absender halte es für seine Pflicht, zur Aufklärung des Mordes beizutragen, obgleich Sie, wie er sagt, versucht haben, ihn zu bestechen. Falls Sie die zugesagten zehntausend Euro von Ihrer Bank geliehen haben, diesen Punkt überprüfen wir morgen, wäre das ein Schuldeingeständnis.«

»Ich habe mir kein Geld besorgt. Das mit der Bestechung ist eine Lüge; der anonyme Schreiber wollte mich erpressen. Warum sonst zeigt er sich nicht? Es liegt doch auf der Hand, dass er der Täter ist. Die Fälle hängen zusammen; ich habe weder meine Lebensgefährtin umgebracht noch mir in den Wallanlagen aufgelauert.«

Kaltenbach versucht, überzeugend zu klingen, obwohl er selbst nicht weiß, was er glauben soll. Möglicherweise ist er gleichzeitig mit dem Unbekannten in Stellenfelde gewesen und hat den Mord begangen? Der Unbekannte könnte anschließend ins Haus gegangen sein und hinter Marens Bett gestanden haben. In dem Fall hätte Maren ihn, Kaltenbach, sowieso nicht erkennen können.

»Wenn Sie sich darin sicher sind, ist das schön für Ihr Gewissen«, holt Sandman ihn aus seinen Grübeleien zurück. »Ihre Kenntnisse nützen Ihnen aber nichts, weil niemand Ihre Aussagen zu den Fällen Neuhaus und Bommer bestätigen kann. Fest steht nur, dass sie an beiden Tatorten waren und vom letzten geflohen sind. Wären Sie geblieben, hätte das für Sie gesprochen, zumal wir vor Ort kein Tatwerkzeug gefunden haben.« Sandman muss husten. »Wegen der Geschichte in den Wallanlagen müssten wir Yvonne Selig finden. Kowalski bestätigt zwar ihre Aussage, macht allerdings nicht den glaubwürdigsten Eindruck. Selbst die Aussage von Frau Petersen hat kaum Wert, da Sie sich mit ihr zusammengetan haben. Und die Selig ist verschwunden. Frau Bergmann, das ist diese Constanze, behauptet, nicht zu wissen, wo sich die Selig aufhält. Sie bestreitet auch, mit ihr geredet zu haben.« Sandman räuspert sich. »Vielleicht stecken die Schwarzen alle unter einer Decke. Dazu würde auch die Annahme passen, dass sich Kowalski gesprächsbereit gezeigt und eine Person in den Büschen platziert hat. Nämlich Yvonne Selig. Und nach dem abgesprochenen Anruf hat er die Person verfolgt. Mit einer solchen Showeinlage würde er von sich und seinen Jüngern ablenken. Aber so lange das nicht nachweisbar ist, stehen Sie ganz oben auf der Fahndungsliste. Meine Mitarbeiter zweifeln ohnehin an ihrer Geschichte vom Treffen mit Kowalski. Sie sagen, Sie könnten mit ihm kooperieren.«

»Das ist doch absurd, zumal mich erst Ihre Leute, Herr Lunacek und Herr Weetjen, über Kowalski und seine Sargschmiede informiert haben. Und da soll ich gleich einen Komplott mit ihm geschmiedet haben? Nennen Sie mir einen logischen Grund dafür.« Kaltenbach ist verärgert. »Ich lege jetzt auf.«

»Warten Sie, nur eins noch. Falls das Alibi nicht stimmt, das Frau Petersen mir für heute Nachmittag genannt hat, sähe das Ganze nach einer Beziehungstat aus und Sie hätten wesentlich größere Probleme. Trotz allem viel Glück.«

Petersen hat mitgehört. »Die Fantasie der Polizei kennt keine Grenzen. Wir sollten verschwinden.«

»Wo hast du geparkt?«

»Auf dem großen Parkplatz an der Aller.«

»Lass uns durch die Fußgängerzone gehen. Mein Magen knurrt.«

»Du mit deiner ewigen Esserei, aber nur an einer Frittenbude.«

Gleich am Anfang der Fußgängerzone finden sie einen italienischen Imbiss. Der Knoblauchgeruch schwebt ihnen schon an der Tür entgegen. Kaltenbach bestellt eine vegetarische Pizza, Petersen einen Salat.

»Ich habe Angst«, sagt sie. »Wenn sie dich haben, kommst du so schnell nicht wieder raus.«

Kaltenbach fragt sich, ob sie sich sorgt, die Situation allein durchstehen zu müssen, oder ob es ihr doch um ihn geht. Wann schafft er es endlich, mit ihr über einen gemeinsamen Neuanfang zu sprechen? Maren hat ihm ihre Wohnung angeboten und damit den ersten Schritt getan.

Er senkt seine Stimme. »Da magst du recht haben, mehr Bauchschmerzen macht mir aber der Täter. Der ist hinter mir her und hinter dir bestimmt auch.« Kaltenbach schweigt kurz, weil eine Aushilfe die Platte des Nebentisches poliert. »Deshalb wäre es für dich zu riskant, in deine Wohnung zurückzukehren. Vergiss also, was ich vorhin gesagt habe.« Er schiebt sich ein Stück Pizza in den Mund. »Wir brauchen beide ein Versteck, am besten getrennt. Kannst du so lange nach Schwachhausen zu deinen Eltern ziehen?«

»Nein, die hätten kein Verständnis für meine Situation, das gäbe nur Stress. Wenn es für mich nicht gut läuft, sehen sie den Grund in meiner Unnachgiebigkeit. Dabei haben Sie mich schon als Zwölfjährige gezwungen, mich in einem fremden Umfeld durchzusetzen. Wären wir in Flensburg geblieben, wäre ich heute vielleicht ein anderer Mensch.«

»Mir gefällst du so, wie du bist.«

»Fang bloß nicht an, Süßholz zu raspeln. Du magst diese Art auch nicht an mir. Aber darum geht es jetzt nicht.«

»Das stimmt. Falls du in deiner Wohnung bleiben willst, rufe ich Sandman an und verlange Polizeischutz.«

Petersen lächelt verkrampft, bevor wieder die Bitterkeit in ihrer Miene überwiegt. »Komm, ich halte das hier nicht mehr aus. Ich weiß, wo wir erst mal untertauchen können.«

Sie gehen durch die Fußgängerzone Richtung Parkplatz. Zweihundert Meter vor dem Ziel fasst Kaltenbach Petersen am Arm und zieht sie in eine Ecke.

»Mist, Polizei«, flucht er.

»Wo?«

»Auf dem Parkplatz, das rieche ich bis hier.«

»Und wie soll die Polizei mein Auto gefunden haben?«

»Das ist ganz einfach. Sandman hat dir einen Peilsender am Wagen anbringen lassen, als sie in deiner Wohnung nach mir gesucht haben. Das ist sicherer, da ihm klar ist, dass wir unsere Handys meist ausschalten. Für ihn stand von Anfang an fest, dass wir uns treffen. Nachdem du dein Auto in Verden abgestellt hattest, musste er nur noch die hiesige Polizei um Amtshilfe bitten.«

»Suchen auch Polizisten in Zivil die Straßen ab?« Petersen sieht ihn fragend an.

»Mag sein, lass uns abhauen. Übernachten können wir hier nicht. Sie werden die Hotels kontrollieren und am Bahnhof stehen. Uns bleibt nur ein Taxi. Wo müssen wir eigentlich hin?«

»Nach Riethausen bei Bruchhausen-Vilsen. Da hat Miriam, eine Freundin von mir, ein Haus. Sie hat mich letztens angerufen und gefragt, ob ich hin und wieder nach dem Rechten sehen und die Blumen gießen könne. In dem ganzen Durcheinander habe ich das vergessen. Miriam ist für längere Zeit in Frankreich.«

»Bewahrst du den Schlüssel in deiner Wohnung auf?«

»Nein, vor Miriams Haus unter einem Stein. Wir werden ihn schon finden.«

Kaltenbach kratzt sich am Kopf. »Eine andere Möglichkeit fällt mir auf die Schnelle nicht ein. Bruchhausen-Vilsen, da fährt doch die älteste Museumseisenbahn Deutschlands. Liegt das nicht in der Nähe der B6 zwischen Syke und Nienburg?«

»Ja, mehr bei Syke.«

»Gut, wir fahren über Syke, wo wir das Taxi wechseln, nach Bruchhausen-Vilsen. Den restlichen Weg gehen wir zu Fuß. Erst ziehe ich aber Geld.«

»Verdammte Scheiße.« Kaltenbach tritt in die Luft. Ein Ziel kann seine Fußattacke ohnehin nicht haben, zumal es stockdunkel ist. Seit einer halben Stunde gießt es wie aus Kübeln und es gibt kein Entrinnen. Hinzu kommt die undurchsichtige Schwärze. Er hält Maren Petersen an der Hand, auf dem Asphaltband einer schmalen Straße, das sie unter ihren Füßen immer schmerzhafter spüren. Sie versuchen, am Rand zu bleiben, um sich im Gebüsch verstecken zu können. Die Minitaschenlampe, die Petersen in ihrer Handtasche bei sich hat, schalten sie nur sporadisch ein. Sie wissen nicht, wie lange die Batterie halten wird.

Blitze tauchen die sanft gewellte Landschaft in ein unwirkliches Licht. Kaltenbach sieht, dass Maren ihre Jacke über den Kopf gezogen hat, damit ihr der Regen nicht ins Gesicht peitscht. Die Kleidung klebt ihr am Körper.

Dann ist wieder alles schwarz. Kaltenbach wartet auf den Donner, der gewaltige Schlag trifft ihn trotzdem bis ins Mark. Er atmet auf, als der Donner über die Felder und Wiesen ausrollt. Kurz darauf hört er in der Ferne Sirenen. Wahrscheinlich hat der Blitz in ein Wohnhaus oder eine Scheune eingeschlagen.

»Tut mir leid, war eine blöde Idee von mir, zu Fuß zu gehen.«

»Mensch Clemens, reg dich ab, wir hatten doch keine Wahl. Hauptsache, wir finden das Haus bald. Die ganze Nacht möchte ich nicht so nass rumlaufen.«

Ein Auto kommt aus Richtung Bruchhausen-Vilsen. Das Motorgeräusch schwillt an.

»Los.« Sie zieht Kaltenbach an seinem durchnässten Hemd. »Du darfst wieder mit mir in die Büsche.«

»Vergiss es, die ersten drei Male haben mir gereicht. Ich bin bestimmt schon von Spinnen und anderem Getier übersät; das ist schlimmer als der Regen. Lass uns weitergehen, vielleicht hält der Fahrer an und nimmt uns mit.«

»Spinnst du?« Sie zerrt ihn von der Straße, bevor die Scheinwerfer des Autos sie erfassen können.

Kurz nachdem der Wagen vorbeigefahren ist, verschwinden seine Rücklichter hinter einer Linkskurve.

»Wenn wir Glück haben, sind wir gleich da.« Petersen versucht, Kaltenbach aufzumuntern.

»Entwickelst du hellseherische Fähigkeiten?« Kaltenbach stolpert über etwas Weiches. Ein überfahrenes Tier? Er flucht.

»Meine Freundin hat mir die Lage des Hauses auf einer Karte gezeigt. Wir müssten es, aus dieser Richtung kommend, nach der Kurve sehen.« Erneut zuckt ein Blitz über den Himmel. Im mehrmals aufflackernden Licht erscheint das Haus wenig einladend.

Petersen knipst die Taschenlampe an. Rasch gehen sie zur Pforte des Jägerzauns, der das Grundstück umschließt. Daneben stoßen sie auf eine US-Mailbox mit aufgeklebtem Namen.

»Miriam Francke«, ruft Petersen. »Wir sind da.«

»Hoffentlich finden wir den Schlüssel.«

Sie geht voraus und leuchtet. »Tritt nicht auf die Schnecken. Der Weg ist damit übersät.«

Kaltenbach hört ständig das Knacken der Schneckenhäuschen unter seinen Sohlen. Petersen hebt einen Stein an. Kein Schlüssel. Nach mehreren Versuchen hat sie endlich Glück. Drinnen schlägt ihnen ein muffiger Geruch entgegen. Petersen schaltet das Licht ein und reißt die Fenster auf. Kaltenbach schließt sie wieder und murmelt was von Insekten und Einheimischen.

Petersen sieht ihn finster an. Sie zieht Bluse und Hose aus und zielt mit der durchnässten Kleidung auf seinen Kopf. »Sei wenigstens so lieb, meine Sachen über eine Stuhllehne zu hängen, am besten in der Küche. Und nimm meine Jacke mit, sie liegt neben der Tür.«

Sie duscht heiß und wickelt sich in ein Bettlaken. Kaltenbach macht es ihr nach.

In der nostalgisch eingerichteten Küche entdeckt er in einem der Schränke einen Weinvorrat. Er öffnet eine Flasche Merlot. Das Ploppen des Korkens klingt angenehm vertraut.

Petersen hat inzwischen nach Essbarem gesucht. Außer Keksen, die fürs Frühstück reichen müssen, ist nichts im Haus.

Sie setzen sich im Wohnzimmer auf ein Zweiersofa und trinken die Flasche Rotwein aus. Abgesehen vom Sofa, einem Beistelltisch, einem Sideboard und einem antiken Fernseher, der auf dem Fußboden steht, ist der Raum leer. Petersen lehnt an Kaltenbachs Schulter; sie kann sich nur mühsam wach halten.

»Wir sollten die Party abbrechen«, sagt sie. »Mit dir ist heute sowieso nichts mehr los.«

Sie geht ins Schlafzimmer, in dem ein Bett mit gedrechselten Pfosten und ein museumsreifer Kleiderschrank stehen, legt sich hin und schläft sofort ein. Kaltenbach muss auch hier mit dem Sofa vorliebnehmen. Obwohl er verschiedene Positionen ausprobiert, macht er auf dem kurzen Möbel kein Auge zu. Seine Laune ist entsprechend.

Er denkt an Franziska. Hätte er ihren Tod verhindern können? Was geschieht hier und wie lässt es sich stoppen? Welchen nächsten Schachzug plant der ›unsichtbare‹ Gegner?

In der Nacht steht er dreimal auf und kontrolliert, ob alle Türen und Fenster verriegelt sind.

DREIZEHN

Kaltenbach bereitet das karge Frühstück im Adamskostüm zu. Marens und seine Kleidungsstücke sind noch feucht vom Regen. Nachdem er Tee gekocht und aufgedeckt hat, setzt er sich an den Küchentisch. Durch das Fenster beobachtet er Petersen, die im Garten die Kleidung aufhängt. Die Sonne scheint und lässt die Feuchtigkeit, die auf den Pflanzen liegt, verdampfen.

Kaltenbach grübelt zum zigsten Mal über ihre Beziehung nach. Er will endlich mit ihr reden. Und zwar jetzt.

Petersen kommt rein. »Ah, lecker, was für ein opulentes Frühstück.« Sie wischt eine Locke aus ihrem Gesicht. »Sogar mit Kerze. Fehlt nur der Schampus.«

»Wäre es dafür nicht zu früh? Nicht, dass ich ausfallend werde.«

»Hängt davon ab, was du unter ›ausfallend‹ verstehst.« Sie lächelt ihn an und blickt ihm in die Augen. »In einer halben Stunde sind die Klamotten trocken. Dann kannst du dich anziehen.«

»Och, das eilt nicht.«

»Du wirkst nervös.« Petersen nimmt einen Keks und lehnt sich auf ihrem Stuhl zurück. Mit ihrer freien Hand zieht sie an ihren langen Locken, als könnte sie damit ihre Brüste bedecken. Kaltenbach ärgert sich, dass eines seiner Körperteile wieder auf ihre Anmache reagiert.

»Bist du so lieb und holst mir meine Zigaretten vom Schrank?«, bittet sie ihn.

Kaltenbach läuft rot an. »Ich finde, du rauchst zu viel.« Seine Stimme kling belegt.

»Und du bewegst dich zu wenig.«

Petersen holt sich eine Zigarette. »Gib mir wenigstens Feuer.«

Sie klemmt sich die Zigarette zwischen die Lippen und beugt sich über den Tisch.

Kaltenbach reicht ihr die Kerze.

Petersen setzt sich, raucht und mustert ihn eine Weile. Er glaubt, Sympathie in ihren Augen zu sehen, aber auch Traurigkeit.

Schließlich steht sie auf und stellt das Geschirr in den Spüler.

»Ich schaue nach unseren Klamotten, bleib meinetwegen sitzen.«

Kaltenbach springt auf und zieht Petersen an sich. Der direkte Hautkontakt tut ihm gut. Petersen reagiert auf seine Erektion mit einem spöttischen Lächeln.

»Wir müssen reden, Maren.«

Wird sie ihn zurückweisen? Ihm wieder einmal zu verstehen geben, dass er seine Chance vertan hat?

»Hast du genug davon, eine Niete nach der anderen zu ziehen? Willst du deinen Frust, wie damals, auf mir abarbeiten und danach, wie damals, verschwinden? Das hat mir sehr wehgetan.«

»Maren, es tut mir leid. Ich war ein Idiot. Das ist mir längst klar. Ich, ich, jetzt habe ich vergessen, was ich sagen wollte.«

»Lass es gut sein, Clemens. Leider habe ich mit vierunddreißig auch nicht mehr die freie Auswahl. Und von den Männern, die sonst hinter mir her sind, möchte ich keinen zu Hause haben. Da wärst du das geringste Übel.«

»Danke für das Kompliment. Dann sind wir uns ja einig.«

Er drückt Petersen gegen die Wand und versucht sie zu küssen. Sie presst ihre Lippen zusammen und dreht ihren Kopf weg.

»Dass heißt nicht, dass du auf Macho machen sollst, Clemens. Die Nummer steht dir nicht. Gib mir bitte Zeit. Versuch es wenigstens.«

Kaltenbach inspiziert das schräge Obergeschoss des Hauses und entdeckt neben zwei leeren Räumen ein kleines Büro mit PC und allem, was dazugehört. Zwar nicht die neueste Technik, aber ausreichend, um Artikel zu schreiben. Und hundert Jahre jünger als die dunklen Möbel, die das spärlich einfallende Licht schlucken und ihn an sein ehemaliges Redaktionsbüro im Verlag erinnern. Er setzt sich und verfasst einen Beitrag für Raugang.

Von unten hört er Petersen rufen. »Clemens, wo steckst du?«

»Ich bin hier oben. Was gibt's?«

Sie rennt die gewundene Holztreppe hinauf. »Du glaubst nicht, was ich gefunden habe. In der Garage steht ein angemeldeter Opel Vectra. Die Schlüssel und Papiere liegen im Flurschränkchen.«

»Klasse, dann sind wir nicht an diesen Unterschlupf gefesselt.«

»Du bist nicht gefesselt, mich kannst du gleich wegbringen.«

»Wie meinst du das?«

»Wir haben vereinbart, getrennt unterzutauchen; erinnerst du dich? Ich habe meine Freundin Anke Klose angerufen; sie lebt mit ihren zwei Kindern in einem Haus nahe des Oyter Sees. Anke sagt, ich könne erst mal bei ihr einziehen.«

»Kaum sind wir uns wieder näher gekommen, wenn auch nur minimal, trennen uns Welten. Man soll den Tag eben nicht vor dem Abend loben.«

»Freu dich doch, jetzt musst du nicht mehr auf dem Zweisitzer schlafen.«

Sie fahren mit Miriam Franckes Auto nach Verden. Solange die Polizei wissen darf, wo Petersen sich aufhält, möchte sie ihren eigenen Wagen benutzen, der noch auf dem Parkplatz in der Domstadt steht. Kaltenbach hat vor, sie in der Innenstadt abzusetzen. Direkt zum Parkplatz zu fahren, ist ihm zu riskant; er rechnet dort weiterhin mit der Polizei.

Petersen küsst ihn zum Abschied flüchtig auf den Mund, steigt aus und verschwindet in einer Seitengasse, ohne sich umzudrehen. Sein Magen krampft sich zusammen, wie vor zwei Tagen, als er Franziska gefunden hat. Fast wäre er aus dem Wagen gesprungen und Maren nachgerannt, um sie zurückzuholen. Er besinnt sich; sie würde ihn auslachen.

Kaltenbach findet einen Parkplatz in der Nähe des Verdener Doms. In der Fußgängerzone erkundigt er sich nach einem Internet-Café und schickt von dort den am Vormittag geschriebenen Artikel an Bremen Netnews. Er teilt Boris Raugang mit, dass er ihm keine eigene E-Mail-Adresse nennen kann, verspricht ihm aber einen weiteren Beitrag, falls sich was Interessantes ereignen sollte.

Kaltenbach verlässt das Internet-Café. An der nächsten Straßenecke kommen ihm zwei uniformierte Polizisten entgegen. Er geht in ein Buchgeschäft und tut so, als interessiere ihn die Bestsellerliste. Vermutet ihn die Polizei in Verden oder leidet er wirklich unter Verfolgungswahn?

Sobald die Luft rein ist, kauft er sieben Garnituren Unterwäsche, zwei Jeans, fünf Hemden, eine leichte Jacke und die aktuelle Ausgabe des Bremer Tageskuriers. Die Kleidung bezahlt er mit seiner EC-Karte. Sollen die Bullen ihn doch in Verden suchen. Auf dem Markt deckt er sich mit frischem Obst, Eiern, ausgefallenen Käsesorten, Wein und Brot ein. Bei einem Fischhändler kauft er einen Matjes- und einen Shrimps-Salat. Insgesamt eine Ausstattung, mit der er die kommenden Tage im Exil überleben kann.

Zurück in Riethausen gelingt es Kaltenbach, den Vectra unbemerkt in die Garage zu lenken. Er will vermeiden, dass die Einheimischen ihn sehen und über ihn reden. Maren hat ihm erzählt, was ihre Freundin von diesen Leuten hält. Sie seien Fremden gegenüber abweisend, interessieren sich andererseits für alles, was Hinzugezogene tun. Besonders, wenn sich diese sogenannten Neubürger außerhalb der ungeschriebenen Gesetze der Gemeinschaft bewegen, die seit Jahrhunderten gelten. Kaltenbach nimmt sich vor, darüber nachzudenken, ob es sinnvoll wäre, in diesem Punkt offensiv vorzugehen und sich bei den Nachbarn vorzustellen.

Im Garten findet er einen schattigen Platz, an dem er die Zeitung liest. Auf der Titelseite steht ein Hinweis auf den Mord an

Franziska und in der Rubrik ›Bremen‹ ein Beitrag von Dohrmann. Aufgemacht unter der Headline ›Journalist räumt im Bekanntenkreis auf‹. Diesmal nennt er Kaltenbach beim Namen und präsentiert ihn als Tatverdächtigen. Dohrmann äußert den Verdacht, dass Kaltenbach das Verschwinden der vier Jugendlichen nutzt, um seine Taten anderen in die Schuhe zu schieben. Er schreibt auch über den Inhalt des anonymen Briefs, der bei der Kriminalpolizei eingegangen ist. Woher hat Dohrmann diese Informationen?

Nach der Lektüre des Artikels hat Kaltenbach ein Erfolgserlebnis. In der Bremen Netnews, die er auf dem Computermonitor durchsieht, entdeckt er den von ihm verfassten Beitrag, den er erst gegen Mittag an Boris Raugang gemailt hat. Er schildert darin das Auftauchen des Motorradmannes und dass Franziska ihn angerufen hat. Außerdem betont er den Zusammenhang zwischen den Vermissten und den beiden Morden in seinem Bekanntenkreis. Details hat er wieder weggelassen, er will nicht sein ganzes Wissen preisgeben.

Kaltenbach hofft, den Täter durch diesen Artikel aus seiner Deckung zu locken. Bei diesem Gedanken fällt ihm ein, dass Bothur nicht zurückgerufen hat. Er hätte bestimmt eine Nachricht auf die Mailbox gesprochen. Kaltenbach ist zu müde, Bothur anzurufen. Die letzte Nacht auf dem zweisitzigen Sofa sitzt ihm noch in den Knochen. Da es keinen Sinn macht, sich krampfhaft wach zu halten, beschließt er, sich ins Bett zu legen. Vorher kontrolliert er gewissenhaft, ob alle Türen und Fenster verschlossen sind. Auf die Klinken der Haustür und der Terrassentür der Küche steckt er von innen leere Konservendosen. Neben sein Bett legt er einen Hammer.

Kaltenbach schreckt aus seinem Tiefschlaf auf. Die Blechdose, die er auf die Klinke der Terrassentür geschoben hat, scheppert über die Fliesen. Mit dem Hammer in der Hand geht er vorsichtig zur Küche, öffnet deren Tür einen Spalt weit und späht misstrauisch hindurch. Er sieht einen Schatten, der am Küchenfenster vorbeihuscht, eilt zur Haustür und zieht die Konservendose von der Klinke. Wenn beide Türen durch eine Lärmfalle gesichert sind, weiß der ungebetene Besucher, dass sich ein Unbekannter im Haus verbarrikadiert hat.

»Hallo, ist da wer?« Die Stimme kommt aus dem Garten.

Kaltenbach beruhigt sich. Wahrscheinlich ein Einheimischer, der vermutet, hier könne sich jemand aufhalten.

Der Mann pocht an zwei Fensterscheiben, bevor er das Interesse verliert. Kaltenbach beobachtet ihn, bis er das Grundstück verlässt, auf ein Fahrrad steigt und davonfährt. Sein Gesicht kann Kaltenbach nicht sehen. Das fehlt ihm noch, dass die Eingeborenen hier herumschleichen und alles kontrollieren.

Kaltenbach kocht Kaffee. Es ist nach siebzehn Uhr. Der kurze Schlaf hat ihm keine Erholung gebracht; im Gegenteil, er fühlt sich wie benebelt. Mit dem Kaffee und einem Ausflugsprospekt von Bruchhausen-Vilsen, der in der Küche gelegen hat, setzt er sich in den Garten. Gepriesen wird der Heiligenberg, der, anders als das sonst platte Bremer Umland, aus einer hügeligen Landschaft besteht. Das Gelände, das während der letzten Eiszeit geformt worden ist, zieht an den Wochenenden Bremer an, die erfahren wollen, wie frische Luft schmeckt. Kaltenbach steht auf. Eine Wanderung am Heiligenberg könnte belebend wirken.

VIERZEHN

Maren Petersen blickt sich um, ohne etwas Auffälliges zu entdecken. Sie ist froh, einen Parkplatz in der Nähe ihrer Wohnung gefunden zu haben. Zumal es ihr nachher erspart bleibt, ihre Koffer meilenweit zu schleppen.

Sie schließt den Wagen ab und stellt sich unschlüssig vor die Haustür. In der Glasscheibe sieht sie ihr Spiegelbild, aus dem ein zu schmales Gesicht und eine klapperige Figur hervorstechen. Sie sollte mehr essen. Vor nicht langer Zeit hat sie wie das blühende Leben ausgesehen. Findet Clemens ihre dürre Gestalt attraktiv oder zehrt er von seiner Erinnerung?

Sie ist erleichtert, dass Clemens am Samstag endlich über seinen Schatten gesprungen ist und seine Besitzansprüche angemeldet hat. Seine Reaktion gibt ihr Halt in einer Situation, die direkt nach Gunnars Tod sowohl für ihn als auch für sie schwierig ist. Sie will Clemens körperlich vorerst auf Distanz halten, glaubt allerdings nicht, dass sich dieser Vorsatz lange verteidigen lässt. Was soll's, wäre das ihre einzige Sorge, ginge es ihr bestens.

In den vergangenen Jahren hat sie oft an ihre kurze, intensive Affäre mit Clemens gedacht. Als sie ihn kennengelernt hatte, war seine Liaison mit Brigitte Bunk am Ende. Sie selbst hat Beziehungsfrust geschoben. Clemens und sie hätten sich dauerhaft zusammenraufen können, aber er war down und wollte vorläufig keine Frau zu nah an sich heranlassen. Dabei hatte sie sich gerade von ihm mehr versprochen, als nur eine Bettgeschichte. Sie hat sich daraufhin Gunnar geangelt und ist mit ihm glücklich geworden. Clemens hatte dagegen nur Pech mit seinen Beziehungen. Erst mit Franziska ist es für ihn besser gelaufen, wenn auch nicht optimal.

In der Zeit, in der sie wieder zusammenleben, hat sie gespürt, dass sie bei ihm bleiben möchte. Clemens hat zwar Fehler, aber auf ihn ist Verlass und manchmal kann er sogar charmant sein. Gleichwohl fragt sie sich, ob er geneigt wäre, mit ihr eine Familie zu gründen, ohne von ihr zu verlangen, ihren Beruf aufzugeben? Andernfalls hätte sie sich nach dem Abitur die Werbefachschule sparen können. Vor diesem Hintergrund kommt es ihr entgegen, dass Clemens jetzt auch Freelancer ist. Zumal es ihnen beiden dadurch möglich wäre, halbtags zu arbeiten und ein Leben frei von finanziellen Sorgen zu führen. Ein Single-Dasein will sie nicht fristen. Gesundes Essen und Sport wird sie Clemens schon schmackhaft machen. Klassische Musik auch. Petersen muss lächeln.

Ein warmer Wind bläst durch die Elsasser Straße und weht ihre Gedanken in eine andere Richtung. Sandman hat ihr heute Morgen telefonisch Polizeischutz zugesagt. Danach hat sie mit Clemens telefoniert. Er hat am Sonntag viel geschlafen und ist spazieren gegangen. Sie hat bei ihrer Freundin keine Ruhe gefunden, weil Ankes zwei Kinder sie pausenlos genervt haben.

»Hallo, Frau Petersen.«

Sie blickt auf.

»Hauptkommissar Markus Sandman von der Bremer Kripo.« Er zeigt ihr seine Legitimation und pafft dabei eine Pfeife.

»Hallo, Herr Hauptkommissar. Sie kommen persönlich, welche Ehre.«

»Ich wollte Sie einfach mal sehen.«

»Darf ich das als Kompliment auffassen?«

»Aber ja.«

»Na gut. Geschmack haben Sie ja.«

Sandman lächelt. Sein ungepflegter Vollbart erinnert sie an Gunnar, der Ansatz seines Bierbauchs an Clemens. Seine dunkelbraunen, vollen Haare, die er durch einen Seitenscheitel teilt, heben ihn von beiden ab. Er trägt einen dunkelgrauen Anzug und ein grauweiß gestreiftes Hemd ohne Krawatte.

»Wir sollten keine Zeit verlieren«, sagt Petersen. »Gehen wir nach oben.«

»Dann muss ich sicherlich meine Pfeife ausgehen lassen?«

»Ach wo, riecht doch angenehm.«

Sandman freut sich, in diesem Punkt nicht auf Ablehnung zu stoßen. Er folgt Petersen in das hellgrün und weiß gehaltene Treppenhaus. Wegen seiner Größe geht er leicht gebückt. Petersen leert ihren Briefkasten. Wie es aussieht, hat sie nur Rechnungen erhalten.

Im zweiten Stock ist Sandmans Pfeife ausgegangen. Außer Atem, wie er ist, verzichtet er vorerst darauf, sie anzuzünden.

Neben dem Fußabtreter vor Petersens Tür liegt weitere Post. Das Rentnerehepaar aus dem Erdgeschoss muss sie hier hingelegt haben; sie sind die guten Seelen des Hauses. In der Wohnung riecht es abgestanden. Petersen öffnet die Fenster im Büro und in der Küche.

»Kommen Sie doch mit in mein Büro«, sagt sie. »Dort habe ich einen Besucherstuhl. Möchten sie was trinken?«

»Ja gern, ein Glas Wasser bitte.«

Petersen bringt ihm Mineralwasser. Sandman zündet seine Pfeife wieder an, genüsslich bläst er den Rauch in das Büro, das in braunschwarzen Tönen möbliert ist. Er blickt sich um. An den Wänden hängen Schwarz-Weiß-Fotos mit Blumenmotiven von Robert Mapplethorpe. Auf einem Sideboard entdeckt er ein Foto, auf dem Petersen zwischen Neuhaus und Kaltenbach steht, die beide einen Arm um ihre Schultern gelegt haben.

Sandman deutet auf das Erinnerungsbild. »Kennen Sie Herrn Kaltenbach schon länger? Sie scheinen sehr vertraut miteinander zu sein.«

»Er und Gunnar Neuhaus sind zusammen in mein Leben getreten. Vor fünf Jahren auf der Vernissage zu Gunnars erster Einzelausstellung. Wir sind in Kontakt geblieben, Gunnar und er waren echte Freunde.«

»Gab es nie Eifersüchteleien zwischen den Männern? Sie sind eine sehr hübsche Frau.«

»Clemens hat unsere Beziehung akzeptiert, das kann man unter Freunden ja wohl erwarten. Außerdem hatte er fast immer eine Lebensgefährtin.«

»Sie haben zuletzt hier mit Herrn Kaltenbach zusammengelebt. Hat er Ihnen da keine Avancen gemacht?«

»Ach wissen Sie, Herr Hauptkommissar, wir haben jetzt andere Sorgen.«

Petersen zündet sich eine Zigarette an und sieht ihre Post durch. Zwischen Briefen und Zeitschriften findet sie einen Umschlag ohne Absender. Neugierig geworden, macht sie ihn auf.

»Steht etwas in dem Brief, was für den Fall wichtig sein könnte?«, fragt Sandman. »Das Schreiben scheint Sie zu irritieren.«

»Wieso?«

»Ich sehe solche Feinheiten, jahrelange Erfahrung.«

Petersen zieht nervös an ihrer Zigarette.

»Der Brief ist von Gunnars Mörder. Diese miese Kreatur will mich fertigmachen. Er weiß, wo ich wohne. Er muss den Umschlag selbst eingeworfen haben.« Petersen fröstelt.

Sandman stopft sich gelangweilt eine Pfeife, um ihr Zeit zu geben.

Sie steht auf. »Ich koche mir einen Kaffee, möchten Sie auch einen?«

»Ja, gern, bitte mit Milch.«

Petersen geht in die Küche, um den Kaffee aufzusetzen. Sie kommt mit Tassen und Milch zurück. »Der Kaffee läuft noch durch. Sie dürfen mir inzwischen erklären, warum Sie mir einen Peilsender angebaut haben.«

Sandman zieht an seiner Pfeife. »Das ist Routine. Aber was anderes: Wären Sie so nett, Herrn Kaltenbach zu fragen, ob ihm am Bremer Tatort was aufgefallen ist? Etwas, was nur er erkennen kann. Schließlich war Frau Bommer seine Lebensgefährtin, er hat mit ihr zusammen in dem Haus gewohnt.« Sandman legt mehr Nachdruck in seine Stimme. »Es muss doch in seinem Interesse sein. Wir haben zurzeit nur ihn als Verdächtigen.« Seine Pfeife ist wieder ausgegangen. Er steckt sie in die Pfeifentasche.

Petersen holt den Kaffee und gießt ihn in die beiden Tassen. »Haben Sie die Eltern der Vermissten in Sachen Motorrad überprüft?«

»Von denen hat niemand ein Motorrad. Wolfgang Freese besitzt einen Führerschein, fährt jedoch laut eigener Aussage schon jahrelang nicht mehr, weil seine Frau es nicht will. Es ist auch nicht mehr sicher, dass die Zeugin in Stellenfelde einen Mann in Motorradkluft gesehen hat. Sie bleibt zwar bei ihrer Aussage, ist aber seit Jahren in psychiatrischer Behandlung, da sie Dinge sieht, die nicht existieren.«

Petersen zuckt die Schultern. »Der Fall wird ja immer bunter.«

»Ach, bevor ich es vergesse.« Sandman steht auf und gibt Petersen seine Visitenkarte. »Damit Sie mich erreichen können, meine Privatnummer finden Sie auch drauf. Nun zurück zum Brief ohne Absender.«

Petersen trinkt einen Schluck Kaffee und geht mit der Tasse ans Fenster. Nach einer halben Minute, die Sandman wie eine Ewigkeit vorkommt, dreht sie sich zu ihm um. Ihre Stimme stockt. »Er hat mich angeglotzt, als ich nackt und gefesselt in dem Haus gelegen habe. Das Schwein hat Gunnar umgebracht und besitzt die Frechheit, mich als Schlampe zu bezeichnen. Ich darf doch mit meinem Lebensgefährten machen, was ich will. Lassen Sie Clemens in Ruhe und fassen Sie dieses Monster.«

»Natürlich dürfen Sie in Ihrem Sexualleben tun, was Sie wollen.« Sandman ist das Thema unangenehm. »Was steht denn noch in dem Brief?«

»Der Täter warnt mich davor, mich weiter einzumischen. Er schreibt, ich könnte mir vorstellen, was mir passieren würde und behauptet, er wüsste immer, wo ich mich aufhalte. Ohne Ausnahme. Das sind ja schöne Aussichten.«

»Das könnte ein Bluff sein«, sagt Sandman, »aber auch der Wahrheit entsprechen.«

Petersen nimmt einen angefaulten Apfel aus einer Schale, betrachtet ihn kurz und schmettert ihn in den Papierkorb.

»Bleiben Sie in Bremen, ich gewähre Ihnen Polizeischutz«, schlägt Sandman vor.

»Dann müsste ich mich aus allem heraushalten. Das wäre genau das, was der Täter will.«

»Es ist Ihre Entscheidung. Passen Sie gut auf sich auf.« Sandman schiebt seinen Stuhl ein Stück zurück und streckt seine Beine aus. »Sie als alleinige Täterin schließen wir inzwischen aus. Ihr Kunde, mit dem sie während der Tatzeit im Fall Bommer zusammengesessen haben, hat Ihr Alibi bestätigt. Ganz sind sie aber noch nicht aus der Geschichte raus. Am ersten Tatort könnte Herr Kaltenbach Sie gefesselt haben, um von Ihnen abzulenken. Im Moment spricht alles gegen ihn. Bitte seien Sie wachsam, wenn Sie mit Herrn Kaltenbach zusammen sind.«

»Ich glaube, wir kommen jetzt nicht mehr weiter«, sagt Petersen. Sie schreibt Sandman die Adresse und Telefonnummer in Oyten auf, unter der sie erreichbar ist. Er wartet auf sie, bis sie ihre Koffer gepackt hat. Da er im Büro sitzt, sieht er nicht, dass sie auch Kleidung für Kaltenbach in eine Reisetasche legt.

»Ich will nicht neugierig wirken«, ruft Sandman ihr nach, »frage mich jedoch, warum Sie getrennt von Herrn Kaltenbach wohnen wollen, obwohl Sie ihm trauen?«

Petersen tritt aus dem Schlafzimmer. »Damit jeder für sich Nachforschungen anstellen kann. Außerdem fallen wir dem Täter nicht beide in die Hände, wenn er uns eine Falle stellt. Abgesehen davon hat die Gegend, in der meine Freundin wohnt, einen hohen Erholungswert. Von ihr aus ist es nicht weit zum Oyter See.«

»An dem überfüllten See möchten Sie entspannen?«

»Morgens um acht ist es da relativ ruhig.«

Sandman fasst sich an die Stirn. »Sie haben ja wohl in Ihrer Situation nicht vor, nahezu allein im Oyter See zu baden? Der See ist über einen Kilometer lang und dicht bewachsen. Denken Sie an die Nachricht in dem Brief.«

»Wer sollte denn auf den Gedanken kommen, dass ich dort so früh schwimmen gehe. Falls mir nachher niemand folgt, und da werde ich drauf achten, weiß auch niemand, wo ich mich aufhalte. Sofern Sie den Peilsender entfernen.«

Sandman schüttelt verständnislos den Kopf. »Noch einmal: Herr Kaltenbach ist unser Hauptverdächtiger. Ihm haben Sie bestimmt gesagt, wo er Sie finden kann. Aber Sie sind alt genug, Sie müssen wissen, was Sie tun. Kommen Sie, ich bringe Sie zu Ihrem Wagen und montiere den Sender ab. Lassen Sie mich den großen Koffer tragen.«

Er lädt die schweren Teile in Petersens Kofferraum.

»Meine Frau nimmt auch immer so viel Gepäck mit, selbst auf Kurzreisen.«

Sandman sinkt auf die Knie und fasst unter den Wagen. Dann drückt er Petersen einen Peilsender in die Hand. Es ist ein zweiter Sender, den anderen hat er unter dem Auto gelassen.

FÜNFZEHN

Die frische Morgenluft legt sich wie ein kühler Stoff auf ihre Haut, als sie aus dem warmen Wasser des Sees steigt. Aber nicht der Temperatursprung lässt sie erstarren, sondern das Gefühl, jemanden zum Greifen nahe zu sein.

Maren Petersen dreht sich um, blickt prüfend über die dichten Busch- und Baumreihen, an denen zu dieser Morgenstunde Tautropfen hängen. Nichts bewegt sich, als würden selbst die Tiere und der Wind auf einen Showdown warten. Nur das eintönige Summen der zwei Autobahnen, die sich an der Westspitze des Oyter Sees im Bremer Kreuz treffen, dringt an ihre Ohren. Der Ton hängt wie ein Raunen über der Landschaft und saugt alle anderen Geräusche auf.

Der unheimliche Mann mit dem Kampfhund fällt ihr ein, dem sie hier schon bei früheren Besuchen begegnet ist. Er hat ihr Angst gemacht. Heute spürt sie eine ihr fremde Angst. Etwas Bösartiges lauert hinter den Büschen und Bäumen. Ergötzt sich daran, wie das Wasser aus ihren langen schwarzen Haaren über ihren Körper perlt und sie frösteln lässt.

Petersens Augen suchen den Ast, auf den sie ihr Handtuch gehängt hat. Den Ast finden sie, das Handtuch nicht. Es ist ebenso verschwunden wie ihr Jogginganzug und ihre Sportschuhe. Sie könnte sich ohrfeigen. Warum musste sie wieder ihren Dickkopf durchsetzen und sämtliche Warnungen in den Wind schlagen?

Sie schreckt auf, als das leise Knautschen einer Lederjacke den monotonen Klang der Autobahnen zerreißt. Petersen wirft sich ins Wasser und schwimmt mit kräftigen Zügen vom Ufer weg. In der Mitte des Sees entspannt sie sich etwas. Sie blickt zurück, es ist niemand zu sehen. Will ihr der See mit seiner Weite Sicherheit vorgaukeln? Auf solch ein Spiel lässt sie sich nicht ein. Sie dreht sich im Wasser um die eigene Achse und beobachtet die Ufer. Die in sich ruhende Vegetation erinnert sie an eine Theaterkulisse. Muss sie nur darauf warten, dass jemand das Bühnenbild zur Seite schiebt, um in den Abgrund zu blicken, vor dem sie steht?

Ein lang gezogenes Brrrrrrrt lässt sie zusammenfahren. Es kommt vom südöstlichen Seeufer und wiederholt sich mehrmals. Zwei Stare flattern hoch. In der Morgensonne glänzen ihre Körper metallisch schwarz. Die Vögel fliegen über den See und verschwinden hinter einer Baumgruppe aus Petersens Blickfeld.

Wer hat sie aufgescheucht? Läuft ein Tier oder ein Mensch am See entlang? Ihre Unsicherheit wächst. Egal, wo sie aus dem See steigt, überall könnte ihr jemand auflauern. Sie darf sich nicht verrückt machen lassen; der Mörder von Gunnar und Franziska kann nicht wissen, wo sie sich aufhält. Petersen nimmt an, man spiele ihr einen Streich, entweder der Mann mit dem Kampfhund oder ein Spanner.

Sie entscheidet sich, zur östlichen, gut tausend Meter entfernten Schmalseite des Sees zu schwimmen. Die Strecke kann sie problemlos bewältigen, schließlich ist sie durchtrainiert. Am anvisierten Ziel erwartet sie ein sanft verlaufender Sandstrand, von dem sie nur noch zu der Straße laufen muss, an der Anke Klose wohnt. Vielleicht sind inzwischen auch andere Badegäste da? Sie wundert sich ohnehin, dass sie bisher keine Menschenseele getroffen hat.

Da auf dem Sandstrand vereinzelt Büsche und Bäume stehen, hinter denen jemand lauern könnte, behält sie den Strandabschnitt, sobald sie ihn sieht, im Auge. Er ist nach wie vor leer. Dass die Frühbader, die sonst keinen Tag auslassen, heute einen Ausflug unternehmen, weiß sie nicht.

Petersen empfindet die Ruhe als unwirklich. Eine innere Stimme rät ihr, im Wasser zu bleiben, aber sie setzt auf ihre Schnelligkeit. Zumal der Weg frei zu sein scheint.

Wie aus dem Nichts steht er vor ihr, komplett unter Motorradkleidung verborgen. Sie ist sich sicher, dass keine Frau in der

Montur steckt. In seinem Helm spiegelt sich ihr erschrockenes Gesicht, von der Rundung des Visiers zu einer Grimasse verzerrt.

Der Motorradmann spricht kein Wort, hält ihr nur ein Messer vor den Bauch. Dann nickt der Helm in Richtung des Weges, der um den See führt. Petersen wägt ihre Chancen ab. In ihrem Bikini dürfte sie beweglicher und schneller sein als der Mann in seiner schweren Montur. Da sie barfuß läuft, müsste sie allerdings ständig darauf achten, wo sie hintritt. Sie entscheidet sich, eine passende Gelegenheit abzuwarten.

Kaum haben sie dichteres Buschwerk erreicht, tippt ihr der Mann auf die Schulter und deutet auf einen Baum. Maren Petersen ahnt, was geschehen wird und rennt los, versucht, das Wasser zu erreichen. Zweige peitschen ihren Körper, Dornen reißen ihre Haut auf. Die Geräusche ihres Verfolgers, der durch seine dicke Kleidung geschützt ist, kommen näher. Er packt sie am Arm und reißt sie herum. Ein Schlag trifft ihr Gesicht. Sie stürzt. Behandschuhte Hände graben sich in ihre Haare und zerren sie hoch. Ihr Kopf dröhnt vor Schmerz. Durch einen Tränenschleier sieht sie den nächsten Schlag kommen, kann ihm aber nicht ausweichen. Petersen schmeckt Blut. Sie will sofort erwachen, doch der Albtraum geht weiter. Der Motorradmann bindet sie an einen Baum und baut sich vor ihr auf. Sie glaubt, ein Lachen zu hören. Welch fröhliches Gesicht verbirgt sich hinter dem Spiegelbild ihrer blutverschmierten Fratze? Hineinschlagen möchte sie, kann es aber nicht. Petersen ist sich sicher, Gunnars und Franziskas Mörder gegenüberzustehen. Und ihrem eigenen. Wind kommt auf und lässt sie schaudern.

Der Mann steckt das Messer unter seine Jacke. Als seine Hand wieder hervorkommt, hält sie eine Drahtschlinge. Petersen will ihn anflehen, sie laufen zu lassen, bringt jedoch aus Angst keinen Ton heraus. Wortlos nimmt sie hin, dass er die Schlinge um ihren Hals legt und sie langsam zuzieht.

Er ist früh aufgewacht, hat sich eine Stunde lang von einer Seite auf die andere gewälzt und schließlich aufgegeben. Jetzt sitzt Kaltenbach im Garten. Er ist unruhig. Warum geht Maren nicht an ihr Handy? Immer meldet sich ihre Mailbox. Erinnerungen an seine Anrufversuche in Stellenfelde holen ihn ein. Es kommt ihm vor, als drücke ihn eine unsichtbare Last in den Gartenstuhl. Nach zehn Minuten hält er es nicht mehr aus. Erneut wählt er ihre Nummer, wieder ohne Erfolg. Er greift sich den Zettel mit der Adresse von Anke Klose, den Petersen in die Küche gelegt hat, und setzt sich in den Vectra.

In Oyten sieht er schon von Weitem ein Polizeifahrzeug. Parkt es vor dem Haus, in dem Anke Klose wohnt? Vor dem Polizeiauto steht ein Leichenwagen. Kaltenbach fährt langsam vorbei. Es ist die Hausnummer, die Maren aufgeschrieben hat. Er stoppt hundert Meter entfernt am Straßenrand. Schweiß bricht ihm aus, er wagt es nicht, bei Anke Klose zu klingeln. Was ist er für ein Versager? Warum hat er nach dem Anschlag auf Raugang an dem Fall weitergearbeitet? Für den vergeblichen Versuch, seinen Job zu retten, mussten Franziska und Gunnar sterben. Und nun auch Maren? Kaltenbach bringt nicht mehr den Mut auf, ihre Nummer zu wählen. Er zittert am ganzen Körper. Obwohl er in seiner Verfassung nicht fahren sollte, lässt er den Vectra an. Er passiert den Leichenwagen und schließt dabei die Augen. Als könne er auf diese Weise ungeschehen machen, was unumkehrbar ist.

»Er war es nicht, verdammt noch mal«, schreit sie. »Will das nicht rein in Ihren vernagelten Schädel?« Aus ihrem verweinten, an der linken Wange geschwollenen Gesicht funkelt sie Kriminalhauptkommissar Novak böse an.

Sie sitzen in den zwei Sesseln, die vor dem Wohnzimmertisch stehen. Timo Krantz, der füllige Assistent von Novak, hat sich auf dem Sofa, zwischen Bergen von Spielzeug, einen Platz freigeschaufelt. Petersen ist die Unordnung peinlich, die bei ihrer

Freundin herrscht. Hätte Anke nicht aufräumen können? Stattdessen hat sie sich zwei alberne blonde Zöpfe geflochten.

Novak lächelt ironisch. »Kaltenbach hat kein Alibi für die Tatzeiten und er wird auch für heute Morgen keins haben. Er hat aber einen Motorradführerschein. Und in einem Schreiben werden Indizien aufgeführt, die ihn im Fall Neuhaus schwer belasten. Dennoch macht er sich nicht die Mühe, die darin genannten Fakten zu widerlegen. Das sollte Ihnen zu denken geben.«

»Ich weiß nicht, ob ich mir Ihr schwachsinniges Gerede anhören muss? Ich habe Sie auch nicht gebeten, herzukommen.« Petersen blickt wütend zu Anke Klose hinüber, die am Türrahmen ihres Wohnzimmers lehnt. Sie hat die Polizei gerufen.

»Da Sie sich offensichtlich nicht vom Schrecken des Überfalls erholt haben, gehe ich ausnahmsweise über Ihre Beleidigungen hinweg.« Novak redet weiter auf Petersen ein. »Sie sollten sich aber mäßigen. Sie sind brutal angegriffen worden und müssten daran interessiert sein, dass ich den Täter finde. Wäre der Mann mit dem Mastiff nicht im letzten Moment erschienen, lägen Sie in einem Kühlfach des Leichenschauhauses. Ein zweites Mal entkommen Sie dem Täter nicht. Wie ich den Fall sehe, wird er es wieder versuchen. Ist Ihnen das klar?«

Sie antwortet nicht.

»Frau Petersen, Sie haben mir gesagt, Ihnen sei mit hundertprozentiger Sicherheit niemand nach Oyten gefolgt. Und Sie behaupten, dass nur Hauptkommissar Sandman und Frau Klose Ihren Aufenthaltsort kennen. Ich glaube Ihnen nicht. Herr Kaltenbach wird auch wissen, wo sie sind. Folglich kommen vorerst nur Frau Klose und Herr Kaltenbach als Täter in Betracht.«

»Was soll das heißen?« Anke Klose ist empört.

Novak beachtet sie nicht. Er sieht Petersen lauernd an. »Wie Sie mir den Überfall geschildert haben, trägt er eine männliche Handschrift. Also reduziert sich der Kreis der Verdächtigen auf Herrn Kaltenbach. Deshalb frage ich Sie, haben Sie Herrn Kaltenbach abgewiesen, nachdem er Ihren Lebenspartner und seine Freundin aus dem Weg geräumt hatte, um zu Ihnen ein sexuelles Verhältnis aufzubauen? In dem Fall wären Sie in Gefahr. Herrn Kaltenbach traue ich alles zu, sogar dass er den Auftritt der Spinnenfrau in den Bremer Wallanlagen inszeniert hat.«

Novak macht eine Pause. Petersen blendet sein Rattengesicht aus, indem sie die Augen schließt. Der Hauptkommissar geht zum Fenster. Er schaut den beiden Kindern von Anke Klose zu, die ohne Rücksicht auf die Stauden durch den blühenden Garten toben. Schließlich wendet er sich erneut Petersen zu. »Nehmen Sie wenigstens meinen Rat an, sich von einem Arzt untersuchen zu lassen.«

Petersens Smartphone klingelt. Mithilfe des Mannes, der sie gerettet hat, hat sie ihren Sportdress samt Handy und ihre anderen Sachen wiedergefunden. Sie sieht auf dem Display, dass es Kaltenbach ist. »Hallo Clemens«, meldet sie sich. »Ich kann jetzt nicht reden. Man hat mich heute Morgen überfallen, ich bin aber so weit okay. Novak ist hier, er entwickelt die absurdesten Theorien. Dir hat er darin die Hauptrolle zugedacht. Melde dich bitte nachher noch mal.« Sie legt auf.

Novak blickt sie an. »Frau Petersen, ich werde einen Haftbefehl gegen Herrn Kaltenbach beantragen. Wäre das anonyme Schreiben vor der Hausdurchsuchung eingegangen, hätte ich ihn gleich einkassieren können. Falls Ihnen bekannt ist, wo er steckt, müssen Sie mir das sagen, sonst machen Sie sich strafbar.«

»Ich weiß es aber nicht.«

»Nun gut, dann zurück zu meiner Frage von vorhin. Möchte Herr Kaltenbach eine sexuelle Beziehung zu Ihnen aufbauen? Haben Sie ihn zurückgewiesen? Will er Sie deshalb auch beseitigen?«

Petersen steht auf. »Wenn Sie es genau wissen wollen: Wir vögeln schon seit Jahren miteinander. Ihre Theorien sind absurd.

Bevor ich mir weiterhin Ihre Unterstellungen anhöre, gehe ich lieber wieder schwimmen.«

Kaltenbach sitzt im Schatten eines Kastanienbaums. Mit dem Handy in der Hand versucht er, die knappen Informationen zu verarbeiten, die Maren ihm gegeben hat. Er ist erleichtert, dass ihr nichts passiert ist. Durch den Überfall auf Maren wird die Lage allerdings undurchsichtiger. Kaltenbach ist bisher davon ausgegangen, dass ihm, sofern er nicht der Täter ist, jemand den Mord an Gunnar anhängen will. Da sich dieser Plan nicht umsetzen lässt, wie der Täter es gehofft hat, hat er Franziska getötet, um den Verdacht gegen ihn, Kaltenbach, zu erhärten. Aber warum wollte er Maren umbringen? Dadurch bräche die Argumentation des Unbekannten zusammen. Zumal eine Beziehung zu Maren ein plausibler Grund für ihn, Kaltenbach, gewesen wäre, Gunnar und Franziska aus dem Weg zu räumen. Oder hofft der Täter, dass er, Kaltenbach, die Suche nach den Vermissten aufgäbe, wenn er mehr Probleme bekäme? Das hieße, dass er etwas wissen müsste, was dem Entführer gefährlich werden könnte.

Kaltenbach schreckt hoch und dreht sich um. Hinter ihm lauert ein Mann.

»Habe ich dich endlich erwischt?« Der Fremde baut seinen kräftigen, knapp einsachtzig messenden Körper vor Kaltenbach auf.

Kaltenbach steht auf und sieht den Eindringling fragend an.

»Hast wohl gedacht, hier findet dich niemand?« Der Mann setzt sich auf einen freien Gartenstuhl. »Bist du allein?«

Kaltenbach dämmert, dass er es mit einem Eingeborenen zu tun hat. »Die Besitzerin hat mich gebeten, während ihrer Abwesenheit auf ihr Haus aufzupassen.« Kaltenbach weiß nicht, warum er die Situation erklärt. Er sollte den Mann vom Hof jagen.

Der Fremde trägt Jeans und ein kariertes Hemd unter einer Weste. Kaltenbach schätzt sein Alter auf sechzig Jahre.

»Dann sind wir jetzt Nachbarn. Ich heiße Johann.« Er grinst Kaltenbach an.

»Clemens, sehr erfreut.«

»Ich wollte nur nach dem Rechten sehen. Letztens bin ich nachts vorbeigefahren, da hat Licht gebrannt.«

»Licht? Wann war das?«

»Freitag so um halb eins, bei dem schrecklichen Gewitter.«

»Habe wohl vergessen, es auszumachen. Hast du angehalten, um zu gucken, wer hier ist?«

»Mitten in der Nacht? In bin doch nicht verrückt, zu der Zeit ist es hier unheimlich. Und die Häuser stehen weit auseinander, da hört niemand, wenn man um sein Leben schreit. Neulich haben sie nachts die Nolte, unsere Nachbarin, vergewaltigt. Keiner hat was gehört. Der Kerl musste sie nicht mal knebeln, obwohl die Nolte sehr laut spricht. Ich sage immer, die braucht kein Telefon.«

Johann zündet sich eine Zigarre an, ohne um Erlaubnis zu fragen. Für Kaltenbach erfüllt er damit den Tatbestand der Körperverletzung.

»Friedel hat es auch gesehen, das hat er mir gleich gesagt, als ich ihn drauf angesprochen habe. Du weißt ja, die Leute zerreißen sich hier über alles ihr Maul.«

»Was hat Friedel gesehen?«

»Na dein Licht.«

Sie sitzen eine Weile schweigend nebeneinander. Ist Johann derjenige, der ihn am Samstag aus seinem Mittagsschlaf gerissen hat. Kaltenbach merkt, dass der Andere ihn aus den Augenwinkeln betrachtet.

Kaltenbachs Smartphone klingelt. Er hat vergessen, es auszuschalten.

»Wo steckst du überhaupt?«, fragt seine Mutter anstelle einer Begrüßung. »Auf jeden Fall in Schwierigkeiten, wie ich vermute.«

»Wie kommst du darauf?« Kaltenbach geht drei, vier Meter zur Seite. Johann hätte sonst seine Ohren bis an sein Handy ausgefahren.

»Meinst du, ich lese keine Zeitung?«

»Du Mama, es ist jetzt nicht der passende Zeitpunkt, um darüber zu sprechen. Ich rufe dich an.«

»Das hast du beim letzten Mal auch gesagt. Und nichts ist passiert.«

»Ich weiß, tut mir leid, aber ich bin in einer Besprechung. Ich melde mich spätestens morgen.«

Er hört ein Klicken, seine Mutter hat aufgelegt. Sie wird wieder tagelang eingeschnappt sein, was er sogar verstehen kann.

Kaltenbach setzt sich zu Johann. »Darf ich dir was zum Trinken anbieten?«

»Een Bier und nen Lütten.«

»Bier und was?«

»Mensch, wo kümmst du denn wech? Bier und Korn. Korn ist ein Schnaps und mein Gerede ein Sprachtest. Du bist durchgefallen. Wenn du hier kein Außenseiter bleiben willst, solltest du unsere Sprache lernen.«

»Bier und Korn habe ich nicht. Ich kann dir Wein, Mineralwasser und Kaffee anbieten. Ach ja, und Tee.«

»Damit gewinnst du bei uns keinen Blumentopf. Wir saugen Bier und Korn mit der Muttermilch auf, da kann man sich nicht mehr umstellen.« Johann steht auf. »Dann gehe ich mal.«

Auf dem Weg zum Gartentor dreht er sich um. »Komm doch mal bei uns vorbei, meine Frau ist schon ganz neugierig. Links die Straße runter, Nummer 17. Wir haben auch die richtige Nahrung im Kühlschrank.«

Die Früchte, die in den Apfel- und Pflaumenbäumen hängen, sehen einer Zukunft als Fallobst entgegen. Kaltenbach hat andere

Sorgen. Er will Maren nicht gleich wieder anrufen, zumal er nicht weiß, wie lange ihr Gespräch mit Novak dauern wird.

Um sich von seinen Überlegungen abzulenken, tut er etwas für seine Fitness. Da er kein Sportzeug dabeihat, macht er Kniebeugen. Nach der zehnten Beuge gibt er auf. Immerhin hat er seinen guten Willen bewiesen. Angesichts mangelnder Alternativen legt er sich nochmals ins Bett, um fehlenden Schlaf nachzuholen. Erst gegen fünf wacht er auf. Er flucht und springt aus dem Bett. Nachdem er einen Kaffee aufgesetzt hat, ruft er Petersen an.

»Nett, dass du dich noch an mich erinnerst.« Petersen klingt schnippisch. Kaltenbach hört, dass sie völlig fertig ist.

Er hält sein Handy vom Kopf weg, damit Maren nicht hören kann, wie er gähnt. »Tut mir leid, ich wusste nicht, wann ich anrufen sollte. Und da ich müde war, bin ich eingeschlafen. Wie geht´s dir? Was ist überhaupt geschehen?«

»Heute Morgen hatte ich eine Schlinge um den Hals, hab´s aber überlebt. Ich will jetzt nicht daran erinnert werden, bin total beschissen drauf.«

»Ich war in Oyten und habe das Polizeiauto und den Leichenwagen gesehen. Du glaubst nicht, wie happy ich bin, dass dir nichts Schlimmeres passiert ist. Bist du noch bei deiner Freundin Anke?«

»Sie hat mich rausgeschmissen, möchte nicht in die Sache hineingezogen werden. Angeblich hat sie Angst um ihre verzogenen Gören. Der Leichenwagen hat den Opa aus dem Nachbarhaus abgeholt. Und ich sitze seit Stunden in Posthausen im Kaufhaus und trinke einen Kaffee nach dem anderen. Zur Abwechslung gehe ich hin und wieder aufs Klo.«

»Warum kommst du nicht her. Sandman hat doch den Peilsender abmontiert, wie du gestern gesagt hast.«

»Trotzdem hat mich Gunnars Mörder gefunden. Soll ich ihn auch zu dir locken?«

»Willst du dich allein mit ihm auseinandersetzen? Da müssen wir zusammen durch. Ich lasse dich nicht mehr aus den Augen.«

Maren Petersen schaudert angesichts der Tatsache, wie schnell sich ihr Leben gegenwärtig dreht. Na ja, fast wäre es heute zum Stillstand gekommen. Sie schiebt den Gedanken beiseite, er würde ihr die Freude über das Wiedersehen mit Clemens verderben. Kurz hinter Schwarme klingelt ihr Handy.

»Ich bin´s, Clemens. Falls du nach der Aufregung was Warmes essen möchtest, solltest du was mitbringen. Ich will mich möglichst selten in der Öffentlichkeit zeigen. Es könnte sich jemand an mein Bild in der Zeitung erinnern und verbreiten, wo ich mich verstecke. Hol aber nur was, wenn du dich dazu in der Lage fühlst.«

»Wie rücksichtsvoll von dir. Ich bin völlig fertig und sehe aus wie Frankenstein. Was soll´s, ich habe auch stundenlang in der Cafeteria des Kaufhauses gesessen und mich anglotzen lassen. Also, was darf´s sein?«

»Ich habe den Speiseplan eines italienischen Restaurants gefunden. Es liegt am Engelbergplatz. Bieg am Kreisel neben der Museumseisenbahn in die Bahnhofstraße ab; von dort ist es etwa ein Kilometer. Hol Nudeln oder Pizza, ich mache schon mal den Wein auf.«

»Musst du ständig trinken?«

»Dafür rauche ich nicht.«

»Haha. Wir reden wie ein altes Ehepaar. Und jetzt schalte dein Handy wieder aus.«

Am Engelbergplatz gibt es keinen Parkplatz. Petersen biegt links ab und parkt am Anfang der Brautstraße. Sie kann das Restaurant vom Auto aus sehen, will aber erst in die Straßenkarte schauen, um sich den Weg nach Riethausen einzuprägen. Bevor sie aussteigt, klappt sie die Sonnenblende herunter und wirft einen Blick in den Schminkspiegel. Was sie sieht, veranlasst sie, die

Blende wieder hochzuklappen. Sie hängt sich die Jacke ihres Hosenanzugs über die Schultern, damit wenigstens die Kleidung stimmt.

Vor dem Lokal überfliegt sie die aushängende Speisekarte und entscheidet sich für Pizza.

»Hallo«, sagt Petersen zu der Bedienung, die am Tresen Servietten faltet. »Ich hätte gern zwei Pizzen zum Mitnehmen. Eine Sarda und eine Speciale.«

»Für mich bitte auch eine Speciale.«

Petersen fährt herum. Hinter ihr steht Markus Sandman.

»Das glaube ich nicht, Herr Hauptkommissar.«

Sandman wird rot. »Lassen Sie doch den Titel weg. Ich sollte Ihnen was erklären.«

»Vergessen Sie die Bestellung«, ruft Petersen der Bedienung zu und rauscht aus dem Lokal.

Bevor sie ihre Autotür öffnen kann, ist Sandman bei ihr. »Fahren Sie bitte nicht weg.« Er zupft verlegen an seinem Bart. Petersen ist erstaunt, dass er ihn akkurat gestutzt hat. Der Anzug, den er trägt, ist derselbe wie bei seinem Besuch in der Elsasser Straße.

»Leider muss ich Ihnen was gestehen. Ich habe den Peilsender vor Ihrer Wohnung nicht abgenommen, sondern Ihnen einen anderen in die Hand gedrückt.«

Petersen verpasst ihm eine kräftige Ohrfeige. »Das nenne ich wirklich genial.«

Sandman nimmt den Schlag ohne sichtbare Reaktion hin. »Sie glauben nicht, wie peinlich mir das Ganze ist, aber ich wollte Sie notfalls schnell finden können. Wie geht es Ihnen?«

»Das sehen Sie doch. Ich frage mich, wieso man mich überfallen konnte? Haben Sie jemanden erzählt, wo ich mich aufgehalten habe?« In Petersens Stimme liegt ein aggressiver Ton. »Mich hat jedenfalls niemand verfolgt. Ich habe auf der Fahrt von Bremen nach Oyten zweimal angehalten, um sicherzugehen.«

Sandman windet sich. »Falls nicht doch Herr Kaltenbach dahinter steckt, wäre das nur durch eine undichte Stelle in meinem Kommissariat zu erklären. Letztens ist schon die Info über den anonymen Brief an die Presse gegangen.« Sandman fasst Petersen leicht an den Arm. »Kommen Sie, setzen wir uns auf die Terrasse.«

Petersen willigt ein. Mit dem Sender unter dem Auto kann sie ohnehin nicht zu Clemens fahren.

Ein schlanker Italiener, der sich eine rote Kochschürze um den Bauch gebunden hat, tritt aus dem Lokal. »Alles in Ordnung?«

»Ja, bitte entschuldigen Sie unseren Auftritt. Ich hätte gern ein stilles Mineralwasser.«

»Ich auch«, sagt Sandman.

Er stopft sich eine Pfeife und zündet sie mehrmals an, weil sie ihm immer wieder ausgeht. Er gibt auch Petersen Feuer, die sich eine Zigarette genommen hat.

»Wenn es stimmt, dass wir eine undichte Stelle im Kommissariat haben, die den Unbekannten mit Informationen versorgt, könnte der Täter in der Nähe sein.«

Die Bedienung, die das Mineralwasser bringt, unterbricht Sandman. »Giovanni fragt, ob er jetzt die Pizza backen soll?«

»Einen Moment bitte, wir melden uns«, sagt Petersen.

Sandman sieht sie fragend an. »Sie hätten die Pizzen bestellen können, Herr Kaltenbach ist bestimmt hungrig. Wir sollten gleich zusammen zu ihm fahren. Ich baue nur noch den Sender ab.«

»Sie scherzen wohl? Clemens hat eine Pizza bestellt, keine Henkersmahlzeit.«

»Ich kann ja verstehen, dass Sie mir nicht mehr trauen. Sie haben mein Wort, dass ich ihn nicht festnehmen werde. Zumindest nicht heute und nicht in seinem Versteck. Rufen Sie ihn doch an und fragen Sie ihn, ob Sie in Herrenbegleitung kommen dürfen.«

»Sie sprühen ja vor Witz.« Petersen trinkt einen Schluck Mineralwasser und schaut Sandman dabei in seine braunen Augen. »Sein Handy ist ausgeschaltet. Sie müssen sich gedulden, bis sein Hunger so groß ist, dass er wieder hinter mir her telefoniert.«

Sandman zuckt die Achseln. »Ich gehe erst mal zu Ihrem Wagen und nehme den Peilsender ab.«

Er kniet sich vor Petersens Auto, zeigt seine leeren Handflächen, fasst unter das Fahrzeug und holt ein Teil hervor, das er ihr auf den Tisch legt. Anschließend versteckt er den Sender, darauf achtend, dass ihn niemand beobachtet, in einem Blumenkübel.

»Wenn der Täter uns nicht sieht, sondern nur anpeilt, kann er warten, bis er schwarz wird.« Sandman reibt seine verschmutzten Hände an einer Serviette ab. »Jetzt könnte Herr Kaltenbach mal anrufen.

»Was wollen Sie überhaupt von ihm?«

»Wissen, ob er am Tatort in der Yorckstraße etwas bemerkt hat. Danach habe ich sie schon gefragt, als wir uns in Ihrer Wohnung getroffen haben.«

»Sorry, ich habe Clemens seitdem nicht gesehen. Außerdem habe ich Stress pur gehabt.«

»Sie wollten ja nicht auf mich hören. Aber nun kann ich Herrn Kaltenbach gleich selbst fragen.«

»Ist es für heute nicht zu spät? Sie haben doch Feierabend. Nicht dass Sie Ärger mit ihrer Frau kriegen.«

»So werden Sie mich nicht los, liebe Frau Petersen. Meine Frau ist zurzeit bei ihrer kranken Mutter. Andernfalls hätten Sie recht. Sie macht häufig Stress wegen meiner unregelmäßigen und zu knappen Freizeit. Was soll's, meiner Mutter ging es nicht besser, mein Vater war ebenfalls Hauptkommissar. Er hat mir das Jurastudium und meinen Beruf schmackhaft gemacht.«

»Und ich habe ihren ausgeprägten Gerechtigkeitssinn als Triebfeder vermutet.«

»Der kam hinzu. Aber ich bin nicht nur für Gerechtigkeit, sondern auch ein richtiger Wadenbeißer, der sich nie abschütteln lässt.«

Ihr Smartphone klingelt. »Maren, wo bleibst du?« Sie freut sich, dass in Kaltenbachs Frage Sorge mitschwingt.

»Hauptkommissar Sandman ist hier; er hat vor, mich zu begleiten, wenn ich zu dir fahre. Angeblich will er dich nicht festnehmen.«

»Ist schon okay, mach dir darüber keine Gedanken.«

»Das tue ich aber, Clemens. Er hat sein Versprechen nicht gehalten, den Peilsender abzubauen. Darum möchte ich vermeiden, dass er mitkommt. Wir wollen uns deshalb ja wohl nicht streiten? Bis nachher. Schalte dein Handy nicht gleich aus.« Sie legt auf.

Sandman sieht Petersen ungläubig an. »Wären Sie mit Herrn Kaltenbach verheiratet, müsste er ernsthaft um seine Gleichberechtigung fürchten.«

»Das muss er auch so.« Petersen grinst. »Spaß beiseite, Herr Sandman. Ich kann es nicht verantworten, Sie mitzunehmen. Die Geschichte mit dem Peilsender hat mir nicht gefallen. Außerdem weiß ich nicht, welches Spiel Sie spielen, wenn Sie versprechen, Clemens laufen zu lassen. Also seien Sie mir nicht böse. Ich schlage vor, Sie reden via Handy mit ihm.«

Petersen stellt die Verbindung her. Sandman ist enttäuscht, weil Kaltenbach keine verwertbaren Informationen vom Tatort Bommer bieten kann. Er sagt, er hätte aufgrund der Stresssituation nicht auf mögliche Hinweise geachtet. Nur der Motorradhelm sei ihm aufgefallen. Sandman erzählt, man habe Dohrmann zusammengeschlagen in seiner Wohnung gefunden. Einen erneuten Polizeischutz für Petersen, damit sie Kaltenbachs und Neuhaus´ Notizen über die Gespräche mit den Eltern der Vermissten aus ihrer Wohnung holen kann, lehnt Sandman ab. Er müsse den Eindruck vermeiden, dass er Kaltenbach decken wolle. Wie Sandman berichtet, mehren sich im Kommissariat die Stimmen, dass Kaltenbach und Petersen gemeinsame Sache machen könnten. Eine andere Spur gäbe es nicht. Selbst die Suche nach den Vermissten über Rundfunk, Zeitungen und Plakate hätte nichts gebracht. Und Yvonne Selig hätte sich auch in Luft aufgelöst. Die Polizei sei enorm unter Druck, sowohl von der Staatsanwaltschaft als auch von den Medien und folglich von der Öffentlichkeit.

Sandman gibt Petersen ihr Handy zurück. »Dann muss ich meine Pizza wohl alleine essen.« Er bestellt auch die Speciale und Sarda zu Mitnehmen. »Geht auf meine Rechnung, damit Sie mir nicht mehr böse sind.«

»Danke, dafür leiste ich Ihnen noch kurz Gesellschaft. Mir schwirrt eine Frage im Kopf herum. Was halten Sie von der Theorie, dass eines der Elternteile das eigene Kind erschlagen hat? Um die Tat zu vertuschen, hat die Person drei weitere Morde begangen und das eigene Kind vermisst gemeldet. Die Opfer hat die Person alle in Gothic-Szene gesucht und so den Verdacht auf diese Gruppe gelenkt. Um diesen Vorwurf zu erhärten, hat sie die anonymen Mails in der gotischen Frakturschrift verschickt.«

»Zu Beginn der Ermittlungen habe ich diese Möglichkeit ausgeschlossen. Inzwischen habe ich mir solch ein Szenario auch ausgemalt und die Eltern dahingehend befragt, aber keine verwertbaren Antworten erhalten. Zudem fehlt ein konkreter Ansatzpunkt für diese Theorie.«

Giovanni bringt die Pizzen auf die Terrasse. Petersen will sich schnell verabschieden. Sandman hält sie am Arm fest. »Noch mal zu Herrn Kaltenbach. Er könnte Herrn Neuhaus im Vollrausch erschlagen haben, ohne sich daran zu erinnern. Vielleicht war derjenige, der für das Verschwinden der Jugendlichen verantwortlich ist, ebenfalls da draußen, und zwar mit der Absicht, Kaltenbach zu töten. Angesichts der für ihn günstigen Gelegenheit, ihm einen Mord anhängen zu können, hat er seine Strategie geändert. Achten Sie darauf, dass Herr Kaltenbach in Ihrem Beisein nicht zu viel trinkt.« Sandman holt Pfefferspray aus seinem Jackett. »Bitte stecken Sie das ein, es könnte Ihr Leben retten.«

Petersen verzieht das Gesicht, steckt das Spray aber ein. Sie hat keine Lust, weiter mit Sandman zu diskutieren.

Auf der Ausfallstraße in Richtung Asendorf fällt ihr ein Fahrzeug auf. Petersen entkrampft sich erst, als sie nach Riethausen abbiegt und das ihr folgende Auto geradeaus weiterfährt. Sie sieht nicht, dass der andere Wagen wendet und ihr mit Abstand folgt.

SECHSZEHN

Maren fühlt sich entspannt an, das riecht er an ihrer Haut. Oder ist es Einbildung? Kaltenbach reibt seine Nase zärtlich an ihrem Hals. Im Gegensatz zu Maren kann er nicht schlafen. Quälende Gedanken halten ihn wach. Treiben ihn zu der Frage, ob er Gunnar getötet hat, weil er keinen anderen Weg gesehen hat, Maren zurückzugewinnen.

Unruhig blickt er zum Fenster. Das dunkle Rechteck, das sich kaum vom schwarzen Innern des Zimmers abhebt, ist nicht Schlaf fördernd. Er muss an Johanns Worte denken. Warum hat Marens Freundin keine Vorhänge angebracht? Schon zweimal hat das Scheinwerferlicht vorbeifahrender Autos gespenstische Schatten durch den Raum tanzen lassen.

Wieder hört er einen Wagen. Er schaut auf die Leuchtziffern des Radioweckers. Kurz vor eins. Dem Geräusch nach zu urteilen, nähert sich das Auto aus Bruchhausen-Vilsen. Gleich dürfte sein Licht erneut skurrile Schattenwesen aus den Zimmerecken locken.

Dieses Mal steht eine Gestalt vor dem Fenster. Kaltenbach sieht, wie die Silhouette mit der Dunkelheit verschmilzt. Er schlüpft aus dem Bett und schaltet die Außenbeleuchtung ein. Vor dem Haus ist nichts Verdächtiges zu erkennen. Er kippt das Fenster einen Spalt weit auf und lauscht, ob ein Auto angelassen wird. Kein Geräusch. Es kommt ihm vor, als verschlucke die wellige Landschaft jeden Ton.

Petersen schlingt ihre Arme von hinten um seinen Oberkörper. »Ist da draußen jemand?« Ihre Stimme zittert leicht.

»Nein, nein, ich wollte nur sehen, wie der Garten nachts bei Beleuchtung wirkt.« Kaltenbach lockert ihren Griff und dreht sich um. Im Schein der Außenlampen, der in den Schlafraum fällt, strahlt Maren was Gespenstisches aus.

»Das kannst du deiner Oma erzählen. Hast du was gehört?«

»Irgendwer stand vor dem Fenster; ich tippe auf einen der Eingeborenen. Einer von ihnen hat mich hier schon besucht. Mach dir darüber keine Gedanken.«

»Clemens, fang nicht an wie Gunnar, alles zu verharmlosen. Ich habe Angst.« Sie drückt sich an ihn. »Du bringst mich von hier weg, sofort.«

Kaltenbach küsst ihren Hals. »Was ist los mit dir? Vor Kurzem hast du noch über meine ständige Unruhe gelästert.«

»Seit dem Horrortrip am Oyter See habe ich Schiss. Ich will hier weg, und zwar schnell. Lieber verbarrikadiere ich mich in meiner Wohnung. Im zweiten Stock bin ich sicherer. Hier kann an jeder Ecke einer einsteigen.«

»Maren, wir haben doch über deine Wohnung diskutiert. Vergiss es. Entspann dich, vorhin ist dir das auch gelungen.«

Sie macht sich los. »Sandman hat mich vor dir gewarnt, Clemens.« Sie wiederholt die Worte des Hauptkommissars. »Ich glaube aber weiterhin an deine Unschuld. Meinst du, andernfalls hätte ich am Abend mit dir geschlafen? Denk mal nach: Weshalb sollte dich jemand bei einem Mord beobachten und sich dann hinter mein Bett stellen und vielleicht Spuren zu hinterlassen?«

»Ich kann mich nicht an die Mordnacht erinnern. Warum habe ich an dem Abend bloß so viel getrunken? Du ahnst nicht, was für Vorwürfe ich mir mache.« Kaltenbach setzt sich auf die Bettkante.

Petersen lächelt ihn müde an. »Glaub mir einfach und komm von diesen Gedanken los. Du musst dich auf die Recherche konzentrieren. Und jetzt will ich wissen, welches Geheimnis dich mit Sandman verbindet. So eng, dass er dich nicht festnehmen mag, obwohl er sonst keinen Verdächtigen hat.«

»Ich weiß was über ihn, was ihm beruflich schaden könnte. Wir meiden dieses Thema. Da er ein Gerechtigkeitsfanatiker ist, dürfte es für ihn eine Grenze geben. Hielte er mich für den Mörder, wäre ihm seine Karriere vielleicht egal.«

»Und mit was hast du ihn in der Hand?«

»Bei einem nächtlichen Einsatz habe ich beobachtet, dass er einem Verdächtigen bei der Festnahme beide Arme gebrochen hat. Ein Kinderschänder, der ihn verhöhnt und gesagt hat, ihm sei nichts nachzuweisen. Ich habe vor Gericht bewusst falsch ausgesagt, zugunsten von Sandman. Die Gerichte sind aufgrund der Gesetze oft zu inflexibel, um wirklich Recht sprechen zu können. Denk bitte nicht, ich wolle mich zum obersten Richter erheben, aber ich habe schon zu viel erlebt, um an Gerechtigkeit zu glauben. In diesem Punkt sind Sandman und ich uns ähnlich.«

Petersen zieht Kaltenbach von der Bettkante hoch. »Ich verrate dir auch was: Wir reisen noch heute ab.«

»Wo willst du denn hin? Für uns gibt es keinen sicheren Ort.«

»Wir fahren nach Berlin und bleiben bis zu Franziskas Beerdigung. Da vermutet uns jetzt niemand.«

Kaltenbach geht unruhig hin und her. »Und was machen wir während der Zeit in Berlin? Den Fall von dort aus lösen? Sag nicht, du möchtest mit deiner dicken Wange auf dem Kuhdamm flanieren.«

»Genau das habe ich vor. Du kannst ja zehn Schritte hinter mir gehen oder im Hotel hocken.« Petersen lehnt sich gegen den Schrank. »Du solltest den Aufenthalt nutzen, um Franziskas Eltern zu kondolieren. Das gehört sich ja wohl, schließlich wart ihr lange zusammen. Und was den Fall angeht: Wir finden sowieso keine Lösung. Sollen wir auf unkontrollierten Aktionismus setzen?«

Kaltenbach zuckt die Schultern. Sie fängt ihn auf seiner Wanderung ab. Das Spiel ihrer Zunge in seinem Mund lässt ihn für einen Moment seine Sorgen vergessen.

»Bitte Clemens, wir erholen uns ein bisschen und ich futtere mir ein paar zusätzliche Pfunde an, damit du dich mit mir zeigen kannst. Und du kriegst mal Ruhe und einen klaren Kopf. Begreifst du nicht, dass ich Angst habe und es hier nicht mehr durchstehe?«

»Weißt du, wie teuer eine Woche Berlin ist? Ich habe keine Ahnung, wann ich wieder Geld verdienen werde.«

»Ich verfüge noch über Reserven. Es muss ja nicht das Adlon sein.«

»Klasse, ich lasse mich aushalten. Meine Karriere verläuft immer steiler, nur leider nach unten.«

Petersen stößt ihn weg. »Ich sollte dir eine scheuern. Sandman hat sich gestern auch eine gefangen.«

SIEBZEHN

Auf der Taxistandspur stinkt es nach Diesel. Kaltenbach hält die Luft an, bis er den Eingang des Hotels erreicht. Durch die hohe Empfangshalle und einen beidseitig verspiegelten Gang geht er zum Hotelrestaurant, in dem er mit Maren verabredet ist. Sie wollte ihn nicht zu Franziskas Beerdigung begleiten; dort wäre sie sich an seiner Seite pietätlos vorgekommen.

Auf dem Weg zum Restaurant bindet er seine schwarze Krawatte ab und steckt sie in eine Innentasche seines gleichfarbenen Jacketts. Er denkt an die ersten Tage in Berlin zurück, eine einzige Katastrophe. Maren ist nach ihrer Ankunft krank geworden. Sie hatte sich, vermutlich bei ihrer Schwimmübung im Oyter See, schwer erkältet und in der Folge Kaltenbach angesteckt, der glücklicherweise glimpflicher davongekommen ist.

Abgesehen vom Besuch bei Franziskas Eltern musste er sich darauf beschränken, Maren und sich zu pflegen. Die verbliebene Zeit hat er genutzt, um im Internet nach Spuren zu suchen, die die Eltern der Vermissten, Yvonne Selig, Kowalski oder Constanze Bergmann hinterlassen haben könnten. Er hat weder neue Ansatzpunkte gefunden noch weiterführenden Hinweise auf die Verschollenen.

Eines hat er dennoch geschafft: Er hat sich von einer zwielichtigen Gestalt eine Pistole besorgen lassen. Eine SIG Sauer P225, Kaliber neun Millimeter, mit einem einreihigen Magazin für acht Patronen, wie sie die Polizei benutzt. Maren weiß nichts davon, obwohl er sich mit ihrem Geld den Weg zu dem Verkäufer geebnet hat. Er möchte sie nicht noch mehr beunruhigen.

Petersen winkt ihm zu, als er das Restaurant betritt. Die Schwellung an ihrer Wange ist fast abgeklungen. Den Rest verdeckt Schminke. Kaltenbach ist überrascht, sie in einem Sommerkleid zu sehen. Von Abendkleidern abgesehen, kennt er sie nur in

Hosenanzügen und Kostümen oder in Hosen, kombiniert mit Bluse oder Pullover.

»Du siehst zum Anbeißen aus«, sagt Kaltenbach.

»Hab ich mir gedacht, dass du auf niedliche Mädchen stehst. Statt an mir rumzuknabbern kannst du die Koffer wieder aus dem Auto laden.«

»Was ist passiert?«

»Nichts.« Petersen nippt an ihrem Mineralwasser. »Ich will einfach nicht zurück.«

»Welche Laus ist dir denn über die Leber gelaufen?« Kaltenbach hat Mühe, ein Lächeln in sein Gesicht zu zwingen.

Petersen sieht Kaltenbach eine Weile schweigend an, bevor sie antwortet. »Clemens, wir können zusammen neu anfangen, ohne hinter dem Mörder herzujagen. Ich hasse ihn und möchte ihn tot sehen. Aber warum sollen wir uns selbst in Gefahr bringen und unsere gemeinsame Zukunft aufs Spiel setzen. Überlass das der Polizei. Ich bin als freie Werbetexterin an keinen Ort gebunden und du könntest auch an jedem Ort arbeiten. Eine kurze Phase ohne Einkommen werden wir schon überstehen. Bitte Clemens, ich habe schreckliche Angst.«

Der Kellner kommt an ihren Tisch. Kaltenbach bestellt einen Kaffee und sagt, sie wollten noch mit dem Essen warten.

Petersen steht auf. »Ich gehe mir die Beine vertreten. Denk inzwischen über meinen Vorschlag nach.«

»Moment Maren, setz dich.« Er greift ihre Hände. »Wir können nicht weggehen. Ich werde gesucht. Wenn wir uns eine Wohnung mieten, müssen wir uns anmelden. Wie stellst du dir das vor?«

»Lass uns mehrmals den Ort wechseln, Zimmer in verschiedenen Pensionen nehmen. Sobald die Polizei den Täter gefasst hat, ist unser Problem erledigt.«

Kaltenbach mag sich nicht für Marens Idee erwärmen. Zumal er sich geschworen hat, den Täter zu stellen. Er möchte Klarheit über sich haben, geht aber vorerst auf ihren Wunsch ein, um von hier wegzukommen.

»Wir sollten aufbrechen«, sagt Kaltenbach. »Essen können wir unterwegs auf die Schnelle. Wir fahren bei dir vorbei und holen die Notizbücher und Klamotten. Anschließend packen wir unsere Sachen in Riethausen zusammen und setzen uns ab. Das schaffen wir, bevor es dunkel wird. Über unsere Zukunft sprechen wir in Ruhe.«

Petersen nimmt sich eine Zigarette. »Und wohin soll's gehen? Und wozu brauchst du die Notizbücher, wenn du mit mir verschwinden willst?«

»Vielleicht finden wir einen Hinweis, der Sandman bei den Ermittlungen helfen könnte. Eine raschere Aufklärung wäre auch in unserem Sinn. Darüber, wo wir untertauchen, diskutieren wir auf dem Weg.«

Aus dem Kreisverkehr vor dem Bahnhof der Museumseisenbahn in Bruchhausen-Vilsen biegt Kaltenbach Richtung Asendorf ab. Vor und in Marens Wohnung ist es problemlos gelaufen.

Sie legt eine Hand auf seinen Oberschenkel. »Mir ist mulmig. Hoffentlich gibt es keinen Ärger.«

»Das liegt an dem Hamburger, den du gegessen hast.«

Kaltenbach weiß, dass sein Versuch, Maren aufzuheitern, halbherzig klingt. Ihm ist auch nicht wohl. Erwartet sie jemand in Riethausen? Unsinn, denkt er, wir sind zu lange weg gewesen, niemand kann den Zeitpunkt unserer Rückkehr erahnen. Und eine durchgängige Observierung wäre viel zu teuer. Trotzdem wächst seine Unruhe.

Er parkt in der Einfahrt. Haus und Grundstück wirken auf ihn wie immer. Den Mann, der hinter einem Stachelbeerbusch steht, bemerkt er nicht. Ein leichter Wind weht. Auf einem entfernten Nachbarhof kräht ein Hahn.

Petersen schreit auf, als der Mann ihr den Weg versperrt.

»Das ist nur der Johann«, sagt Kaltenbach. »Der beißt nicht.«
Johann starrt Petersen mit offenem Mund an. »Bist du die Freundin vom Clemens? Meine Frau hat schon gesagt, frag den Clemens mal, ob er ohne Frau auskommen muss.«
»Das weißt du ja nun, Johann«, sagt Kaltenbach. »Aber deshalb dürftest du nicht gekommen sein.«
»Nein.« Er zuckt mit den Schultern. »Wie soll ich anfangen? Die Sache ist mir ein bisschen peinlich, für unsere Dorfgemeinschaft meine ich. Einer von uns war letztens nachts bei dir im Garten, bevor du abgereist bist. Auf einmal ging das Licht an. Jetzt möchte der Nachbar gerne wissen, ob du ihn erkannt hast.«
»Hat dieser Nachbar auch einen Namen?«, fragt Petersen.
»Welcher Nachbar?« Johann kratzt sich am Hintern.
»Na der, der nachts hier im Garten war.«
»Ach der, ja klar.«
»Wie heißt er denn?«
»Das, das sage ich lieber nicht, sonst kriege ich ne Menge Ärger.«
»Das klingt ja richtig zweideutig«, stichelt Petersen.
»Wie meinst du das?«
»Ist schon in Ordnung, Johann«, mischt Kaltenbach sich ein. »Übrigens, wir haben es sehr eilig. Sei bitte nicht böse, dass wir dich nicht reinbitten. Ich komme demnächst bei dir vorbei, dann trinken wir zusammen nen Lütten.«
Johann grinst verkrampft. Er möchte verschwinden. »Geht klar, ich will auch nicht lästig werden. Mich hat nur gewundert, wie lange du so weg warst.«
»Ich war auf Geschäftsreise. Ist dir sonst was aufgefallen?«
»Nee, es war alles ruhig.« Johann hebt die Hand zum Gruß und holt sein Fahrrad, das an einem Baum lehnt.
»Auf den Schreck koche ich uns rasch einen Kaffee.« Kaltenbach schließt die Tür auf. »Danach schmeißen wir unsere Sachen in die Koffer und sind weg.«

»Das mit dem Kaffee übernehme ich.« Petersen geht zur Küche. »Du kannst die Koffer aufmachen, das ist Männerarbeit.«

»Unsere zweite Ehe fängt ja gut an«, ruft Kaltenbach ihr nach.

Petersen öffnet die Küchentür und stoppt, als wäre sie gegen eine Wand gelaufen. »Clemens?« Sie flüstert.

»Ja?«

»Clemens?« Jetzt schreit sie.

Kaltenbach rennt zu ihr. Was er sieht, lässt ihm das Blut in den Adern gefrieren. Am Küchentisch sitzen die vier Vermissten. Sie machen keine Anzeichen aufzustehen oder Maren und ihn zu begrüßen. Sie sind tot.

Eine unheimliche Stille liegt über dem Raum. Hin und wieder durch ein leichtes Rauschen der Bäume und Büsche des Gartens unterbrochen, das durch die spaltbreit offen stehende Außentür der Küche dringt.

Die Toten hocken alle in einer ähnlichen Haltung auf den Stühlen. Schwarz dominiert ihre langen Haare und ihre Kleidung. Ein Outfit, von dem sich nur Britta Freeses rote Haarsträhne in ihrer halblangen Frisur abhebt. Die seitwärts und nach vorn gekippten Köpfe der Jugendlichen scheinen nicht zu ihren starren Körpern zu gehören, die wie eingefroren wirken. Das Gleiche gilt für die herabhängenden Arme. Ein kaum wahrnehmbarer Geruch hängt in der Luft. Kaltenbach ist froh, dass es in der Küche auch tagsüber kühl bleibt.

»Wir müssen Sandman anrufen oder abhauen«, sagt er. »Oder beides.«

»Schnell.« Petersen wendet sich von den Leichen ab. »Wir nehmen nichts mit. Los, der Mörder könnte noch hier sein.« Ihre Stimme überschlägt sich; sie fängt an zu würgen.

Kaltenbach umarmt sie. »In dem Fall hätte er sich schon gezeigt. Es wäre aber möglich, dass er unser Kommen aus sicherer Entfernung beobachtet und uns die Polizei auf den Hals hetzt.

Ich vermute, er will uns die Sache in die Schuhe schieben. Also ab ins Auto.«

Sie rennen zum Wagen und fahren los. Kaltenbach fährt Richtung Asendorf. Unterwegs hält er auf einem Landwirtschaftsweg.

»Ich rufe jetzt Sandman an. Wenn wir flüchten, machen wir uns noch verdächtiger.« Kaltenbach tippt die vierstellige PIN in sein Smartphone ein.

»Wir haben doch ein Alibi.« Petersen kommen Tränen. »Ich kann nicht mehr, verdammt.« Sie krallt eine Hand in Kaltenbachs Arm.

Er streichelt beruhigend über ihren Handrücken. »Ich fürchte, unser Alibi ist nichts wert. Wir sind gestern in Berlin schon um acht ins Bett gegangen. Zuletzt hat man uns vorher beim Essen gesehen und danach heute Morgen beim Frühstück um neun. In der Zwischenzeit kommt man locker von Berlin nach Bremen und zurück, selbst wenn man Leichen holen und absetzen muss.«

Das Handy klingelt. Beide zucken zusammen. Kaltenbach wartet darauf, dass der Anrufer auflegt. Beim sechsten Rufzeichen gewinnt seine Neugierde die Oberhand und er nimmt ab.

»Kowalski.«

»Hallo Kowalski, mit dir habe ich nicht gerechnet.«

»Habt ihr uns die Bullen auf den Hals gehetzt? Die haben Yvonne Selig uns bei gesucht. Constanze und mich bezichtigen sie ebenfalls. Das stinkt mir gewaltig.«

»Von mir hat die Polizei nur den Hinweis, dass die Selig an dem Abend unseres Treffens am Stadtgraben gesehen wurde. Das musste ich sagen, denn sie hat sich damit verdächtig gemacht. Ich habe auch gesagt, dass du hinter dem Lauscher her gerannt bist und ich dich für unschuldig halte.«

Kaltenbach hofft, dass Sandman dem Gravedigger nichts anderes erzählt hat. In dem Fall möchte er Kowalski nicht begegnen.

»Na gut«, sagt Kowalski, »lassen wir das erst mal so stehen. Ich rufe an, weil es eine Neuigkeit gibt, die dich interessieren dürfte.

Es ist eine weitere Person verschwunden, eine Frau, die Kontakt zu uns hatte. Dadurch sind wir zusätzlich ins Fadenkreuz der Schnüffler geraten, die gleich die Verbindung zwischen der Frau und uns entdeckt haben.«

Kaltenbach lässt sein Seitenfenster herunter. Selbst Maren riecht jetzt nach Schweiß.

»Und wer ist diese Frau?«

»Sie heißt Natalie Schmidt. Studiert ein oder zwei Semester in den USA. Sie war mit einem Grufti liiert. Ihre Eltern wollten sie aus der Szene herausholen; sie konnten sich weder mit den Gruftis noch mit uns anfreunden.«

»Den Namen habe ich mal gehört, nur wo? Ich muss darüber nachdenken, ob uns das weiterbringt. Es ist übrigens gut, dass du anrufst, Kowalski. Ich brauche deine Hilfe. Meiner Freundin und mir steht das Wasser bis zum Hals. Wir haben die vier Vermissten gefunden. Sie sitzen als Leichen an unserem Küchentisch. Unser erhofftes Alibi können wir in der Pfeife rauchen. Wir wissen nicht mehr, wo wir untertauchen sollen. Es dürfte auch in deinem Interesse sein, den Täter zu fassen.«

Der Gravedigger lacht auf. »Wenn ihr euch an meine schwarze Brust werfen wollt, muss es schlimm um euch bestellt sein. Also gut, ihr könnt euch ein paar Tage in der Sargschmiede verstecken.«

»Und die Bullen? Du hast eben gesagt, die seien schon hinter euch her.«

»Das stimmt, die waren aber bereits hier und haben alles auf den Kopf gestellt. Ich glaube nicht, dass die bald wieder aufkreuzen. Wann könnt ihr hier sein?«

»In einer Dreiviertelstunde.«

»Okay, ich schiebe ein Scheunentor auf. Fahrt gleich mit dem Wagen rein, damit der von der Straße kommt.«

Kowalski legt auf, bevor sich Kaltenbach bedanken kann. Er sieht Petersen an. Sie deutet fragend auf die Zigarette, die unangezündet zwischen ihren Lippen klemmt. Kaltenbach nickt. Er hasst es, wenn im Auto geraucht wird, will jedoch keinen zusätzlichen Stress machen.

Er tippt Sandmans Nummer ein. »Kaltenbach hier, hallo Herr Sandman. Die vier Vermissten sind tot. Sie sitzen in meinem Unterschlupf am Küchentisch. Wir sind gerade von Franziska Bommers Beerdigung aus Berlin zurückgekommen.« Er gibt Sandman die Adresse und erklärt ihm den Weg.

»Warten Sie dort auf mich. Ich schalte die örtliche Polizei ein.«

»Wir tauchen unter. Sie können nichts mehr für uns tun. Ich melde mich wieder.« Kaltenbach unterbricht die Verbindung, schaltet sein Handy aus und lässt den Wagen an.

»Halt, Clemens.« Petersen legt eine Hand auf seinen rechten Arm. »Du willst ja wohl nicht zur Sargschmiede fahren? Kowalski und diese Constanze zählen zu den Hauptverdächtigen. Das könnte eine Falle sein. Nicht, dass wir auch spurlos verschwinden. Niemand weiß dann von unserem Besuch bei den Satanisten.«

Er öffnet das Handschuhfach und nimmt die SIG Sauer heraus. »Ich bin auf alles vorbereitet. Wir müssen untertauchen und den Fall vorantreiben. Eines dieser Ziele werden wir in der Sargschmiede erreichen. Wenn du eine bessere Idee hast, sag es jetzt.«

Petersen schweigt.

Die Flügel des Scheunentors schließen sich sofort hinter ihnen. Durch ein Fenster fällt Licht herein.

Kaltenbach steigt aus. »Die Herrin der Ratten.«

»Hej«, antwortet Constanze, »ist das deine Freundin? So eine scharfe Braut hätte ich dir nicht zugetraut. Letztens konntest du dich nicht mal sauber halten.« Sie winkt Petersen zu, die den Worten mit hochgezogenen Augenbrauen lauscht.

Petersen sieht Kaltenbach zweifelnd an, als sie an ihm vorbeigeht. Sie werden in das ehemalige Wohnhaus des Bauernhofes und dort in einen komplett schwarz eingerichteten Raum geführt. Von Kowalski, der schwarz gekleidet auf einem schwarzen Sofa sitzt, ist im matten Schein eines Kerzenleuchters nur das Gesicht zu sehen. Darüber zeichnet sich ansatzweise sein Mittelscheitel ab. Auch seine Geste, mit der er auf die Sessel deutet, die auf der anderen Seite des Tisches nahezu mit der Dunkelheit verschmelzen, ist kaum wahrnehmbar. Im trüben Licht der Kerzen ist sie bestenfalls zu erahnen.

»Manchmal muss man seltsame Allianzen schließen«, sagt Kowalski zur Begrüßung. »Zuerst will ich aber wissen, was ihr euch davon versprecht, hier unterzukriechen?«

»Zweierlei«, antwortet Kaltenbach. »Wir wollen von der Bildfläche verschwinden und in Ruhe über neue Ermittlungsansätze nachdenken. Natalie Schmidt könnte uns den Weg weisen. Dafür möchte ich nochmals meine Notizen durchsehen.«

»Ihr dürft hier aber nicht ständig rein und raus marschieren. Sonst fallt ihr auf und wir haben den schwarzen Peter.«

Wäre doch passend, denkt Kaltenbach. Der Gravedigger drückt ihm einen Schlüssel in die Hand. »Für dringende Fälle. Das Auto lasst ihr am besten stehen.« Kowalski dreht seinen Kopf zur Seite. »Komm her.«

Aus dem dunklen Hintergrund taucht Yvonne Selig auf.

»Wir mögen uns nicht sonderlich«, sagt Kowalski. »Yvonne darf sich nur bei uns verstecken, weil sie eine Freundin von Constanze ist. Los Yvonne, erzähl deine Geschichte. Ich verspreche auch, nicht wieder auszurasten.«

Kaltenbach nimmt trotz des spärlichen Lichts die Blessuren im Gesicht von Yvonne Selig wahr. Verschorfte Hautstellen bilden einen Kontrast zu der Spinne, die auf ihrer Wange hockt.

Yvonne Selig flüstert kaum vernehmbar. »Okay, ich bin abgetaucht, weil ich Angst hatte zu verschwinden, wie den vier anderen.« Sie schnäuzt sich. »Zuerst hatte ich geglaubt, Dennis würde mir was verheimlichen. Um herauszufinden, was gespielt wird, bin ich an dem Abend in die Wallanlagen gegangen, nachdem Constanze mir von dem geplanten Treffen erzählt hatte. Ich bin aber auf der gegenüberliegenden Seite des Stadtgrabens geblieben. Dann ist jemand abgehauen. Ich habe Schiss gekriegt und mich ebenfalls verdrückt.«

»Tut mir echt leid«, mischt sich Constanze ein. »Hätte ich gewusst, welche Probleme ich mit meinem Getratsche heraufbeschwöre, hätte ich die Klappe gehalten.«

»Das muss man sich mal vorstellen, Yvonne hat gedacht, dass ich hinter den Entführungen stecke«, sagt Kowalski. »Sie ist aber wieder auf Kurs.«

»Ich habe die Gestalt gesehen, die weggelaufen ist.« Yvonne Selig klingt kleinlaut. »Das war logischerweise nicht Dennis.«

»So, nun wissen alle Bescheid. Damit ist das Thema erledigt«, sagt Kowalski. »Jetzt zu den Vorräten.«

Constanze gibt Maren ein Zeichen, ihr zu folgen.

Kowalski verspricht, morgen früh vorbeizuschauen, spätestens gegen Mittag. »Vielleicht habt ihr dann schon einen Plan, wie es weiterlaufen sollte. Bleibt aber nicht zu lange hier, die Bullen könnten sich doch noch mal blicken lassen.«

Die Frauen kommen zurück. »Es ist genug da, ihr müsst nicht einkaufen«, sagt Constanze.

Kowalski springt auf. »Bevor wir uns verziehen, muss ich euch das Schlafzimmer zeigen.«

Er öffnet eine schwarze Tür zu einem Nebengelass, die ihnen bisher nicht aufgefallen ist. »Im Opferraum dürft ihr pennen, solltet aber vorher lüften.« Es stinkt nach Weihrauch und Schweiß. »Leider ist das hier das einzige Bett.«

Sie treten an die Liegestatt, die an einer Stirnwand des Zimmers steht. Auf der gegenüberliegenden Seite haben die Satanisten einen Altar aufgebaut. Kaltenbach hält Petersen am Arm fest, weil er spürt, dass sie davonlaufen will.

Kowalski sieht lächelnd in Petersens bleiches Gesicht. »Hier musst du deinem Mann jeden Wunsch erfüllen. Egal, was er von dir verlangt. Andernfalls würdest du unseren Opferraum entweihen.«

»Ich erfülle ihm sowieso jeden Wunsch. Sonst verliere ich meine Daseinsberechtigung als Frau«, kontert Petersen.

»Sehr vernünftig.« Kowalski hat mit einer anderen Antwort gerechnet. Er hebt die Hand zum Gruß, greift Constanzes Arm und gibt Yvonne Selig einen Wink. In der Tür bleibt er stehen. »Ihr schließt besser hinter uns ab.«

»Eine Frage noch«, sagt Kaltenbach. »Weißt du, wer Dohrmann krankenhausreif geschlagen hat?«

»Wer ist Dohrmann?«

»Ach vergiss es.«

Kaltenbach schaltet das Licht an und kontrolliert alle Räume, Türen und Fenster. Danach kehrt er zu Petersen zurück.

Sie sitzt auf der Bettkante. »Das hier ist das allerletzte Rattenloch. Wir hätten uns lieber einsperren lassen sollen. Ich frage mich, ob die uns eben eine tragische Komödie vorgespielt haben.«

»Mag sein. Sie denken aber anscheinend nicht, dass wir sie verdächtigen. Ich schlage vor, du lüftest die Räuberhöhle und guckst, ob du saubere Bettwäsche findest. Ich lade das Auto aus und sehe mein Notizbuch durch.«

Kaltenbach greift Marens Hände, die sie ihm reicht, und zieht sie von der Bettkante hoch. Dann holt er die Sachen aus dem Wagen, die sie unbedingt benötigen.

In seinem Notizbuch muss er nicht lange suchen. Er hat notiert, dass Dr. Stevens Natalie Schmidt erwähnt und abfällig über sie geurteilt hat. Und dass auch Yvonne Selig den Namen genannt hat. Jetzt ist die Schmidt unauffindbar, kurz nachdem sie aus den Staaten zurückgekehrt ist. Weil sie etwas weiß, das für Stevens gefährlich werden kann? Er ruft Sandman an.

»Sie wissen wahrscheinlich, dass eine Natalie Schmidt verschwunden ist?«, fragt Kaltenbach.

»Was Sie nicht sagen. Ich hätte es Ihnen verraten, hätten Sie nicht so schnell aufgelegt.« Sandman spricht leise. »Ich stehe in Ihrer Küche. Schalten Sie ihr Handy nicht gleich wieder aus, ich lasse sie nicht orten. Die vier Opfer waren eingefroren, abgesehen von ihren Extremitäten sind sie noch nicht aufgetaut. Wie es aussieht, wurde Frank Stevens mit einem stumpfen Gegenstand erschlagen und Mark Günther erschossen. Die beiden anderen hat man, wie Frau Bommer, mit einem Draht erdrosselt. Beim Mordversuch an Frau Petersen dürfte dasselbe Tatwerkzeug im Spiel gewesen sein. Möglicherweise handelt es sich um eine Garrotte, wie sie zum Beispiel die italienische Mafia benutzt.«

»Hat der Arzt schon den Todeszeitpunkt festgestellt?«

»Unmöglich. Bisher ist nur klar, dass alle vier bald nach ihrem Tod eingefroren worden sind. Das sieht der Doc an der Ausprägung der Leichenflecken. Wenn man bedenkt, dass der Täter die Toten in ein Auto laden, sie wegfahren und wieder ausladen musste, kann er vor dem Einfrieren maximal eine gute Stunde gefahren sein.«

»Das ergibt dennoch einen großen Bereich, also bringt es uns nicht voran. Noch mal zu Natalie Schmidt: Sie könnte uns zum Täter führen.« Er schildert Sandman seine Vermutungen hinsichtlich Dr. Stevens.

»Wir kümmern uns drum«, sagt der Hauptkommissar.

»Haben Sie Ihre undichte Stelle gefunden?«

»Leider nicht.«

»Ich melde mich wieder.« Kaltenbach möchte sich verabschieden.

»Warten Sie, Herr Kaltenbach. Der Form halber muss ich Ihr Alibi überprüfen. Dafür brauche ich den Namen Ihres Hotels.«

»Berlin, wie die Stadt. Liegt am Lützowplatz.«

»Danke. Sie lassen doch Ihr Handy an, oder?«

»Das geht nicht gegen Sie, Herr Sandman. Ich würde jetzt gern in Ruhe schlafen. Wer weiß, wer sonst versucht, mich zu erreichen. Wir sind übrigens schon ein gutes Stück vom Fundort weg. Ich rufe morgen noch mal an, bis dann.«

Kaltenbach schaltet sein Smartphone aus. Petersen hat inzwischen das Bett frisch bezogen und ein Bad entdeckt.

»Ich gehe ins Bett, genug gelüftet«, ruft er ihr zu.

»Du willst ja wohl erst duschen.«

»Ich warne dich, nach dem Duschen bin ich immer hellwach. Du hast ja gehört, dass du mir heute Nacht jeden Wunsch erfüllen musst?«

»Hoffentlich nimmst du den Mund nicht zu voll. Schlafen kann ich in diesem Loch ohnehin keine Sekunde.«

ACHTZEHN

Kowalski kommt gegen zehn Uhr mit Brötchen, Butter, Gouda und Erdbeermarmelade. Er berichtet über Stress im Verein ›Dunkles Bremen‹. Kurz darauf geht er wieder. Kaltenbach und Petersen beschließen, ein zweites Mal zu frühstücken. Die Vorräte haben nur knapp gereicht.

Sie tragen das Frühstück hinter das Haus. Auf einer gepflasterten Stelle des verwahrlosten Gartens, der von den anderen Grundstücken aus nicht einsehbar ist, stehen ein Resopaltisch und vier Plastikstühle.

Petersen streckt sich nach dem Essen. Kaltenbach wühlt in ihren Haaren herum und küsst sie.

»Echt idyllisch hier.« Petersen zündet sich eine Zigarette an. Ein Luftzug weht den Rauch davon. »Du wolltest Sandman anrufen.«

Kaltenbach setzt sich. »Ich warte eine Stunde, vielleicht hat er bis dahin Stevens vernommen.«

»Weißt du, wer die Eltern von Natalie Schmidt sind?«

»Nein, warum?«

»Sie könnten was über die Beziehung ihrer Tochter zu Frank Stevens wissen, Details, die wir und die Polizei nicht kennen. Oder auch was über Dr. Stevens.«

»Gute Idee. Ich habe hier irgendwo ein Telefonbuch gesehen. Es wäre möglich, dass sie in Bremen wohnen.« Er steht auf.

»Clemens, ich bitte dich. Selbst wenn, wie willst du eine bestimmte Familie Schmidt im Telefonbuch finden?«

»Jetzt bin ich aber gespannt, was unsere Chefermittlerin vorschlägt?«

»Ganz einfach, Natalie Schmidt könnte noch an der Uni Bremen eingeschrieben sein. Ich werde dort im Sekretariat anrufen und mich nach der Adresse ihrer Eltern erkundigen.«

»Meinst du, die werden dir das sagen?« Kaltenbach geht nervös hin und her.

»Das müssen sie, schließlich ermittle ich in sechs Mordfällen. Bist du so lieb und holst mir das Telefonbuch?«

Als Kaltenbach zurückkommt, hat er die Nummer der Uni bereits herausgesucht.

»Danke.« Sie wählt.

»Klepatz, Sekretariat Universität Bremen.«

»Guten Morgen, Sie sprechen mit Hauptkommissarin Wegmann. Frau Klepatz, ich ermittle in dem Fall der vier Vermissten. Zwei davon studieren bei Ihnen. Jetzt ist auch eine Natalie Schmidt verschwunden, sie ist ebenfalls bei Ihnen eingeschrieben. Könnten Sie mir bitte die Adresse und Telefonnummer ihrer Eltern geben?«

»Wie soll ich kontrollieren, ob Sie von der Polizei sind?«

Petersen wird lauter. »Woher wüsste ich sonst, wer bei Ihnen studiert. Es geht um ein Menschenleben, wollen Sie das gefährden?«

»Warten Sie, ich schaue schnell in den Computer.«

Petersen grinst Kaltenbach triumphierend an.

Klepatz nimmt den Hörer wieder auf. »Hier sind die Daten.«

Petersen schreibt mit. »Danke, vielleicht tragen Sie dazu bei, ein Leben zu retten.«

»Nicht ganz die feine Art, aber genial«, bemerkt Kaltenbach. »Könnte von mir sein.«

»Wer weiß, welche verborgenen Qualitäten noch in mir schlummern.«

Bei den Schmidts stellt sich Petersen ebenfalls als Hauptkommissarin Wegmann vor.

»Haben Sie endlich ein Lebenszeichen von unserer Tochter?«, fragt Detlef Schmidt.

»Leider nein, aber eventuell einen Anknüpfungspunkt. Soweit wir wissen, hatte Natalie Beziehungen zu den Satanisten.«

»Was hat das mit ihrem Verschwinden zu tun?« Schmidt klingt verärgert.

»Über die Satanisten soll sie Kontakt zu Frank Stevens gehabt haben, einem der vier vermissten Gothics, über die zurzeit laufend Berichte in der Zeitung stehen. Wir von der Kripo glauben, die Spur Ihrer Tochter finden zu können, sobald wir mehr über Frank Stevens und seinen Vater Dr. Arno Stevens erfahren haben.«

»Frank Stevens war genauso ein Fehltritt von Natalie, wie die Satanisten. Er war ein weiterer Grund, sie in die USA zu schicken. Nicht nur, dass er ein Träumer ist, der es nie zu etwas bringen wird, er hat Natalie auch dauernd mit seinen familiären Problemen belastet.«

Kaltenbach, mit einem Ohr dicht an Petersens Handy, hebt den rechten Daumen.

»Wissen Sie Einzelheiten?«, fragt Petersen.

»Frank Stevens hatte massiven Streit mit seinem Vater. Der soll ihn gehasst haben. Er hat mehrmals in Natalies Beisein damit gedroht, ihn umzubringen. Keine Ahnung, warum.«

»Danke«, sagt Petersen. »Sie haben uns sehr geholfen. Falls sich zusätzliche Fragen ergeben, melde ich mich.«

Petersen sieht Kaltenbach an. »Wenn das nicht der Durchbruch war, weiß ich auch nicht weiter.«

»Super Idee von dir, du bist ein Engel.«

»Das eilt nicht.« Sie reicht ihm das Smartphone. »Solltest du Sehnsucht nach mir haben, findest du mich im Opferraum. Ich werde mir etwas Schlaf gönnen.«

Kaltenbach tippt Sandmans Nummer ein. »Haben Sie schon mit Stevens gesprochen?«

»Ich bin auf dem Weg ins Vernehmungszimmer.«

»Stevens ist wahrscheinlich der Täter.« Kaltenbach erzählt dem Hauptkommissar, was er durch Detlef Schmidt herausgefunden hat.

Sandman verspricht Kaltenbach, ihn gleich nach der Vernehmung anzurufen. »Lassen Sie aber ihr Handy an. Für Versteckspiele haben wir keine Zeit mehr.«

Der Rückruf kommt vierzig Minuten später. Kaltenbach sitzt noch hinter dem Haus. Sandman berichtet, Stevens habe mithilfe seines sofort herbeigeeilten Anwalts alle Anschuldigungen zurückgewiesen. »Er behauptet, er habe nie Streit mit seinem Sohn gehabt und Natalie Schmidt nur einmal oder zweimal gesehen. Einen Motorradführerschein besitze er auch nicht. Es dürfte schwerfallen, ihm was nachzuweisen.«

»Werden Sie sein Haus durchsuchen? Vielleicht stehen in seinem Keller große Gefriertruhen?«

»Unsere Leute sind schon dort. Ich habe vorher ebenfalls mit dem Vater von Natalie Schmidt telefoniert. Ich musste selbst was in der Hand haben, einen Grund, der es rechtfertigt, ohne Durchsuchungsbefehl in Stevens´ Haus zu gehen. So konnte ich sagen, es sei Gefahr in Verzug.« Sandman zögert.

»Gibt es noch etwas, was ich wissen sollte?«, fragt Kaltenbach.

»Ich muss es Ihnen wohl gestehen. Falls wir Stevens nichts nachweisen können, werden wir uns ausschließlich auf Sie konzentrieren.«

»Warum?« Kaltenbachs Stimme klingt belegt. Er fährt sich nervös mit den Fingern durch die Haare.

»Nun, Ihr Alibi für die Nacht, in der die Vermissten zurückgekehrt sind, ist wertlos. Man hat Sie in Berlin dreizehn Stunden nicht gesehen. Das Doppelzimmer, das Sie mit Frau Petersen in Berlin geteilt haben, belastet sie zusätzlich, zumal Sie erst kürzlich Ihre Partnerin verloren haben. Es kommt also immer mehr gegen Sie zusammen. Die anderen Indizien, die Ihre Schuld belegen, haben wir schon durchgekaut. Frau Petersen hat sich durch das Doppelzimmer ebenfalls verdächtig gemacht. Sie hat aber ein

Alibi für die Tatzeit im Fall Bommer; und die Szene am Oyter See wurde von dem Zeugen als sehr glaubhaft beschrieben.«

Kaltenbach trommelt mit den Fingern auf der Stuhllehne herum. Wo sich Yvonne Selig aufhält, kann er jetzt nicht sagen. »Und nun?«

»Falls Sie der Täter sein sollten, lassen Sie bitte Frau Petersen laufen.«

Kaltenbach ist klar, dass er die weitere Entwicklung nicht abwarten darf. Die Indizien, die gegen ihn sprechen, dürften für eine Verurteilung ausreichen. Dr. Stevens ist seine einzige echte Spur. Er muss mehr über ihn erfahren. Ihm fällt ein, dass Bothur nach ihrem letzten Telefonat nicht zurückgerufen hat. Eventuell weiß Svens Vater inzwischen etwas über Stevens. Er wählt Bothurs Nummer.

»Guten Tag, Herr Bothur, Kaltenbach hier. Zunächst einmal mein herzliches Beileid. Soweit es meine Möglichkeiten zulassen, werde ich daran mitarbeiten, den Schuldigen zu finden. Ein Ansatzpunkt wäre der Lauscher in den Wallanlagen. Sie wollten mich dazu wieder anrufen.«

»Sparen Sie sich Ihre falschen Beileidsbekundungen.« Bothur klingt verbittert. »Ich habe im Kreis der Eltern Ihren Verdacht geäußert, der Täter könne aus unseren Reihen stammen, und habe nur Gelächter geerntet. Vielleicht entspringt der Lauscher ja ihrer Fantasie. Das nur nebenbei. Wie ich hörte, stehen Sie bei der Polizei ganz oben auf der Liste. Glückwunsch, Sie miese Ratte.« Bothurs Stimme wird schriller. »Um von den Morden an Ihrem Freund und Ihrer Freundin abzulenken, haben Sie unsere Kinder umgebracht, Sie Schwein. Warten Sie´s nur ab, wir tragen Beweise gegen Sie zusammen.«

Kaltenbach versucht, ruhig zu bleiben. Bothur jetzt auf Stevens anzusprechen, dürfte kaum Sinn machen. »Sie wollen also Beweise konstruieren?«

»Vorsichtig, Kaltenbach, keine Unterstellungen. Das Thema haben wir heute um fünf auf dem Zettel, wenn wir die Beerdigungen unserer Kinder besprechen.« Bothur legt grußlos auf.

Kaltenbach dankt im Stillen für den Tipp. Ihm ist spontan eine Idee gekommen. Er schaltet sein Handy aus, geht in den Opferraum und küsst Maren wach. Benebelt von ihrem kurzen Schlaf hört sie sich kommentarlos seinen Bericht über die Gespräche mit Sandman und Bothur an.

»Und nun?«, fragt sie.

»Ich gehe aufs Ganze, bist du dabei? Sandman sagt, er verdächtige hauptsächlich mich. Du musst demnach nichts riskieren.«

»Frag nicht so blöd, natürlich bleibe ich an deiner Seite.«

»Na gut, ich habe eine Idee.«

Petersen stützt sich auf einen Ellenbogen und sieht ihn neugierig an.

»Wenn die Eltern heute um fünf zusammenkommen, sind ihre Häuser verlassen. Wir brechen bei Stevens ein, vielleicht finden wir dort Unterlagen, die uns weiterhelfen.«

»An was denkst du?« Sie gähnt.

»An nichts Bestimmtes. Aber ich möchte diese Chance auf jeden Fall nutzen.« Er steht auf und geht hinter dem Bett hin und her.

»Du bist verrückt. Es könnte noch jemand im Haus sein, oder er hat einen Hund oder eine Alarmanlage? Abgesehen davon würden wir uns strafbar machen.«

Kaltenbach legt seine Hände auf die Pfosten am Fußende des Bettes. »Na und, mir will man Morde anhängen, was ist dagegen ein Einbruch. Du musst nur Schmiere stehen, ich erledige das schon. Mir bleibt keine Wahl.«

»Wir sind viel zu früh«, nörgelt Petersen. »Es ist erst kurz nach vier.«

Kaltenbach hat seinen Wagen gegenüber von Stevens Haus auf der Schwachhauser Heerstraße geparkt. Von hier aus haben sie die Einfahrt zum Grundstück im Blick.

»Besser als zu spät. Ich möchte ein Gefühl für die Umgebung kriegen.«

»Ich rauche noch eine.« Sie steigt aus und nimmt ihre Jacke vom Rücksitz. Ein frischer Wind ist aufgekommen.

»Geh aber nicht näher ran«, ruft er ihr nach.

Kaltenbach schaltet das Autoradio ein. BAP spielen »Verdamp lang her«. Die Zeit, in der auch er ein normales Leben geführt hat, scheint schon lange her zu sein. Auf BAP folgt eine piepsige Girlgroup. Er stellt das Radio aus.

Petersen öffnet die Wagentür und lässt sich auf den Beifahrersitz fallen. »Es ist gleich halb fünf, langsam müsste er mal losfahren.«

»Wenn wir Pech haben, kommen die Bothurs und Freeses hierher.«

Petersen antwortet nicht. Von dem Grundstück, das links von Dr. Stevens Haus liegt, fahren drei Personen in einem BMW weg.

»Ein Problem weniger, ich knacke also ein Fenster auf der linken Seite«, sagt Kaltenbach.

Kurz darauf rollt Dr. Stevens in einem dunkelblauen Mercedes zur Straße vor. Kaltenbach beobachtet, wie er mit einer Hand nervös aufs Lenkrad schlägt, bis er in den Feierabendverkehr einbiegen und in der Gegenrichtung an ihnen vorbeifahren kann.

»Er hat uns nicht bemerkt«, sagt Kaltenbach. »Ich rufe Sandman an. Nicht, dass wir hier auf Polizei treffen.«

Der Hauptkommissar klingt mürrisch. »Die Durchsuchung hat nichts erbracht. Unsere Leute haben weder große Tiefkühltruhen noch anderes belastendes Material gefunden.«

»Schade, trotzdem besten Dank.«

»Viel Glück, das können Sie brauchen. Tun Sie bitte nichts Unüberlegtes.«

Kaltenbach steigt aus. »Also los Maren, wie besprochen. Du wartest auf dieser Seite, wenn du was Verdächtiges siehst, rufst du mich an.« Er schaltet sein Handy auf Vibration und hofft, dass die Polizei nicht gerade jetzt versucht, es zu orten.

Das Tor der Ein- und Ausfahrt im schmiedeeisernen Zaun steht offen. Zufrieden stellt er fest, dass die Rhododendren des Vorgartens genug Sichtschutz zur Straße bieten.

Er schaut zur anderen Straßenseite. Petersen spricht mit einem Mann und schüttelt den Kopf. Bestimmt wieder ein Schleimscheißer, der meint, Maren mit einem lockeren Spruch anbaggern zu können. Na ja, sie wird sich zu wehren wissen.

Kaltenbach sieht auf die Uhr, zehn vor fünf. Entschlossen betritt er das Grundstück. Um Geräusche zu vermeiden, geht er neben dem Kiesweg über den Rasen. Er erreicht das Haus und atmet durch. Anspannung hat ihn ergriffen. Er blickt zu den Fenstern hoch; Kontakte einer Alarmanlage, die bei Glasbruch anspräche, entdeckt er nicht. Außer den im Wind raschelnden Blättern der Büsche und Bäume ist es ruhig, bis in unmittelbarer Nähe ein Handy klingelt und ihn zusammenschrecken lässt.

»Monika Wagner, bei Dr. Stevens.« Knirschende Schritte auf dem Kies. Kaltenbach kriecht, seine Spinnen- und Insektenphobie verdrängend, hinter einen Rhododendron, der dicht am Haus steht.

»Ja, du hast recht Arno. Angesichts der vielen Kriminellen sollte man vorsichtig sein.« Die Frau stoppt vor Kaltenbachs Versteck, in einer Hand ihr Smartphone, in der anderen eine Gartenschere. Monika Wagner kommt ihm bekannt vor, er kann sie aber nicht einordnen. Endlich geht sie weiter. Kaltenbach schleicht um die nächste Hausecke, wo sie einen Knöterich beschnitten hat. Hätte ihr Handy nicht geklingelt, wäre er ihr direkt in die Arme gelaufen.

Die rückseitige Tür des Hauses steht offen. Es riecht nach Reinigungsmitteln. Kaltenbach hört eine leise Stimme, die von Radiomusik abgelöst wird.

Er versucht, sich zur Ruhe zu zwingen, kann sich jedoch nicht entspannen. Sein Herz schlägt so heftig, als wolle es ihm jeden Moment aus dem Hals springen. Keine Panik, denkt er, ich bin doch drin. Die Wagner wird weiter im Garten arbeiten.

Das Büro von Dr. Stevens findet er schnell wieder. Nachdem er sich gefangen hat, tritt er ans Fenster. Von dort aus sieht er das Tor, das nun verschlossen ist. Ein Problem, das er später lösen muss. Monika Wagner ist nicht zu sehen.

Kaltenbach geht zum Schreibtisch und blättert Stevens´ Terminkalender durch, entdeckt aber nichts, was ihm weiterhilft.

Sein Blick fällt auf eine Magnettafel, an der eine Zeichnung hängt. Sie zeigt die Grundrisse eines automatischen Lagers. Kaltenbach hat mehrmals über vergleichbare Anlagen geschrieben. Damals hat er einem befreundeten Fachjournalisten ausgeholfen, der terminlich unterzugehen drohte. Beim ersten Mal sind sie zu zweit zu einem Lager gefahren. Der Fachjournalist hat das Interview geführt und Kaltenbach anschließend in die Technologie eingewiesen. Danach ist Kaltenbach in der Lage gewesen, den Artikel zu schreiben. Ab dem zweiten Auftrag ist ihm das Thema leichter von der Hand gegangen.

Kaltenbach schiebt die Erinnerung beiseite. In einem Sideboard reihen sich Ordner aneinander. Neben dem Kundennamen sind sie jeweils mit Abkürzungen, bestehend aus zwei oder drei Buchstaben, beschriftet. Manche Ordner haben eine dritte Beschriftungszeile, beispielsweise Software-Implementierung, Servicevertrag und Systemerweiterung. Wahllos fängt er an zu suchen. In einem Ordner mit der Bezeichnung ›SF Servicevertrag‹ findet er den Kundennamen Seafrost, der sofort sein Interesse weckt.

Er hält einen Moment inne und lauscht; alles ist ruhig. Die Zeiger seiner Uhr stehen auf zwanzig vor sechs. Er könnte schwören, seit Stunden in diesem Haus zu sein.

Kaltenbach blättert den Servicevertragsordner durch. Er entdeckt einen Brief von Dr. Stevens an Seafrost, mit dem Stevens versucht, seinen Kunden zu überzeugen, die Kündigung des Servicevertrages zurückzunehmen. Stevens weist darauf hin, wie wichtig es sei, dass die Funktionen seiner Software in regelmäßigen Abständen überprüft werden. Er rät Seafrost, sich diesbezüglich nicht auf die eigenen Mitarbeiter zu verlassen.

Kaltenbach schreckt zusammen, als ohne Vorwarnung die Zimmertür aufgeht. Er steht direkt daneben, drückt sich an die Wand und sieht den Ansatz von Monika Wagners Gesicht, das in den Raum starrt.

»Was wollte ich noch hier?«, murmelt sie. Nach kurzem Zögern macht sie kehrt.

Sollte es der Wagner wieder einfallen, was sie in Stevens Büro erledigen will? Kommt sie zurück? Kaltenbach ist es egal. Er hält die Lösung schwarz auf weiß in der Hand, dazu passt auch die Zeichnung auf der Magnettafel. Stevens hat ständig Zugang zu einem Tiefkühllager, das ist bewiesen. Er kann unzählige Leichen einfrieren.

Kaltenbach fröstelt bei dem Gedanken. Er nimmt die Zeichnung von der Tafel, faltet sie zusammen und steckt sie mit dem Schreiben in seine Gesäßtasche. Die Adresse des Tiefkühllagers – Bremerhaven, Am Lunedeich – steht sowohl auf dem Brief als auch auf der Zeichnung.

Von oben hört er Schritte. Er schleicht aus dem Büro zur Hintertür, sie ist abgeschlossen. Also muss er es vorne versuchen. Sein Handy vibriert. »Ja.«

»Stevens kommt zurück.«

Kaltenbach flucht leise und eilt wieder in das Büro. Er verbirgt sich hinter dem Vorhang und schaut durch das Seitenfenster, unter dem Stevens aus seinem Wagen steigt. Der Informationstechnik-Spezialist ist auf dem Weg zur Vordertür. Jetzt oder nie. Kaltenbach öffnet das Fenster und lässt sich, am Rahmen festhaltend, herunter. Seine Knie stoßen gegen die raue Hauswand, Tränen schießen ihm in die Augen. Humpelnd geht er zur Hausecke. Stevens tritt gerade durch die Eingangstür. Kaltenbach wartet fünf Sekunden, dann hinkt er, so schnell es seine Schmerzen zulassen, zur Straße. Das Tor steht offen. Er gibt Petersen ein Zeichen, zum Auto zurückzukehren. Sie fahren an dem Grundstück vorbei und sehen Stevens im Garten vor seinem Bürofenster stehen. Er sucht nach Spuren.

»Hast du die Frau auch wiedererkannt, die bei Stevens herumläuft?«, fragt Petersen.

Kaltenbach sieht sie gespannt an. »Nein, aber ich habe sie schon mal gesehen.«

»Sie hat in den Wallanlagen Enten gefüttert, als wir den Treffpunkt an der Spiegelskulptur besichtigt haben.«

Kaltenbach nickt. »Du hast recht. Eine merkwürdige Begegnung. Und ein weiteres Indiz gegen Stevens.«

Die Lager- und Umschlaghallen für Fisch und Meeresfrüchte, die das Gesicht der Straße Am Lunedeich in Bremerhaven prägen, sehen ruhigen Stunden entgegen. Abgesehen von den letzten abfahrenden Lastwagen und den Gabelstaplern, die Behälter und Paletten wegräumen, ist der Feierabend eingekehrt. Clemens Kaltenbach mag lieber die geduckten, nostalgischen Bauten aus rotem Backstein, die sich eng aneinanderschmiegen, als die modernen, mit buntem Blech verkleideten hohen Hallen, die eine neue Zeitrechnung in der Lagertechnik eingeläutet haben. Beide Varianten erfüllen ihren Zweck. Umweht von einem kräftigen Wind, der feuchte, salzhaltige Luft vom Meer herüberträgt und den Fischgeruch abschwächt. Und vor einer stimmungsvollen

Geräuschkulisse, getragen von kreischenden Möwen, die nach Fischresten suchen.

Kaltenbach hat sein Auto zwischen Überseecontainern geparkt, damit nicht gleich auffällt. Er wählt Sandmans Handynummer. Da er jetzt Indizien hat, hält er es für besser, den Hauptkommissar über ihren Aufenthaltsort zu informieren. Es meldet sich die Mailbox. Kaltenbach hinterlässt eine entsprechende Nachricht und teilt mit, dass er bei Stevens eingestiegen ist und was er dort gefunden hat.

»Stevens erscheint bestimmt.« Petersen rutscht unruhig auf ihrem Sitz hin und her.

»Egal, ob er Natalie Schmidt unter die Fische gemischt hat oder nicht; er dürfte keine andere Wahl haben. Er wird davon ausgehen, dass ich derjenige bin, der bei ihm eingebrochen ist. Außerdem hat er garantiert gemerkt, dass die Zeichnung und Unterlagen verschwunden sind. Insofern kann er sich denken, dass wir hier nach Beweisen suchen.«

Petersen fährt ihr Seitenfenster hoch. Der Wind lässt sie frösteln. »Zudem weiß er durch seinen Spitzel bei der Polizei, dass du verdächtigt wirst und ihn überführen musst, um deine eigene Haut zu retten. Also wird er auf eine Entscheidung drängen.«

»Das sehe ich auch so«, sagt Kaltenbach. »Hoffentlich meldet sich Sandman bald.«

»Vielleicht ist es ihm nicht möglich, seine Mailbox abzuhören. Du sagst, er schwärmt von der Oper. Falls er dort sitzt, können wir ewig auf ihn warten. Du solltest besser seine Dienststelle anrufen.«

»Sei nicht albern, Maren. Du weißt, dass die undichte Stelle bei der Polizei nicht gefunden ist. Außerdem bin ich ein Tatverdächtiger.«

»Dann warten wir eben. Komm nicht auf die Idee, in das Lager zu gehen.«

»Darüber denke ich nach.«

»Ach ja, und ich bin albern?« Petersens Stimme klingt jetzt eine Nuance schärfer. »Meinst du im Ernst, du fändest in dem großen Gebäude was? Das ist doch lächerlich.«

»Das weiß ich selbst, aber ich könnte mich verstecken und Stevens beobachten, sofern er kommt. Wir wissen nicht mal, ob andere Eingänge existieren. Wenn er in das Lager geht, Spuren beseitigt und unbemerkt mit der Leiche abhaut, ist er fein raus. Wir haben bisher nur Indizien. Was uns fehlt, sind Beweise; Indizien gibt es auch gegen mich.« Er legt Maren eine Hand auf die Schulter. »Ich kann mich nicht ewig verkriechen.«

Petersen packt ihn im Nacken an seinen Locken. »Trotzdem gehst du nicht, das ist viel zu gefährlich. Sobald wir was Verdächtiges sehen, rufen wir die Bremerhavener Polizei an. Oder willst du dich mit Stevens auf einen Schusswechsel einlassen? Der hat bestimmt auch eine Waffe.«

»Also gut, dennoch spricht nichts dagegen, am Werksgelände entlangzugehen und Infos zu sammeln. Zum Beispiel über Eingänge.«

»Mag sein, aber ich gehe.«

»Warum?«

»Gelegenheit macht Diebe.« Petersen steigt aus und verschwindet zwischen den Containern.

Petersen ist froh, Clemens zuvorgekommen zu sein. Von wegen Informationen aufnehmen; er wäre auf das Grundstück gegangen und hätte sich in Gefahr gebracht. Sie mag nicht daran denken, wie eine direkte Konfrontation mit Stevens ausgehen könnte, zumal der auch bewaffnet sein dürfte. Klar, sie stecken sie in einer Zwickmühle zwischen Stevens und der Polizei. Dennoch müssen sie Ruhe bewahren, möglichst viele Fakten zusammentragen, die den Verdacht gegen Stevens erhärten, und dann die Polizei informieren. Die Frage ist, ob sie selbst ruhig bleiben kann, wenn sie auf Stevens treffen sollte. Der Hass jagt nach wie vor durch ihre

Eingeweide. Sie will ihn leiden sehen. Ihn aufspießen
wie einen Schmetterling.

Petersen steckt sich eine Zigarette zwischen die Lippen. Ein harter Druck im Rücken hält sie davon ab, sie anzuzünden.

»Sieh an, unsere Schlampe ist wieder da.«

Kaltenbach wird unruhig. Maren ist schon über zwanzig Minuten unterwegs. Er nimmt die SIG Sauer aus dem Handschuhfach, steigt aus, schiebt sie in seinen Hosenbund und zieht sich eine leichte Windjacke über. Keine Spur von Maren. Er ruft mehrmals ihren Namen; Antworten kommen nur von den kreischenden Möwen.

»Na, ist Ihre Freundin weggelaufen?«

Kaltenbach fährt herum. Vor ihm steht Dr. Stevens, eine Hand in seiner Jacke vergraben, die andere hält eine Pistole.

»Wo ist sie?«

»Sie hat eine Verabredung mit Natalie Schmidt. Die sollten auch Sie nicht verpassen.« Stevens winkt nach links. »Dort rüber. Hände an den Container und die Beine auseinander. Und keine Faxen.«

Stevens tastet Kaltenbach ab. Er findet die SIG Sauer und die Unterlagen, die Kaltenbach aus seinem Büro mitgenommen hat. Außerdem nimmt er Kaltenbachs Handy an sich. »Volltreffer. Bei ihrer Freundin habe ich nichts gefunden, obwohl ich besonders gründlich gesucht habe.«

»Sie sind das mieseste Schwein, das mir je begegnet ist.«

Stevens schlägt Kaltenbach mit dem Pistolenknauf auf das rechte Ohr. Der Schmerz fährt ihm wie Feuer durch den Kopf.

»Sie schätzen Ihre Situation falsch ein. Da am Zaun geht's lang.«

Kaltenbach kann vorerst nur versuchen Zeit zu schinden und auf einen Fehler von Stevens hoffen.

Nach rund fünfzig Meter kommen sie zu einer Tür. Stevens befiehlt ihm, stehen zu bleiben, zieht eine Zugangskarte aus seiner Hosentasche und hält sie vor den Codeleser, der den Zugang zum Seafrost-Gelände freigibt. Sie betreten einen Bereich, der wegen der vielen Container, die auch hier abgestellt sind, nicht einsehbar ist.

Die Halle, in der das Tiefkühllager installiert ist, überragt mit ihrer Höhe von gut dreißig Meter alle umliegenden Gebäude. Stevens schiebt Kaltenbach durch eine Seitentür. Schlagartig sind sie in einer anderen Welt. Ohne Möwengeschrei, ohne Wind, ohne Fisch- und Salzgeruch. Totenstille, ab und zu unterbrochen von einem entfernten Geräusch. Es klingt, als würde eine Maschine beschleunigen und stoppen.

Sie gehen über einen schlichten Flur in ein Büro. Petersen sitzt mit dem Rücken zu ihnen auf einem Stuhl, an dem ihre Arme und Beine mit Klebeband festgebunden sind. Von ihrem Platz aus blickt sie auf Monitore und dahinter durch eine verglaste Front auf den Wareneingangs- und Versandbereich der Halle. Sie dreht den Kopf und schaut Kaltenbach aus traurigen Augen an.

»Herr Kaltenbach, legen Sie sich auf den Bauch, die Hände auf den Rücken«, befielt Stevens. »Keine Mätzchen, ihrer Freundin zuliebe.«

Stevens wickelt Kaltenbach, der seine Lage zunehmend aussichtsloser einschätzt, mehrere Schichten Klebeband um die Handgelenke. »Bleiben Sie liegen.« Er geht zu Petersen, schneidet sie vom Stuhl los und bindet ihre Hände ebenfalls zusammen.

»Jetzt beide aufstehen. Sie hätten sich wärmer anziehen sollen. Wir gehen in den Versand, dort haben wir immerhin mollige vier Grad. Die minus achtundzwanzig Grad im Hochregallager dürften sich frischer anfühlen. Das werdet ihr elenden Schnüffler bald spüren.«

Stevens lacht hasserfüllt. »Fast hätte ich vergessen, das Barcodelabel aus dem Drucker zu nehmen.« Er zeigt Kaltenbach das

Etikett. »Für euch habe ich ganz hinten und ganz oben in Gasse fünf einen Lagerplatz reserviert. Neunundzwanzig Meter über dem Hallenboden, bei den schlecht verkäuflichen Waren, den sogenannten Penner-Artikeln.« Stevens lacht wieder. Mit seinen tief in den Höhlen liegenden Augen und seinen hohen Wangenknochen hat er was Diabolisches an sich. »Passt doch, oder?« Er weist auf eine Tür, hinter der eine kurze Stahltreppe in den Versand hinab führt.

»Warten Sie«, bittet Kaltenbach. »Warum tun Sie das alles?«

»Was geht dich das an?«

»Na hören Sie mal, wir stecken bis zum Hals in der Geschichte drin. Wenn Sie uns sowieso töten, kann es Ihnen nicht schaden, vorher mit uns zu plaudern.«

»Du willst doch nur Zeit schinden, hoffst wohl, dass dein Spezi Sandman hier auftaucht?«

»Wir haben nicht bei der Polizei angerufen, das hätte Ihnen Ihr Spitzel längst geflüstert«, mischt sich Petersen ein.

»Wollen wir nicht schön bei der Wahrheit bleiben?« Stevens lächelt sie an. »Mein Spitzel hat mir nämlich geflüstert, dass dein Freund Kaltenbach bei Sandman auf die Mailbox gesprochen hat. Leider war der Herr Hauptkommissar heute nicht ganz bei der Sache, denn er hat sein Handy auf seinem Schreibtisch liegen lassen. Mein Spitzel hat die Nachricht abgehört und gelöscht. Außerdem hat er mir geflüstert, dass Sandman am Abend ohnehin unerreichbar ist und sich von einer gewissen Violetta betören lässt.«

»La Traviata«, tippt Petersen.

Stevens nickt anerkennend. »Du hast mehr drauf, als ich dachte.«

Petersen pustet sich eine Haarsträhne aus dem Gesicht. »Wer ist eigentlich Ihr Informant.«

»Das kann dir doch egal sein. Keine weiteren Verzögerungen.« Er zeigt wieder auf die Tür. »Los, die Treppe runter. Wir wollen

Natalie Schmidt nicht warten lassen.« Stevens nimmt eine dick gepolsterte Jacke vom Haken und zieht sie anstelle seiner dünnen Windjacke über.

Kaltenbach und Petersen haben Schwierigkeiten auf der steilen Stahltreppe, weil es mit gefesselten Händen unmöglich ist, sich am Geländer festzuhalten. Kaltenbach, der hinter Petersen geht, bekommt einen harten Tritt in den Rücken. Er stößt gegen Petersen, die es gerade noch schafft, über die letzten Stufen zu springen. Kaltenbach stolpert die Treppe hinunter und rollt sich im Fallen seitlich ab, um nicht mit dem Kopf aufzuschlagen.

Stevens tritt ihm kraftvoll in den Hintern. »Aufstehen, schlafen wirst du gleich lange genug.«

Kaltenbach muss sich zwingen, sich nicht mit gesenktem Kopf auf seinen Gegner zu stürzen.

Stevens geht zu einem großen Karton, der – mit Umreifungsbändern auf einer Europalette befestigt – auf einer Rollenbahn steht. Er gibt Kaltenbach und Petersen einen Wink, zurückzutreten. Dann steckt die Pistole in seinen Hosenbund, nimmt den Karton mithilfe eines Hubwagens von der Rollenbahn, trennt die Umreifung auf und schneidet die Pappe knapp über der Palette durch. Als er den Karton anhebt, wendet sich Petersen entsetzt ab.

»Voilà, darf ich vorstellen: Natalie Schmidt.«

Natalie Schmidt sitzt auf der Palette, ihre Füße sind mit Klebeband fixiert. Jetzt, da der Karton entfernt ist, bewahrt sie das Band davor, der Schwerkraft zu folgen und nach hinten zu kippen. Ihre blonden Haare verdecken einen Teil des Gesichts. Die weiße Schneeschicht, mit der die Leiche überzogen ist, deutet darauf hin, dass sie zwischenzeitlich angetaut worden ist.

Petersen kämpft mit den Tränen. Kaltenbach gibt sich unbeteiligt. »Bringen Sie Ihre Opfer vorher um oder frieren Sie sie lebend ein?«

Stevens blickt ihn kalt an. »Dass eines klar ist: Ich bin das Opfer. Mein Sohn war der Auslöser für alles. Frank hat selbst schuld, er hat mein Leben kaputt gemacht. Ich habe ihn im Affekt erschlagen, weil er mich bis aufs Blut gereizt hat. Seitdem verfolgt mich sein elendes Gesicht in Alb- und Tagträumen. Das Gesicht ist immer da, eine wutverzerrte Fratze. Frank will mir noch aus dem Jenseits ein schlechtes Gewissen machen.«

»Was hat Ihr Sohn denn Schreckliches getan?«, fragt Kaltenbach.

»Der Widerling hat meine Frau umgebracht. Damals, bei seiner Geburt. Trotzdem habe ich ihn unter großen Belastungen allein aufgezogen. Aber dieser verstockte Kerl war undankbar. Er hat alle meine folgenden Beziehungen zerstört. Zuletzt hat er meine jetzige Lebensgefährtin aus dem Haus geekelt. Glücklicherweise ist sie nach seinem Tod zurückgekehrt.«

Stevens zögert einen Moment. Offenbar weiß er nicht, ob er weitersprechen soll. Es scheint ihm allerdings gut zu tun, seine Geschichte zu erzählen. »Als Frank tot vor mir lag, wusste ich zuerst nicht, wohin mit ihm. Schließlich hatte ich die Idee mit dem Tiefkühllager. Abends, nachts und am Wochenende ist hier kein Mensch, dann komme ich unbemerkt rein und raus. Ich musste sowieso hierher, weil es ein Problem durch Falscheinlagerungen gab. Später habe ich auf diese Art weitergemacht. Die Lagerplätze, die ich als Verstecke ausgewählt habe, sind für Testläufe reserviert. Die Mitarbeiter des Lagers hätten die Kartons mit den Leichen nicht auslagern können.«

»Aber weshalb haben Sie weitergemordet?«

»Franks Freund Mark Günther hat mir keine andere Möglichkeit gelassen, als ihn zu erschießen. Frank hat ihm von unserem zerrütteten Verhältnis erzählt, auch dass es eskaliert ist. Nachdem Frank spurlos verschwunden war, hat Mark Günther eins und eins zusammengezählt und mich erpresst, der Idiot. Bei der geplanten Geldübergabe hat er eine große Klappe gehabt, bis ich ihm die Mündung meiner Pistole vor die Nase gehalten habe. Dann hat er Muffensausen gekriegt und davon gefaselt, dass seine Freunde ebenfalls von der Erpressung wüssten, sein Tod mir also nicht nutzen würde. Das jämmerliche Gerede hat ihm auch nicht mehr geholfen.«

»Und warum die anderen?«, fragt Kaltenbach.

»Setz dich auf die Palette, wir verquasseln zu viel Zeit.«

Kaltenbach zögert. »Jetzt wollen wir auch den Rest der Geschichte hören.«

»Trödel nicht rum.« Stevens tritt ihm erneut in den Hintern.

»Zeit haben wir doch genug«, wirft Petersen ein.

Kaltenbach hört ein Zittern in ihrer Stimme, fühlt ihre Angst. Sie wird stärker frieren als ich, so dürr, wie sie ist, denkt er.

»Wirst wohl langsam nervös, Kleine?« Stevens deutet wieder auf die Palette. »Auf geht's. Der Herr zuerst.«

»Nein Clemens, das machst du nicht«, verlangt Petersen. »Noch können wir uns beide bewegen, gleich ist es aus.«

»Meinst du, ich will mit zerschossenen Knien eingefroren werden oder mit einem Loch im Bauch? Mir reicht die Kälte, die uns erwartet.«

Kaltenbach setzt sich auf die Palette. Stevens fesselt auch seine Fußgelenke mit Klebeband, das er außerdem um ein Brett der Palette führt. Vergeblich sucht Kaltenbach nach Spielraum für seine Beine.

»Jetzt unsere Schlampe.«

Petersen blickt Kaltenbach durch einen Tränenschleier finster an und rührt sich nicht von der Stelle. Stevens muss sie an ihren langen Haaren auf die Palette zerren, um sie festbinden zu können. Kaltenbach versucht, ihr mit den Augen Trost zu spenden, dringt jedoch nicht mehr zu ihr durch. Ihm schmerzen bereits die gefesselten Hände, mit denen er sich hinten am Palettenrand abstützt.

Er reißt sich zusammen. »Erzählen Sie doch nebenbei weiter, Dr. Stevens.«

»Halt endlich deine Klappe«, schreit Petersen. »Wen interessiert das denn noch. Ich will hier raus, verdammt noch mal.«

Stevens faltet eine Papptafel auseinander. »Sven Bothur und Britta Freese mussten sterben, da nur sie diejenigen sein konnten, die Mark Günther in seine Pläne eingeweiht hatte. Zu der Clique gehörte auch Natalie Schmidt, an die ich zu der Zeit nicht rangekommen bin. Dadurch, dass vier Leute aus der Gruftszene vermisst wurden, konnte ich den Verdacht in diese Richtung lenken. Deshalb habe ich auch die Mails verschickt und den Wagen von deinem Kollegen Raugang manipuliert. Weil sich später niemand mehr um die Drohungen und die Gruftis gekümmert hat, habe ich die Leichen, als Erinnerung an die Gothic-Szene, in deine Küche gesetzt. Dich habe ich damit ebenfalls belastet, für den Fall, dass die Bullen den Täter nicht nur unter den Schwarzen suchen.«

»Aber warum Gunnar Neuhaus?«, fragt Kaltenbach.

Stevens blickt Kaltenbach verächtlich an. »Ich hatte vor, dich zu töten, weil wir über die Schmidt gesprochen hatten und ich nicht riskieren durfte, dass du sie findest und sie dich über mein gestörtes Verhältnis zu Frank aufklärt. Außerdem hattest du schon von der Erpressung Wind bekommen. In Stellenfelde habe ich durch ein Fenster gesehen, dass nur unsere kleine Schlampe und ihr Lover in dem Haus waren.« Stevens lacht kurz auf. »Zunächst war ist frustriert, bis du auf den Hof gefahren kamst. Mit einem Baseballschläger in der Hand bist du reingewankt. Drinnen hast du dir Zeit gelassen, danach hattest du es eilig. Nicht mal deine zerrissene Hose konnte dich aufhalten. Ich wollte dich packen, du warst aber schnell im Auto und hast das Weite gesucht. Ich bin anschließend ins Haus geschlichen und habe deinen Freund gefunden. Er lag erschlagen auf dem Boden.«

»Das ist nicht wahr«, schreit Petersen. »Sie sind Gunnars Mörder.«

Stevens lächelt. »Da kam mir die Idee, der Polizei auf die Sprünge zu helfen. Deshalb habe ich deine Lebensgefährtin getötet. Deine neue Freundin ist mir leider zweimal entwischt. Nun denn, für euch ist das Spiel sowieso aus. Oder meint ihr, ich will den Rest meines Lebens im Knast verbringen, nur weil ihr keine Ruhe gegeben habt? Die Bullen wären nie auf mich gekommen.«

»Der Mordversuch an Frau Petersen war unlogisch. Was hätten Sie damit erreicht? Es wäre stimmiger gewesen, Sie hätten uns ein Verhältnis unterstellt.«

»Ich hatte vor, es wie eine Generalabrechnung im Bekanntenkreis aussehen zu lassen, wie eine Beziehungstat. Du tötest deine Lebensgefährtin und deinen Freund, um mit dessen Lebensgefährtin eine Affäre anzufangen. Als die nicht mitspielt, knallst du durch und bringst sie ebenfalls um. Toller Plan, stimmt´s?« Stevens sieht Kaltenbach fragend an. »Deine Schlampe sollte ohnehin sterben, da ich nicht wusste, welche Infos du an sie weitergegeben hattest.« Er schlägt mit den Fingern einen Takt auf die Papptafel, die er noch in der Hand hält. »Du solltest selbst unter Fahndungsdruck geraten und keine Zeit mehr haben, dich um die Vermisstensache zu kümmern. Außerdem wollte ich, dass die Bullen die Fälle Neuhaus und Bommer auf der einen und die der Gruftis auf der anderen Seite wieder auseinanderhalten. Das Treffen mit dem Satanisten in den Wallanlagen erscheint denen sowieso nicht plausibel. Damit steht auch die Verbindung zwischen dem Mord in Stellenfelde und uns Eltern, die durch meinen Anruf in den Anlagen aufgekommen war, auf wackeligen Füßen. Parallel zu diesen Strategien habe ich weiterhin geplant, dich zu töten. Sicher ist sicher. Und das wird mir jetzt gelingen.«

»Sie Schwein.« Petersen bäumt sich auf, soweit ihre Fesseln es zulassen. »Und warum haben Sie mich ewig angeglotzt? Ich sag´s Ihnen: Sie sind verklemmt und haben Probleme mit Frauen. Deshalb sind Ihnen alle abgehauen.«

Stevens schlägt ihr mit der flachen Hand ins Gesicht. Aus ihrer Nase läuft Blut. »Du Schlampe hast dich doch freiwillig zur Schau gestellt.« Er sieht auf die Uhr. »Ich wollte dich erdrosseln.

Dann ist dieses Auto gekommen. Ich bin nervös geworden und habe mich abgesetzt. Dabei hat in dem Wagen nur ein Pärchen rumgevögelt. Leider war ich zu sehr durcheinander, um noch mal umzukehren. Aber beim dritten Anlauf klappt es. Wie sagt man hier in der Gegend: Dreimal ist Bremer Recht.«

»Du Arschloch.« Petersen klingt immer hysterischer.

Kaltenbach will es nicht zum Eklat kommen lassen. »Maren, beruhige dich, das bringt nichts.«

»Mach du mir keine Vorschriften, du lässt dich doch wie ein Lamm zur Schlachtbank führen.«

Stevens springt auf Petersen zu und zieht seine Pistole. »Du nervst. Damit endlich Ruhe ist, jage ich dir eine Kugel in die Fresse.«

»Nein, nein, bitte nicht.« Ihre Stimme überschlägt sich.

»Maul auf.« Arno Stevens drückt ihr mit dem Daumen und Zeigefinger seiner linken Hand Ober- und Unterkiefer auseinander und schiebt ihr die Waffe in den Mund. Petersen quiekt vor Angst.

Kaltenbach wird übel. »Erschieß mich, du feige Ratte. Sich an einer gefesselten Frau zu vergreifen ist das Allerletzte.«

»Sieh an, der edle Ritter.« Stevens macht eine abwertende Handbewegung. »Seid froh, dass ich keine Lust habe, eure Gehirnreste vom Boden und von der Förderanlage zu wischen. Ich friere euch ein, das ist schön sauber.«

Stevens steckt die Pistole in den Hosenbund. Seine Hände beben vor Wut. Nervös kaut er an der Nagelhaut seines rechten Mittelfingers. Nachdem er sich halbwegs beruhigt hat, nagelt er die Pappe, die auf die vier Seitenwände der Palette zugeschnitten ist, mit einem Drucklufttacker fest.

Kaltenbach blickt Maren an. Sie hat ihre Augen geschlossen und weint still. Blut und Schleim laufen ihr aus der Nase. Nicht auch sie, denkt er. Lange kann er Stevens nicht mehr hinhalten. Er versucht es dennoch.

»Sie haben keine Chance, Stevens, geben Sie auf. Hauptkommissar Sandman weiß, dass wir Sie verdächtigen. Wenn wir verschwinden, wird die Polizei Ihren Wagen untersuchen und Spuren von sämtlichen Personen finden, die Sie darin transportiert haben. Aus der Sache kommen Sie nicht raus.«

»Für wie blöd hältst du mich? Bis auf die erste Tat, die im Affekt passiert ist, habe ich nur gestohlene Autos benutzt. Und im ersten Fall habe ich zufällig einen Leihwagen gehabt, der drei Tage später nach einem Unfall total ausgebrannt ist. Belastende Unterlagen werden die Bullen auch nicht finden, die sind jetzt an einem sicheren Ort. Mir kann niemand was nachweisen, auch nicht anhand eurer Leichen. Euch taue ich wieder auf und verfüttere euch an Schweine.«

»Und was ist mit dem Motorrad?« Kaltenbach lässt nicht locker.

Stevens lacht auf. »Das war eine falsche Fährte, auf die alle reingefallen sind. Ich besitze weder ein Motorrad noch einen Führerschein.«

»Ich glaube, Sie überschätzen sich, Stevens. Ihr Fehler in den Wallanlagen wäre Ihnen fast zum Verhängnis geworden. Was wollten Sie dort eigentlich?«

»Herausfinden, ob die Satanisten etwas ahnen, was meine Taten betrifft. Natalie Schmidt war ein Bindeglied zwischen den Satanisten und den Gruftis. Ich habe damit gerechnet, dass sie in Amerika vom Verschwinden ihrer Freunde gehört und sich mit den Satanisten ausgetauscht hat. Ich muss zugeben, mein Auftritt in den Wallanlagen war ein Fehler; auf einen zweiten solltet ihr nicht hoffen.«

Stevens hat aus einer Pappe einen Deckel gefaltet, den er auf den Karton legt. Danach bringt er zwei Umreifungsbänder an. »Jetzt startet ihr zu eurer letzten Reise.«

»Bitte lassen Sie uns gehen.« Petersens Schreie klingen dumpf aus der geschlossenen Kiste. »Das ist unmenschlich, das können

Sie nicht tun. Bitte, bitte.« Ihre Stimme verliert sich in einem hysterischen Gekreische.

Zwischen Marens Schreien hört Kaltenbach das Klacken der Stahlräder des alten Hubwagens auf den Bodenfugen, als Stevens die Leiche von Natalie Schmidt wegschafft.

Der Karton, in dem sie sitzen, fährt an. Kaltenbach schimpft mit Petersen; er will Stevens Panik vortäuschen. Seinen Körper schiebt er mehr zur Mitte des Palettenrandes, um die Nagelspitze zu erreichen, die er vorhin entdeckt hat. Sie ragt knapp aus einem Brett heraus.

Petersen unterbricht ihr Gezeter, als die Palette bremst, bevor sie quer zur bisherigen Richtung weiterfährt. Durch den sanften Anfahrruck schrammt Kaltenbach mit seiner linken Hand über die Nagelspitze. Sofort versucht er, das Klebeband aufzuritzen, mit dem seine Hände gefesselt sind. Es fällt ihm schwer, weil er seine Hände mühsam unter sein Gesäß schieben muss. Sie sind aber schnell befreit. Der Karton wechselt wieder die Richtung. Kaltenbach arbeitet fieberhaft daran, seine Fußfesseln zu lösen, sucht den Anfang des Bandes aber vergebens. Der Karton stoppt erneut. Sie hören das Geräusch eines auffahrenden Tores. Die Palette fährt hindurch und das Tor schließt sich hinter ihnen.

Kaltenbach tastet im Dunkeln nach Maren. Er berührt sie im Gesicht, es ist nass.

»Du bist frei?«, fragt sie flüsternd.

»Nur die Hände. Ich habe vorhin gesehen, dass eine Nagelspitze aus der Palette ragt. Das war unsere einzige Chance, deshalb habe ich nichts riskiert. Aber egal, wir müssen jetzt kontrolliert handeln, wenn wir hier raus wollen. Das Geräusch, das wir eben gehört haben, war die Schleuse. Nun sind wir im Tiefkühllager.«

»Was ist mit deinen Füßen?« Petersen klingt wieder ruhiger.

»Ich kriege den Bandanfang nicht zu fassen, und durchreißen lässt sich das Band auch nicht.«

»In meiner rechten Hosentasche steckt ein kleines Taschenmesser, das Stevens übersehen hat.«

Kaltenbach legt seinen Oberkörper über Petersens Beine und greift nach ihrer Hosentasche. »Ich komme ran, aber nicht rein.«

»Reiß sie ab, beeil dich, es wird kälter.«

Kaltenbach reißt am Taschenrand. »Ich schaffe es nicht, der Jeansstoff ist zu fest.«

»Zieh meine Hose runter, mach hin.«

Der Karton stoppt erneut. Kaltenbach öffnet Petersens Gürtel und zerrt an ihrer Hose. Endlich gelingt es ihm, in die Tasche zu greifen. Er schneidet seine und ihre Fußfesseln auf, anschließend ihre Handfesseln. Petersen wischt sich mit ihrem Jackenärmel Blut und Schleim aus dem Gesicht.

»Hast du in deiner linken Hosentasche auch Wunderdinge?«

»Nur ein billiges Feuerzeug.« Sie macht ihre Hose zu.« Das hat er auch übersehen, hat lieber an mir rumgefummelt.«

Die Palette rollt einen Meter vor. Dann beschleunigen sie so stark, dass Kaltenbach und Petersen mit den Köpfen zusammenstoßen. »Jetzt sind wir auf dem Lagerroboter«, sagt Kaltenbach. »Er bringt uns zu unserem Lagerplatz.« Der Roboter bremst ab. »Sobald unser Karton abgesetzt ist, schneide ich die Pappe zur Lagergasse hin auf.«

Der Roboter stellt die Palette im Regal auf dem von Stevens vorgegebenen Platz ab. Kaltenbach durchtrennt die Pappe mühsam mit dem Messer, das er mit seinen klammen Fingern hält.

»Und wie sollen wir auf den Boden kommen?« Petersen klingt wieder nervöser. »Stevens hat von neunundzwanzig Meter Höhe gesprochen.«

»Falls der Roboter weg ist, müssen wir unsere Hemden zerreißen und sie uns um die Hände wickeln. Sonst bliebe unsere Haut an den Stahlträgern des Regals kleben, wenn wir nach unten klettern.«

Kaltenbach ist mit dem Messer durch. Die Stirnseite des Kartons fällt runter. Schlagartig greift die eisige Kälte nach ihnen. Beim Atmen kristallisiert die minus achtundzwanzig Grad kalte Luft in der Nase.

»Das schaffen wir nie.« Petersen krallt verzweifelt ihre Fingernägel in Kaltenbachs Arm.

»Ich bringe dich hier raus, Maren, gib mir das Feuerzeug.« Es rutscht ihm aus seinen klammen Fingern. »Scheiße, wo ist das Ding?«

»Ist es runtergefallen?«

»Hoffentlich nicht.« Er tastet vorsichtig über die Bretter des Palettenbodens. »Ich hab´s. Ich kriege es aber nicht an.«

»Gib her.« Petersen hat weniger klamme Finger, weil sie ihre Hände in die Hosentaschen gesteckt hat. Sie macht das Feuerzeug an. Die Flamme gibt gerade genug Licht, um in der unmittelbaren Umgebung Umrisse erkennen zu können.

»Gott sei Dank, der Lagerroboter ist noch da«, sagt Kaltenbach erleichtert. »Und er hat, wie ich gehofft habe, eine Personenplattform, damit er sich manuell verfahren lässt. Komm, wir klettern rüber. Ich gehe vor, halt du das Feuerzeug.«

In dem nur rund einen Meter breiten Gang reicht der Roboter fast bis an ihren Karton heran. Kaltenbach biegt den Rand des Pappdeckels bis zum ersten Umreifungsband nach oben, klappt die seitliche Sicherheitsschranke des Roboters hoch und gelangt durch einen großen Schritt auf dessen Plattform. »Lass das Feuerzeug an, Maren, und gib mir deine Hand.«

Auf der Plattform klammert sie sich an ihm fest. Kaltenbach drückt sie kurz. »Wir haben es gleich geschafft.«

Im Schutzdach der Plattform entdeckt er, wie vermutet, ein Seil, mit dem man sich im Notfall auf den Boden herunterlässt, und ein Paar Handschuhe, die er Petersen gibt. Er profitiert jetzt davon, dass er schon über das Thema geschrieben hat.

Im Licht des Feuerzeugs untersucht Kaltenbach die Bedienelemente für den manuellen Betrieb. Petersen umarmt ihn von hinten, sodass sie sich gegenseitig Wärme spenden. Kaltenbach findet die Tastelemente und betätigt die Absenkfunktion. Er hat kaum noch Gefühl in den Fingern, nutzt deshalb die Zeit, in der die Plattform am Hubmast des Roboters nach unten sinkt, um seine Hände in den Hosentaschen zu wärmen, auch wenn es nicht viel bringt. Am Boden angekommen, drückt er den Befehlsknopf für die Rückfahrt durch die sechzig Meter lange Gasse. Da der Lagerroboter manuell gesteuert wesentlich langsamer fährt, kommt es Kaltenbach wie eine Ewigkeit vor, bis sie die Endposition erreichen. Im Lagervorfeld brennt eine Notbeleuchtung. Petersen klettert sofort von der Plattform.

»Im Sicherheitszaun ist eine Tür, hinten in der Wand eine zur Versandhalle«, ruft er ihr nach. Er hofft, dass die Tür zur Halle nicht abgeschlossen ist. In dem Fall hätten sie keine Chance.

Kaltenbach will absteigen und kann gerade noch seinen Fuß zurückziehen, als der Roboter ohne Vorwarnung in die Gasse hinein beschleunigt und seine Plattform in die höheren Lagerebenen hebt. Nur Sekunden später öffnet Petersen die Sicherheitstür und unterbricht dadurch einen Stromkreis, woraufhin die Lagersteuerung den Roboter stoppt. Kaltenbach schätzt seinen Abstand zum Boden auf rund fünf Meter.

»Maren, pass auf! Stevens muss noch im Gebäude sein und auf einem Monitor gesehen haben, dass der Roboter gefahren ist. Vermutlich hat er ihm daraufhin den Befehl gegeben, zum Ende der Gasse zurückzufahren. Versteck dich, er dürfte gleich durch die Tür kommen.« Wo sie das tun soll, ist ihm schleierhaft.

Kaltenbach wirft das Seil von der Plattform, klettert daran nach unten und reißt dabei seine Handflächen auf. Einen Meter über dem Boden lässt er los. Er dreht sich um. Petersen steht dicht an der Wand, drei Meter neben der Tür, die in den Versand führt. Er selbst ist etwa zehn Meter vom Ausgang entfernt.

Kaltenbach rennt los. Im Laufen sieht er, wie sich die Tür öffnet, dass sich Maren dahinter versteckt und Stevens mit seiner Pistole auf ihn zielt. Kaltenbach lässt sich fallen. Er hört ein metallenes Geräusch, als die Kugel einen Regalträger streift.

Bevor Stevens noch einmal abdrücken kann, springt Petersen aus dem Türschatten und wirft sich mit ganzer Kraft gegen ihn. Überrascht durch den unerwarteten Angriff stürzt Stevens und verliert die Waffe. Petersen ist sofort bei ihm, tritt ihm kräftig in die Hoden und mitten ins Gesicht. Es knackt. Stevens krümmt sich und schreit auf. Petersen ist außer sich, tritt ohne Unterbrechung zu. Kaltenbach zieht sie von Stevens weg, hebt dessen Pistole auf und fischt ihm seine SIG Sauer und sein Handy aus der Jackentasche. Petersen, die kaum zu bändigen ist, zerrt er durch die Tür. Stevens, der sich jammernd auf dem Boden wälzt und im Gesicht stark blutet, lässt er liegen.

Kaltenbach fasst Maren am Arm. »Komm mit, im Versandbüro ist es wärmer. Wir müssen einen Notarzt rufen, sonst sind wir wegen unterlassener Hilfeleistung dran.«

Petersen sinkt im Büro auf einen Stuhl. Kaltenbach legt die beiden Pistolen vor ihr auf den Tisch.

»Steck die Dinger ein, ich bin eine wandelnde Zeitbombe. Du hast es ja gehört.«

»Clemens, du nervst. Stevens wollte doch nur Hass zwischen uns säen.«

»Du hast mehr Vertrauen zu mir als ich selbst.«

»Noch einmal: Du nervst.« Petersen dreht sich zu Kaltenbach um. »Mir wird schlecht, bring mich nach Hause. Ich will mir die Bettdecke über den Kopf ziehen, damit ich nichts mehr sehe von dieser beschissenen Welt.«

Kaltenbachs Handy klingelt.

»Sandman hier, Herr Kaltenbach, ist alles in Ordnung? Wo ist Stevens?«

Kaltenbach beugt sich zu Petersen runter, sodass sie mithören kann. »Stevens braucht einen Krankenwagen. Ist La Traviata zu Ende?«

Sandman schnauft. »Es war nichts mit La Traviata. Bei mir hängt der Haussegen schief. Aber wir haben herausgefunden, dass Stevens Ihren Freund Neuhaus umgebracht hat. Wir haben die Tatwaffe.«

Kaltenbach drückt Maren an sich. »Endlich, erzählen Sie.«

»Warten Sie kurz, ich muss mich erst um den Krankenwagen kümmern.« Sie hören, wie Sandman Anweisungen gibt. Dann ist er wieder am Telefon. »Meine Sekretärin war die undichte Stelle. Frau Niemeyer hatte sich von Stevens um den Finger wickeln lassen. Sie ist alleinerziehend und hat zwei Kinder. Wegen ihrer ständigen Geldnot hatte sie ihm bereitwillig geglaubt, er sei ernsthaft an ihr interessiert. Vorhin hat sie erfahren, dass Stevens eine Lebensgefährtin hat. Daraufhin ist sie zu mir gekommen. Sie konnte aber nichts zu den Fällen sagen. Erst gegen Ende des Gesprächs hat sie was von einer größeren Blechkiste erzählt, die Stevens bei ihr deponiert hat. Ich bin gleich mit der Spusi hingefahren. Wir haben die Kiste aufgebrochen und einen Baseballschläger mit DNA-Spuren von Herrn Neuhaus gefunden. Der Polizeipräsident persönlich hat die sofortige Auswertung der DNA angeordnet, sonst hätten wir das Ergebnis noch nicht. Motorradklamotten waren auch in der Kiste. Schließlich hat die Niemeyer zugegeben, dass sie Ihren Anruf auf meinem Handy gelöscht hat. Sie kannte aber den Inhalt. Übrigens, die Kollegen aus Bremerhaven müssten gleich bei Ihnen eintreffen.«

»Vielen Dank für die positive Nachricht, Herr Sandman.«

»Grüßen Sie Frau Petersen von mir. Geht es ihr gut?«

»Frau Petersen sitzt neben mir. Sie ist ziemlich fertig; ich werde sie wieder aufpäppeln.«

»Wir müssen noch ein Protokoll mit Ihnen aufnehmen. Da Sie sehr müde klingen, verschieben wir das auf morgen. Ich regele das mit dem Verantwortlichen vor Ort. Schlafen Sie erst mal aus.«

»Nochmals danke, auch dafür, dass Sie sich immer mit mir ausgetauscht und sich um Frau Petersen gesorgt haben. Wir schauen am Nachmittag im Kommissariat vorbei.«

Kaltenbach reicht Maren eine Hand. »Komm, wir brauchen dringend eine heiße Dusche.«

Auf dem Weg zum Ausgang wandern seine Gedanken wieder zu Franziska und Gunnar. Natürlich ist er froh, nicht Gunnars Mörder zu sein. Er weiß aber auch, dass er ihn und Franzi mit in den Wahnsinn hineingezogen hat und dass ihn seine Schuldgefühle lange quälen werden. Und seine neue Beziehung zu Maren? Kommt sie zu früh? Hat diese Verbindung unter solchen Voraussetzungen eine Chance?

Kaltenbach stößt die Außentür auf. Im Freien erwartet ihn eine unheimliche Inszenierung. Ein dunkler Himmel und davor eine Kulisse aus rotierenden Blaulichtern, Wind und Möwengeschrei. Kaltenbach hat das Gefühl, von hinten beobachte ihn jemand. Er dreht sich um. Natalie Schmidt hockt in einem offenen Kofferraum. Ihr Gesicht scheint Kaltenbach zu fixieren und anzuklagen, ihn zu fragen, warum er wieder mal zu spät gekommen ist.

Sowohl die in diesem Roman dargestellten Personen als auch die geschilderten Ereignisse sind frei erfunden. Ähnlichkeiten mit realen noch lebenden oder toten Personen sowie mit tatsächlichen Gegebenheiten wären zufällig und nicht beabsichtigt.

Weitere Kriminalromane des Autors:

Erfrorene Seelen
Band 2 der Kaltenbach-Trilogie
Wer hat Hannah Schwenker getötet, die man erschossen in einem Waldkindergarten findet? Der Bremer Polizeireporter Clemens Kaltenbach recherchiert unter Einheimischen, die ihn in ein Geflecht aus Egoismus, Intrigen und Drohungen verstricken. Als Kaltenbach schließlich glaubt, den Fall abschließen zu können, beginnt für ihn ein Wettlauf um Leben oder Tod. Denn sein Gegner hat ihn in der Hand und verlangt von ihm eine schwerwiegende Entscheidung. Zu allem Überfluss muss sich Kaltenbach mit einem Nebenschauplatz beschäftigen, auf dem ein Stalker seine Lebensgefährtin bedrängt.

Falsche Schatten
Band 3 der Kaltenbach-Trilogie
Wer ist der mysteriöse Besucher, der sich nachts in der Wohnung der Protagonisten herumtreibt? Clemens Kaltenbach verdächtigt den Stalker, der seine Lebensgefährtin Maren Petersen verfolgt. Aber können von ihm auch die Briefe stammen, die angeblich ein Toter schickt, mit aktuellen Fotos, auf denen dieser sehr lebendig wirkt? Verfolgt Kaltenbach die richtigen oder die falschen Schatten? Woher kommt der abgrundtiefe Hass des Gegners, der ein Drehbuch geschrieben hat, das den Protagonisten ein bitteres Ende voraussagt?

Dumpfe Angst
Als der Künstler Jannik Weynberg dem Hauptkommissar Michael Albrecht die Tür öffnet, tritt dieser als ein Vorbote des Todes über die Schwelle.

Der undurchschaubare Albrecht zwingt Weynberg, parallel zur Polizei den Mörder seiner Frau zu suchen. Er hat Weynberg in der Hand, weil er von dessen Affäre mit Sarah weiß, der Frau seines besten Freundes. Weynberg bleibt keine Wahl, wenn er Sarah schützen will. Unerfahren als Detektiv und verfolgt von einem Schatten, der ihm immer näher kommt, erkennt Weynberg erst spät, dass Sarah und er auf einer Todesliste stehen. Eine Liste, die fast abgearbeitet ist.